日本以外全部沈没

パニック短篇集

筒井康隆

角川文庫
14284

目次

日本以外全部沈没

（＊印の登場人物は二八頁に解説があります）

「おいおい。＊シナトラが＊東海林《しょうじ》太郎《たろう》のナンバーを歌い出したぜ」おれと並んでカウンターで飲んでいる古賀《こが》がそう言った。

　そういえばたしかにシナトラの声である。おれは首をのばしてフロアーの隅《すみ》を眺めた。ごった返している「クラブ・ミルト」の片隅の小さなステージに立ち、ワイヤレス・マイク片手に、憶《おぼ》えてきたばかりのたどたどしさで「赤城の子守唄」を歌っているシナトラは、皺《しわ》だらけの顔にせいいっぱいの愛想笑いを浮かべていた。

「ヤマノ、カラスガ、ナイタトテ」

「こわもてしなくなったシナトラに魅力はないよ」と、おれはいった。

「老後が不安なんだろう」古賀は小気味よさそうにいった。「歌えなくなったら、日本を追い出されるかもしれないものな」

おそらく追い出されるだろう、と、おれは思った。あの歳《とし》では、日本語を憶え、日本の生活様式を身につけて日本人に同化するのはまず無理である。だが日本政府は、日本国内に入国を許可された外人たちのうち、三年経っても日本に馴染《なじ》まぬ者は強制的に国外へ追放する方針だった。

「で、日本に馴染んだかどうかは、どうやってテストするんだろう」

「さあね」古賀は首を傾《かし》げた。「都都逸《どどいつ》でも歌わせるさ」

「箸《はし》で冷奴《ひややっこ》が食えるかどうか試してもいいな」

古賀はげらげら笑った。「日本式便所で大便をさせてみる。あっ、もっといいことがあるぞ。日本の早口ことばを喋《しゃべ》りながら羽織と袴《はかま》の紐《ひも》を結ばせるってのはどうだ」

「それは日本人でもできないやつがいるぜ。特に若いやつなんかは」

おれがそう言った時、古賀の横で飲んでいた初老の外人が溜息《ためいき》をついた。「アマリ、カワイソウナコト、イワナイイデクダサイ」

見たことのある男だな、と思ってよく見るとポンピドー*だった。さすが大統領だけあって頭がよく、すでに日本語をマスターしてしまったらしい。

「オイダサレテハ、イクトコロアリマセン」

「チベット高原、パミール高原、それにキリマンジャロの山頂、アンデス山脈の二、三カ所はまだ沈没していませんよ」古賀が意地悪くいった。

「アンナトコロ、ユケナイヨ」ポンピドーは悲鳴まじりに叫んだ。「ヤバンジン、ウヨウヨ、アツマッテイル」

おれの右隣でさっきから飲んでいた*インディラ・ガンジーが、酒の肴《さかな》に近所の店から取り寄せた朝鮮焼肉を食いながら言った。「あそこじゃ、殺しあいをしてるんですってね」

おれはびっくりして彼女に注意した。「あなた、それ牛肉ですよ」

「あら、人間の肉を食べるよりはましよ」

チークの厚いドアをあけ、*毛沢東《もうたくとう》と*周恩来《しゅうおんらい》が店内をのぞきこんだ。

「よその店へ行きましょう」周恩来が毛沢東の袖《そで》を引いた。「*蔣介石《しょうかいせき》が来ています」

「くそ」

ふたりは、さっと店を出た。

「ねえ。お願いしますよ」すぐうしろのボックスにいる*ローマ法王は、一緒に飲みにきている日本人官僚のひとりに、しきりに頼みこんでいた。「上野公園をくださるよう、閣僚の誰かにとりなしてください」

官僚は苦笑した。「あそこをバチカン市国にするっていうんでしょ。同じくらいの広さだからな。だめだめ。それはあなた、あまりに厚かましいですよ。どんな小さな国に対しても国土は分割できません。どうも小さな国ほど領土への執着が大きいようだ。昨夜も*グレース公妃が昭和島をくれといって、わたしの寝室へ忍んできた」

「そうとも、やることはありません」隣のボックスで盗聴していた*ニクソンが振り返り、大声でいった。「わが国の八百五十万人が、今も相模《さがみ》湾の沖で千二百隻の船に乗って入国させて貰《もら》えるのを待っているんですぞ。領土を寄越《よこ》せなどとは、あまりに神を恐れぬ欲深さです」

「その船の半数では、殺しあいがはじまっている」酔っぱらった*キッシンジャーが、泣き声でいった。「それを思うと、とてもこんなところで飲んでいられる気分ではない。しかし飲まずにはいられないのです。飲む以外にすることがない。毎晩ホテルと西銀座を往復する以外日課がないとは、なんとなさけない、なさけない」わあわあ泣きはじめた。

「泣くな泣くな。そのかわり、いいこともあった」と、ニクソンがなぐさめた。「黒人をひとりも船に乗せなかったのはお手柄だ」

「あちこちで海戦がはじまってるそうだぜ」と、古賀がささやいた。「食糧の奪いあいだ。いちばんひどいのは室戸《むろと》岬南方の海上で入国許可を待っていたスエーデン、ノルウェー、デンマークの船の連中で、ほとんど共倒れになったらしい」

「バイキングの子孫同士で争ったわけだな」おれは頷《うなず》いた。「北海道の方はどうなんだ。カラフトやカムチャツカの方から、スラヴやツングースがなだれこんできたらしいが」

おれは社会部の記者だが彼は政治部なので、そういった情報には詳しく、キャッチするのも早い。

「北部方面隊と第2航空団が出動してやっつけている。皆殺しだ」古賀はそういった。

「殺戮《さつりく》にはアイヌも手を貸している」

チークのドアを押してトム・ジョーンズ*が入ってきた。黒い制服のドア・ボーイが邪険《じゃけん》に胸を押してとどめた。

「もう、満員です」

「ひとりくらい、なんとかなるだろう」

「駄目です。立って飲んでる人もいるくらいですから」

ボーイが指さした壁ぎわでは、窮屈そうに肩をすくめたローレンス・オリヴィエ*とピエール・カルダン*が立ったままでブランデー・グラスを持っていた。

「入れてくれたら、歌ってやるぜ」と、トム・ジョーンズがいった。

「いえ、結構です。シナトラ一家がいますし、ビートルズの四人も揃ってますから」トム・ジョーンズは肩をすくめて出て行った。

「いろんなやつがくるな」と、古賀はいった。「来ないやつがいないみたいだ。もうじきゴドーまでやってくるぞ」

「ゴドーじゃなくて、後藤が来たぜ」おれはドアの方へ顎《あご》をしゃくった。

科学部記者の後藤が眼をぎらぎら光らせ、人混みをかきわけておれたちの方へやってきた。

この「クラブ・ミルト」は、もともとわれわれ新聞記者の溜《たま》り場だったから、どんなに店が混んでいる時でも門前払いをくわされるようなことはない。もともと、日本に難を逃れてきた外国人たちがこの店に集まるようになったのも、彼らがことばの不自由さから情報不足に陥り、この「クラブ・ミルト」へ来ればわれわれから新しいニュースを得て餓えを満たすことができるためである。現在のこの店の空前の盛況は、いわばわれわれ新聞記者のお蔭《かげ》なのだ。

「おい。今、そこのポニー・ビルの裏通りの暗いところに、エリザベス・テイラーが立っていたぞ」眼を細めて後藤がいった。

おれは後藤のために古賀との間へ空間を作ってやりながら言った。「ついに彼女も街頭に立ちはじめたか。もうパトロンはいないし、ドルは値打ちがないからな」

「悪い日本人にだまされ、全財産巻きあげられたんだろう。外人と見ると弱味につけこんで、寄ってたかって裸にしちまう。まったく日本人ってのは血も涙もない人種だな」

「おれ、行こうかな」古賀が腰を浮かした。「ひと晩いくらだと言ってた」

「よせよせ。あんなデブ」

「おれ、デブが好きなんだよ」

「もっといいのがいくらでも来てるよ。昨夜は面白かったぞ。学芸の山ちゃんと一緒に乱交パーティに行ってきたんだ。*オードリイ・ヘプバーンや*クラウディア・カルディナーレや、*ソフィア・ローレンが来ていた。*べべもいたぞ。おれは*カトリーヌ・ドヌーヴと*ロミー・シュナイダーと、それからええと、あとは誰を抱いたっけ」

がたん、と音を立てて古賀が立ちあがった。「どうしておれを呼んでくれなかった」おろおろ声になっていた。「おれ、ロミーのファンなんだよ」

「いつだって会えるさ。そんなことはどうでもいい」おれは後藤に訊《たず》ねた。「どうだったんだ。*田所《たどころ》博士の記者会見があったんだろ」

「ああ。さっき終ったところだ」おしぼりで顔を拭《ぬぐ》いながら、後藤はうなずいた。

「こいつ、ロミーを抱きやがった」古賀がすすり泣きはじめた。

古賀にかまわず、後藤は喋《しゃべ》りはじめた。「田所さんは、ぐでんぐでんに酔っぱらっていて、何を言ってるのかよくわからなかったがね。それでも、だいたいのところは理解できたよ」

タドコロという名前に、周囲の外人たちが聞き耳を立てはじめた。後藤の喋ることを外人たちに小声で通訳してやっている日本人もいる。

「ずっと以前から全地球的に大気中の炭酸ガスの量が増えはじめていたことは知っているだろう。あれで北極と南極の氷が溶けはじめ、徐徐に海面がふくれあがってきて、世界中の地表を浸しはじめた。と同時に、以前から沸騰《ふっとう》しはじめていた太平洋の下のマントルが、さらに沸騰した。日本列島の地底のマントル対流は、太平洋からアジア大陸の下へもぐりこんでいる。これを大洋底マントルというのだが、これが沸騰したままで日本列島の下へもぐりこんできて、アジア大陸の地底から日本列島の下までのびてきている大陸底マントルと衝突した。そこで」次第に田所博士がのりうつったような口調になり、後藤が唾《つば》をとばしはじめた。「沸騰したマントルの一部は、日本の地底にある大洋底マントルと大陸底マントルの交叉《こうさ》点でおしあげられるような形になって地表へ噴出した。三年前、富士山、浅間山、三原山、天城《あまぎ》山、大室《おおむろ》山、箱根山、桜島、三宅島、その他休火山と活火山とを問わず日本中の火山が順に噴火したのはこのためだ。ところがそれだけじゃおさまらなかった。マントルは海面がふくれあがる速度と比例して徐徐に日本列島全体を押しあげ、と同時に、日本海底の海盆を破壊し、日本列島の地底及び周辺のモホロビチッチ不連続面をばらばらにし、以前から年間四センチメートルの速度で日本列島へ向けて移動していた速度を急激にスピード・アップした」後藤は今や大声でわめき散らしていた。

店内の客はいっせいに後藤を見つめ、茫然《ぼうぜん》としている。

「日本はそのマントルの大波にさからえず、アジア大陸の方へ押しやられ、ついに、すでに沈下していた中国の、大陸地塊の上へざざざざ、ざばあっ、と」後藤はグラスを散乱させてカウンターにとび乗った。「こういう具合に、乗りあげてしまったのだ」

「なんとまあ」おれはぶったまげて叫んだ。「それじゃ日本は今、地理的にはもとの場所にあるのじゃないのか」

「ややこしい言い方をするな。地理的にといったって、今じゃどんな世界地図を書いたところで海のまん中に日本列島があるだけなんだぜ」と、古賀がいった。「そりゃまあ、厳密に言えばチベットなどの高原もあるが」

「じゃ、今、日本は中国大陸の上に乗っかっているのか。どの辺だ。華北《かほく》平原のあたりか」

「しっ。でかい声を出すな」自分が大声でわめいたくせに、後藤は今さらのようにあわてておれを制し、店内を見わたした。「中国の連中が来てるんじゃないか」

「いや、さっきちょっと顔を見せただけだよ」

「ソウタ。ソレ、ヤツラニ教エテハイケナイアル」いちばん遠くのボックスで蔣介石がおどりあがった。「ヤツラ、領土権ヲ主張スルアルゾ」

蔣介石とは反対側のいちばん隅のボックスで、*金日成《きんにっせい》がおどりあがった。「ニポン、シズマナイ。哀号《あいごう》、チョセン、ナゼシズンダカ。ワタシ不公平ミトメナイヨ」

「朝鮮半島だって中国大陸地塊の上にある。だから沈んだのです」と後藤が説明した。

「ソレナラコッチモ、領土権主張スル。セメテ県ヲヒトツモラウ。岩手県モラウ」

「いちばん広い県だぞ」

「人口密度がいちばん低い県だ」

「前から狙《ねら》ってやがったな」

「あんなところをとられてたまるものか」

周囲にいた*朴正熙《ぼくせいき》と*スハルトと*グエン・バン・チューと*ロン・ノルが、ボックス席の凭《もた》れを乗り越えて、いっせいに金日成につかみかかった。

全員が騒ぎはじめた。

「やめてください。やめてください」マネージャーが声を嗄《か》らした。「国家の元首ともあろうかたがたが、何という乱暴な振舞いを」

「毎晩のことで、奴《やっこ》さんも大変だな」と、後藤がいった。

「たいして珍しい事件じゃないが、今の騒ぎをちょっと社へ報告しとくよ」古賀が立ちあがった。「カコミ記事ぐらいにはなるだろう」彼はカウンターの端で、社へ電話をかけはじめた。

「そちらのかた、もう少しお詰め願います。すみません」と、マネージャーが補助椅子を運びながら叫んだ。「予約席ですので」

レーニエ三世*が汗を拭いながら補助椅子に掛けた。

顔見知りなので、おれは声をかけた。「いかがでした。都知事との会見は」

彼はかぶりを振った。「どうしても賭博《とばく》場を開くのは許可できないと言ったよ。いやはや、日本のような文化国家の首都が公営賭博を廃止しているとは知らなかった。まったくひどいところだ。公営賭博を廃止したりしたら、わがモナコ公国などはどうなったと思う。公営賭博がなぜいかんのだ」彼は次第に激しはじめた。「賭博のために堕落するような市民のいる都会なんか、都市じゃない。都市やめちまえ」今度は泣き出した。「わたしの政治理念が崩れた」

古賀が席に戻ってきた。「ヒューズがとんでる」

おれはあたりを見まわした。「だって、明かりがついてるじゃないか」

「そうじゃない。入国許可を得られなかったハワード・ヒューズ*が、密入国しようとして自家用機で東京上空を飛んでるんだ。高射砲で撃墜したものかどうか、今、第一師団で検討している」

壁ぎわのフォード*が、ぼそりとつぶやいた。「奴さん、税関の役人に賄賂《わいろ》をケチったな」

カウンターのいちばん端にいたディーン・マーチン*がいった。「ダルマをボトルで一本くれ」

バーテンがかぶりを振った。「だめだよ。あんたアル中だろ。それにもう、ボトルじゃ売らないんだ。このクラブだって、なかば配給制なんだ。ウィスキーは残り少いんでね。ほしけりゃチケットを買い集めてきなよ」

「十万ドル出そう」

「だめだめ」

「十五万ドル」

「だめだめ」

「なんとか言ってやってくれよ、ボス」と、ディーン・マーチンが泣き顔でニクソンに声をかけた。

　ニクソンは肩をすくめた。「もうドルを防衛する必要はなくなったんだ」彼はいくぶん浮きうきしていた。

「まったく、こう物価が値上りしたのでは、かなわんな」後藤がぼやいた。「今日、ざるそばを食ったら三万円とられた」

「カレーライスが五万円だ。大衆食堂でビフテキがいくらすると思う。二十万だぜ」古賀がいった。「安いのは外人の女だけだ」

「宝石もずいぶん値下りしたぜ。国宝級の宝石がずいぶん持ち込まれたからな」おれは左手の薬指にはめた三カラットのダイヤの指輪を見せた。「いくらだと思う。七千八百円だぜ。*オナシスが持ちこんだやつだ」

「いくら物価が高いといっても、日本人は幸せだよ。いわば貴族階級だものな。おれのいる高円寺のアパートの向かいのスナックじゃ、*アラン・ドロンがボーイをやってる」

「そう言えば江古田《えごた》の八百屋で*チャールズ・ブロンソンが大根を運んでいた」

「夕刊を読んだか。京都で*アンソニー・パーキンスが京都女子大の生徒をモーテルへつれこんだ。出てきたところを袋叩《ふくろだた》きにされて、一ヵ月の重傷だ」

「ふうん。じゃあ、国外追放だな」

「もちろんだ」

「日本人の女なんて、現金なもんだな。最初は外国の著名人を見て騒いだが、今じゃ見向きもしない。始めのうちは外国の有名俳優を端役《はやく》で使っていた映画やテレビも、国内タレントの出演拒否や政府の圧力がこわくて、二ヵ月前からまったく使わなくなってしまったものな」

「でも、エロダクションじゃ、まだ使ってるぜ。この間*ショーン・コネリーとボンド・ガール総出演のポルノを見た」

「そりゃまあ、外人の人件費は安いからな。でも、本来の職業で稼《かせ》いでる連中はまだしあわせさ。たいていはルンペンで、持ちこんできた財産だけで食いつないでる。奴さんなどは」後藤が顎《あご》でカルダンを指した。「デザインという特殊技能で食えるからいい」

「*コールドウェルと*モラヴィアが、うちの社に、コラムを書かせてくれと言ってきたそうだ」

「週刊誌じゃ、*カポーティや*メイラーに色ページの雑文をやらせてる。それから*アーサー・ミラーはポルノ映画の脚本を書いてるそうだ。*ボーヴォアールも中間小説雑誌にすごいエロを書きはじめた」

　おれたちはくすくす笑いながら喋《しゃべ》り続けた。物価高や酒不足はこたえるが、記事や、酒の肴《さかな》にする話題にこと欠かなくなったのはまことにありがたい。

　ステージで、*リヒテルと*ケンプがFly me to the moonの連弾をやりはじめた時、血相を変えた*ブレジネフがボーイの制止もきかずに店へとびこんできて、ニクソンの横のボックスにいた*コスイギンに何ごとか耳打ちした。

　コスイギンが、さっと立ちあがってニクソンを睨《にら》みつけた。「月面のソ連基地を、アメリカの宇宙飛行士たちが襲って占領したという報告が入った。あなたの命令でやったことか」

　ニクソンは顔色を変えた。「わたしは知りません。そんな命令、出せる筈《はず》がないでしょう。通信はずっと途絶えてるんだ。地球がこんなことになった以上、月面にいる基地設営班はこっちへ戻ってこられる見込みが永久になくなったんです。だからわたしたちはアメリカから避難する直前、彼らと交信して全員に因果を含めておきました。彼らの行動は、もうわたしとは無関係です」

「無責任なことをいうな。衛星船経由でいくらでも司令できた筈だ。だいいち、宇宙船が地球へ戻ってくることだって、できる筈だ」

「どこへ着陸するっていうんですか。日本はどこもかも人間でいっぱいで、そんな場所はありません。これは日本の常識です。あなたの方は、どうやって戻ってくるつもりだったのです」

「伊勢湾《いせ》へ着水するよう、いってあった」

「アメリカの宇宙船には、着水装置などという原始的なものはない」

「原始的とは何ごとだ。わかったぞ。連中、命惜しさに、着水装置のあるソ連の宇宙船を奪おうとしたな。責任をとれ」

「無関係だと言った筈だ」

「卑劣な」コスイギンがニクソンにおどりかかった。

制止しようとしたキッシンジャーに、ブレジネフがとびついた。激しい揉《も》みあいになった。今度はもう、誰もあまり驚かず、また始まったかという顔つきでぼんやり眺めている。

「アメリカもソ連も、残る領土は月面しかないというわけか。だけど月面の取りあいをしたって、どうせ今後何十年か、行けっこないのにな」後藤が溜息《ためいき》をついた。「日本が宇宙基地を作り、宇宙船をとばすのは、まだまだずっと先だ」

「でも、外国の宇宙科学者たちも、少数は日本へ来てるんだろ」

「ごく少数だ。科学者なんて貧乏だからな。だいいち日本は今、宇宙どころか、食糧があと何年続くかの瀬戸際なんだぜ」

「いよいよ人間を食うことになるか」

おれがげっそりしてそうつぶやいた時、バーテンが首をカウンターの向こうから突き出して、おれたちにささやきかけた。「今、ラジオで聞いたんだけど、若狭《わかさ》湾からドイツ軍が上陸してきたそうですぜ」

おれたちは顔を見あわせた。

「今度はドイツ軍か」

「東ドイツならたいしたことはないが、西ドイツの軍隊だと、ちょっと厄介《やっかい》だぞ。まあ、舞鶴《まいづる》に地方隊と第三護衛艦隊がいるが」古賀は立ちあがり、おれに訊《たず》ねた。「ところでこのニュースは政治部かね、社会部かね」

「両方だろうがね」と、おれはいった。「でもおれは非番だから」

「そうか。じゃ、おれはちょっと社へ行ってくる」古賀は店を出て行った。

「今で約五億人だ」と、後藤はいった。「こんな小さな島に、それ以上入れるものか」

「でも、沈没前の世界の人口なら、淡路島にぎっしり詰めこんだら何とかおさまるって話だったぜ」

「それは全員が直立している場合だ。無茶を言うな。それに人間だけじゃない。北海道にはトドの大群やシロクマがやってきた。九州にはネズミの大群が上陸した。その上日本全国どこもかしこも鳥だらけだ。渡り鳥だけじゃない。ハゲタカの大群までやってきている。農作物の被害が大変だ」

「トドは食えるだろう。鳥だって食えるのがいる」

「そりゃあまあ、餓えればネズミだって食うだろうがね。だけど五億人だぜ。何年食いつなげると思う。あちこちで食糧の奪いあいが起ってる。昨日も罐詰《かんづめ》を買い占めた商社が焼き打ちされた」

「それに水温の急変で、魚が大量に死んだからな。魚を食う水鳥まで餓死している」

「おかげでこれ以上、汚染魚を食わなくてもよくなったが」後藤はじっとおれの顔を見つめた。「お前の顔も、ずいぶんひどくなったなあ」

そういう後藤の顔だって、吹出物で満艦飾である。「汚染されてるのは魚だけじゃないものな。今じゃ食いもの全部にいろんなものが含まれている」

「ひどい。まったく日本はひどい」ヒ＊ースが立ちあがってわめいた。酔っぱらっていた。「こんな国は、国連が統治すべきだ」

「何言ってやがる」ローマ法王と飲んでいた日本人官僚が立ちあがり、怒鳴り返した。「そんなことされてたまるか。だいいち、今じゃ国連加盟国は日本だけじゃないか」

マネージャーがステージの方へ行き、リヒテルとケンプに何ごとか耳打ちした。ふたりはあわてて曲を「十三夜」に変えた。日本の曲をやれと命じられたのだろう。

「毎朝」の政治部記者の上野がやってきて、古賀のいた席に腰をかけた。「えらいことだ。あっちこっちで密入国が始まってる。撃ちあいがあって、海岸はどこもかしこも血の海だ。自衛隊が、こんなことで役に立つとは思わなかったな。自衛隊はまったく、よく頑張ってるよ」

「ほら、また自衛隊のPRが始まった」後藤がくすくす笑った。

「自衛隊のPRをして何が悪い。さんざお世話になっておきながら」上野はむっとして、水割りをがぶりと飲んだ。「今日も楽しく飲めるのは、兵隊さんのおかげです」

イスラエルの*シャザール大統領が、拳銃《けんじゅう》を持ってとび込んできた。「ユダヤ商会が次つぎと焼き打ちされている。ここにアラブのやつはいるか。いたら前に出ろ。片っ端からぶち殺してやるぞ」

レバノン、サウジアラビア、ヨルダン・ハシムなどアラブ諸国の国王や大統領がいっせいに立ちあがり、わっとシャザールにおどりかかって、たちまち拳銃をとりあげてしまった。はげしい揉みあいになった。

「ユダヤ人が米を買い占めたからだ」

「こいつめ。はなせ。はなせ」

「テルアビブのことは忘れていないぞ」

店内三カ所での乱闘は、いつまでも続いた。「今夜はいつもより、だいぶ騒がしい」後藤が眉《まゆ》をひそめた。「だんだんひどくなるな」

田所博士がぐでんぐでんに酔っぱらって入ってきた。ネクタイをだらしなくゆるめ、腕までまくりあげたワイシャツは埃《ほこり》に黒く汚れていて、髪はばさばさ、顔一面を油でぎとぎとに光らせ、片手にはコーヒーの罐を持っている。

「田所博士」後藤が驚いて立ちあがり、田所博士に駈《か》け寄った。「どうしたのです」

「諸君。日本はもうすぐ終りだ」田所博士が大声で叫んだ。「もう政治機密にする必要はない。地球は、いや、人類はおしまいだ」ぐだぐだ、と田所博士は床にくずおれ、さらに何ごとかをぶつぶつとつぶやいた。

店内の客が、いさかいを中断して博士の周囲に集ってきた。

「博士。博士。はっきりおっしゃってください。その後何か、新しい発見があったのですね。新事実の発見が」

「あった」後藤の問いに、博士は答えた。「わたしは、気団の動きとマントル対流の相似性に気がついたのだ。その結果、日本列島が中国大陸に乗りあげたのは、ほんの一時的な、過渡的現象に過ぎないことがわかったのだ。諸君。今のうちに酒を飲み、小便をしておいた方がよろしい。太平洋側のマントル塊の対流相が急激に変化しておる。つまり太平洋からの圧力が減少するのだ。するとどうなるか。大陸地塊が太平洋めがけて大きく傾くのだ。すると、その上に乗っかっておる日本列島はどうなると思う。当然傾いて、ずるずるっと太平洋の中へすべりこんでしまうのだ」

「浮きませんか」

「馬鹿。浮くものか」

各国元首が騒ぎはじめた。

「それではまるでシーソー・ゲームではないか」

「これはブランコですか」

「その通り」田所博士はげらげら笑った。「大昔から地球上の陸地なんてものは、常にシーソー・ゲームやブランコをしているような状態であり、その上に住んでいる人類なんてものは、本来ならばこれほど種族としての寿命を保てた筈《はず》のないあやふやな存在だったのだ。はい。これでお仕舞い」ばったりと俯伏《うつぶ》せに倒れた。

　後藤が博士を抱き起した。

「死んでいる」

　おれは立ちあがり、カウンターの隅へ行って受話器をとりあげた。

　その時、店全体がぐらりと傾いた。カウンターにいた連中が将棋倒しになっておれの方へ雪崩《なだ》れてきた。店のあっちの端にいた連中が、テーブルやソファを抱きかかえたまま、ずるずるとこっちへ滑ってきた。

「OH」

「曖呀《アイヤ》」

「HELP」

「助けてくれ」

　客全員が、五十度ほど傾いた店の片側の壁に押しつけられた。おれはカウンターにしがみついた。グランド・ピアノが走り出し、カウンターをぶち壊し、おれを勢いよく壁ぎわまで押しやり、ぎゃろぎゃろんという音を立てておれの腰骨を粉ごなに打ち砕いた。

　その時、店内の電灯がいっせいに消え、ただ一カ所の入口から轟轟《ごうごう》たる水音と共に、破裂するような勢いで海水が流れこんできた。

原典『日本沈没』のパロディ化を快諾下さった小松左京氏に厚く御礼申しあげます。

（作者）

登場人物解説

平石　滋

シナトラ　フランク・シナトラ（一九一五―一九九八）　アメリカを代表する歌手。映画俳優。

ニュージャージー生まれ。ジャズ・バンドの専属歌手を経てソロとなり、「フライ・ミー・トゥ・ザ・ムーン」「夜のストレンジャー」「マイ・ウェイ」など多くのヒットを放つ。ディーン・マーチン、サミー・デイビスJr.らとシナトラ一家を形成し、ラスベガスのホテルでのショーなどに出演。イタリア系出身で、マフィアとの関係も噂され続けた。最初の妻ナンシー・バルバトとの間に子どもが三人あり、長女が歌手ナンシー・シナトラ。ナンシーと離婚後すぐに女優エヴァ・ガードナーと結婚し、さらに女優ミア・ファロー、最後にゼッポ・マルクスの元妻バーバラと結婚した。J・F・ケネディにM・モンローを紹介したとも言われる。

東海林太郎（一八九八―一九七二）「赤城の子守唄」をヒットさせた戦前を代表する歌手。

秋田市出身。早大卒業後、一時南満州鉄道に勤務するが、退社帰国し声楽を学ぶ。コンクールでの入賞を経てレコードデビュー。「国境の町」「麦と兵隊」などのヒット曲を持つ。戦後も多くの舞台やテレビなどで活躍した。日本歌手協会の初代会長も務め、紫綬褒章、日本レコード大賞特別賞などを受けた。ステージ上では直立不動で歌うことで知られる。

ポンピドー　ジョルジュ・ポンピドー（一九一一―一九七四）　フランス大統領。モン・ボーディフの教育者の家に生まれる。文学教員資格を持ちパリの名門校などで教鞭《きょうべん》を執る。第二次大戦中はレジスタンスに参加、パリ解放後のド・ゴール将軍首班政府で官房、後にロスチャイルド銀行頭取。一九五八年ド・ゴール大統領就任に伴い官房長官となり、アルジェリア戦争の終結に尽力。一九六二年から首相を務め、ド・ゴール辞任の後を受けて一九六九年大統領に就任。前政権の基本政策を受け継ぎつつ、フランの切り下げを行ない、イギリスのＥＣ加盟拒否政策を改める。美術館などの入った複合的文化施設「ポンピドー・センター」に名を残している。一九七四年在職中に白血病のため病死。

インディラ・ガンジー（一九一七―一九八四）　インド初の女性首相。父はインド初代首相のネルー。両親が政治運動で多忙のため、孤独な幼少時代をおくった。母の死後イギリスに留学。帰国後の一九四二年ゾロアスター教徒で政治家のフェローゼ・ガンジーと結婚し二人の息子をもうけるが、インド独立により首相となった父を助けて政治活動に入る。一九五九年国民会議派の総裁となるが、翌年夫が死去。一九六四年父も死去。一九六六年首相に就任し、与党の分裂やパキスタンとの戦争の勝利により権力を強固なものにしたが、一九七七年総選挙に敗れ下野する。しかし一九八〇年の総選挙に勝ち、再び首相になるが、強権政治で反感を買い、シーク教徒の首相官邸警備兵に暗殺された。戦後すぐにインドから贈られ、人気者になった子象の名前は彼女に由来する。

毛沢東（一八九三―一九七六）　中華人民共和国建国の父。国家主席。革命家。湖南《こなん》省　湘潭《しょうたん》県の豊かな農家に生まれる。中国共産党の創設に参加、農村・農民に依った武力闘争を指導し、一九三一年瑞金《ずいきん》に臨時政府を成立させる。国民党軍に包囲されると長征を開始し、党内を把握。抗日戦勝利後に、国民党との内戦にも勝利し、一九四九年中華人民共和国成立により国家主席。農業生産を三倍にするという「大躍進」計画が破綻《はたん》に終わり、一九五九年国家主席を劉少奇《りゅうしょうき》に譲るが、一九六六年にプロレタリア文化大革命を発令し「実権派」を追い落とした。カリスマ性が強く文革中の紅衛兵は全員『毛沢東語録』を持つほどであったが、紅衛兵の暴走で多くの犠牲者が出た。筋萎縮《いしゅく》性側索硬化症のため八二歳で死去。強度の便秘症であったと言われている。生涯に四度結婚し、毛の死後「四人組」として糾弾を受けた元女優の江青《こうせい》は三番目の妻。

周恩来（一八九八―一九七六）　中華人民共和国首相。外相。政治家。江蘇《こうそ》省淮安《わいあん》県の官僚地主の家に生まれる。一九一七年日本に留学。一九二〇年パリに留学し、中国共産党フランス支部を組織した。一九二六年労働者の武装蜂起《ほうき》を指導し上海市民政府を樹立したが、蔣介石軍に捕らえられ処刑寸前で脱出。一九三一年臨時政府が樹立された瑞金に入り、妻とともに長征に参加。以来最後まで毛沢東を支えた。また抗日戦ではそれまで敵対していた国民党と手を結ぶ「国共合作」を実現させた。一九四九年中華人民共和国の建国により首相（政務院総理）に就任し、死に至るまで指導者であり続けた。また外交でも米中・日中の国交回復を実現させるなど高く評価されている。一九七六年癌で死去。

蔣介石（一八八七―一九七五）　中華民国総統・中国国民党総裁。中国の政治家。浙江《せっこう》省の商家に生まれる。日本陸軍士官学校に留学の経験をもつ。辛亥《しんがい》革命に参加。孫文の信頼を得てモスクワで軍事を学び、帰国後、軍の実権を握る。孫文の死後、国民政府主席となり反共政策から国共内戦となるが、西安で捕らえられた際、周恩来の説得により国共合作を受け入れ、対日戦争に勝利する。しかし共産軍との内戦に敗れて台湾へ亡命。中華民国総統として君臨し、「大陸反抗」の野望を持ち続けるが実現しなかった。孫文夫人の妹と結婚した。

ローマ法王　「日本以外全部沈没」が書かれたころ（一九七三）には、二六二代パウロ六世がその地位にあった。パウロ六世は、激動する世界の中で教会は何をすべきかを根本から見直し「教会憲章」「現代世界憲章」などを決めた第二バチカン公会議（一九六五）開催時の法王でもある。現在の教会では「ローマ教皇」と呼んでいる。

グレース公妃　グレース・ケリー（一九二九―一九八二）アメリカ女優。モナコ公国公妃。

フィラデルフィアの裕福な家に生まれた。ハイスクール卒業後、女優を志してニューヨークで演技を学び、一九四九年ブロードウェイ・デビュー。二二歳でハリウッドに進出、『真昼の決闘』でゲイリー・クーパーの相手役に抜擢《ばってき》される。ヒッチコック監督の『ダイヤルMを廻《まわ》せ！』『裏窓』などでヒロインを務める。『喝采《かっさい》』でアカデミー主演女優賞。カンヌ映画祭で知り合ったモナコ大公レーニエ三世と一九五六年結婚し引退する。『上流社会』が最後の出演作となった。一男二女がある。一九八二年交通事故で死亡。

ニクソン　リチャード・ニクソン（一九一三―一九九四）アメリカ大統領。

カリフォルニア州の小さな村に生まれ、苦学の末に弁護士となる。一九四六年共和党から下院議員選に出て当選し、「赤狩り」の闘士として有名になる。後に上院議員、三九歳で副大統領候補となり当選、一九五三年就任。一九六〇年大統領候補となるが、民主党のJ・F・ケネディに僅差《きんさ》で敗れる。一九六八年の大統領選挙でふたたび候補に指名され、第三七代大統領に当選。ソ連とのデタント（緊張緩和）の推進、中華人民共和国の承認などを決定した。再選された翌年、泥沼化していたベトナムから米軍の撤退を実現させたが、民主党のオフィスに侵入して盗聴を行なった「ウォーターゲート事件」に関連したとされ、一九七四年に失脚。アメリカ史上、在任中に辞職した唯一の大統領となった。一九九四年脳卒中で死去。

キッシンジャー　ヘンリー・キッシンジャー（一九二三―）　国際政治学者。アメリカの国家安全保障担当大統領補佐官・国務長官。

ドイツ生まれ。一九三八年ナチスの迫害を逃れ、両親とともにアメリカに移住、一九四三年に帰化。ハーバード大学で学び博士号を取得。一九五七年に刊行された『核兵器と外交政策』で広く認められる。一九六九年ニクソン政権発足で国家安全保障担当大統領補佐官となる。一九七一年秘密裡《り》に北京を訪問し、米中国交回復の道を開く。一九七三年ベトナム和平協定の実現や第四次中東戦争収拾によりノーベル平和賞を受賞、国務長官も兼任する。ニクソン辞任後のフォード政権でも、大統領補佐官や国務長官を務めた。

トム・ジョーンズ（一九四〇―）　イギリスのポップ・シンガー。サウス・ウェールズ生まれ。様々な仕事をしながら、バンドのボーカルとして活動したのち、一九六四年トム・ジョーンズの名でデビュー。翌年、セカンド・シングル「よくあることさ」が大ヒット。「シーズ・ア・レイディ」「何かいいことないか子猫チャン」「キス・イズ・トム・ジョーンズ」などのヒット曲がある。腰を振りふりシャウトしてホットに歌う。テレビ番組「ディス・イズ・トム・ジョーンズ」は日本でも放映された。フィールディングの小説『トム・ジョウンズ』とは関係ない。

ローレンス・オリヴィエ（一九〇七―一九八九）　ロイヤル・シェークスピア劇団出身の名優。イギリス・サリー州の教会牧師の家に生まれ、一五歳で初舞台。ロンドンの演劇学校で学ぶ。一九三五年『ロミオとジュリエット』のロミオ役で注目を浴びる。ハリウッド映画『嵐が丘』で成功をおさめ多数の映画にも出演。監督・主演をした『ハムレット』でアカデミー主演男優賞を受賞したほか、二度にわたってアカデミー特別賞受賞。ヴィヴィアン・リーとも結婚していた（一九四〇―一九六一）。ロードの称号を持ち、一九七六年に設立されたイギリス演劇界でもっとも権威あるローレンス・オリヴィエ賞にもその名が残されている。

ピエール・カルダン（一九二二―）　フランスのファッション・デザイナー。オートクチュールからプレタポルテまで、さらに子供服やジュニア服なども幅広くクリエイトした。香水やインテリアなども手がけ、世界規模で活躍するパリ・モード界のビッグネームであるが、生まれたのはイタリア。ジャン・コクトーの映画『美女と野獣』の衣裳《いしょう》デザインも担当した。魔法瓶、タオル、ワインから航空機までライセンス商品も多い。

ビートルズ（一九六〇―一九七〇）　一九六〇年代を代表するポップ・グループ。リバプール出身のジョン・レノン、ポール・マッカートニー、ジョージ・ハリソン、リンゴ・スター（一九六二年より加入）の四人によるバンドで、「ラブ・ミー・ドゥ」「抱きしめたい」「イエスタデイ」「ヘイ・ジュード」など数々のヒットをとばした。音楽ばかりでなく、映画にも進出するなど、多くの分野で「若者文化」に与えた影響は大きい。

ゴドー　正体不明の男。姿を現したことがない。

エリザベス・テイラー（一九三二―）　リズの愛称で親しまれたアメリカの映画女優。

一〇代初めから可憐《かれん》な美少女スターとして『緑園の天使』『若草物語』などに出演。その後も『クレオパトラ』『いそしぎ』など数多くの映画に出演。『バターフィールド8』『バージニア・ウルフなんかこわくない』で二度アカデミー主演女優賞を獲得。七〇年代に入ってからは、肥満度が高くなり美貌《びぼう》にも陰りが見えた。八回結婚し八回離婚、そのうち二回はリチャード・バートンとで、ゴシップ面をにぎわせた。香水の販売やエイズ撲滅のための活動でも知られる。

オードリイ・ヘプバーン（一九二九—一九九三）　気品のある美しさをもった女優。ベルギー・ブリュッセルでイギリス人の父とオランダ人の母の間に生まれ、五歳からイギリスで暮らす。一〇歳の時に両親が離婚し、母とオランダに引き揚げバレエに励んだ。一九四八年単身ロンドンに渡りバレエ学校に入学し、舞台や映画にも出演する。一九五一年原作者コレットの指名で『ジジ』のブロードウェイ公演で主役を演じ、これを見たウィリアム・ワイラー監督が『ローマの休日』のアン王女役に抜擢し、アカデミー主演女優賞を得る。『麗しのサブリナ』『シャレード』『マイ・フェア・レディ』などに出演。ユニセフ親善大使としても活躍した。一九九三年結腸癌のため死去。

クラウディア・カルディナーレ（一九三九—）　野性的な美人女優。

父はイタリア人、母はフランス人。一九五七年チュニジア・チュニスでの美人コンテストに優勝し、女優を目指す。一九五八年に本格デビューし、人気者となる。ヴィスコンティ監督による『若者のすべて』『山猫』、フェリーニ監督による『8½』をはじめ、『刑事』『ブーベの恋人』などイタリア映画に多く出演した。ブリジット・バルドーのBB《べべ》に対抗して、CCとも呼ばれた。一八歳で密かに出産し、弟と呼んでいた息子がいる。彼に子どもが生まれた一九七九年四月、彼女も娘を出産し、同年同月生まれの子と孫を持つことになった。

ソフィア・ローレン（一九三四―）　イタリアの肉体派女優。
ローマ生まれだが、父には他に妻子があり、母はナポリ近郊に彼女を連れ帰り育てた。一九五〇年海の女王コンテストをきっかけに、演劇学校に入学。ローマで映画のエキストラを続けるうちに、プロデューサーのカルロ・ポンティと出会う。『河の女』の大ヒットで世界的に名が知られ、『誇りと情熱』でハリウッド映画にも進出。『黒い蘭』でヴェネチア映画祭最優秀女優賞、『ふたりの女』でアカデミー賞とカンヌ映画祭の主演女優賞獲得。『ひまわり』など多くの映画に出演。一九五七年にポンティとメキシコで結婚したが、彼と前妻の離婚をヴァチカンが許さず重婚罪に問われた。一九六六年に結婚が成立した。

ベベ ブリジット・バルドー（一九三四―） フランスの小悪魔的なセクシー女優。パリの裕福な家庭に生まれる。ファッション誌のモデルをしていた頃ロジェ・ヴァディムと出会い、一八歳で結婚。彼の監督第一作『素直な悪女』で主演し、画面いっぱいの全裸シーンが大評判を呼ぶ。フランスを代表するセックス・シンボルとなり、ベベ（BB）と呼ばれる。しかし同作で共演したジャン＝ルイ・トランティニャンと恋に落ち、ヴァディムと離婚。その後も男性遍歴を繰り返し、ノイローゼから自殺を図ったこともある。そんな彼女を連想させる『私生活』でフランス・シネマ大賞最優秀女優賞を受賞。『軽蔑《けいべつ》』『ビバ！ マリア』など多くの映画に出演。一九七三年引退し、野生動物の保護運動を行なう。

カトリーヌ・ドヌーヴ（一九四三―） フランスの美人女優。父母姉も俳優の一家に生まれる。ロジェ・ヴァディム監督の『悪徳の栄え』で注目され、カンヌ映画祭グランプリ作品となった『シェルブールの雨傘』に主演し高く評価される。『反撥《はんぱつ》』『昼顔』『終電車』など多くの映画に出演し、『世界最高の美女』と呼ばれた。出演した映画のポスターやチラシも、ドヌーヴのアップを大きく取り上げたものが多い。結婚はしてないが、ロジェ・ヴァディムとの間に息子、マルチェロ・マストロヤンニとの間に娘の二人の子どもがいて、二人とも俳優となった。

ロミー・シュナイダー（一九三八―一九八二）　オーストリア出身の女優。ウィーン生まれ。父母とも俳優。『プリンセス・シシー』で王妃役を演じ注目される。一九五八年『恋ひとすじに』で共演した当時無名のアラン・ドロンと恋におち婚約するが、結婚しないまま五年後に婚約を解消。『制服の処女』『夏の夜の10時30分』『華麗なる女銀行家』などに出演した。一九八一年息子を事故で失ったことから、翌年薬物過剰摂取が原因となって死去。

田所博士　田所雄介（一九〇八？―一九七三）　地球物理学者。和歌山県出身。父は田所英之進。アカデミズムから離れて、オナシス系の世界海洋教団、実態はアメリカ海軍の資金提供で本郷に個人研究所を持ち、深海の研究を行なう。マントル流の対流相の急変による日本沈没を予見した。極秘裡《り》に海底の地殻調査を行なったD１計画の指導者。べろべろに酔っぱらってテレビ出演し、言い合いをしてほかの出演者を殴ったあと失踪《しっそう》。日本列島とともに運命を共にしたと思われる。小林桂樹や豊川悦司に似ている。ゴジラと共に出現した怪獣をアンギラスと認定した古生物学者田所博士との関連は不明。

金日成（一九一二―一九九四）　朝鮮民主主義人民共和国建国の父。「首領様」。万景台生まれだが、父母と移住した中国で抗日青年運動に参加し、中国共産党にも入党した。日本軍守備隊に夜襲をかけた、普天堡の戦いで抗日パルチザンの英雄として有名となる。一九四五年ソ連軍が朝鮮北部を占領した後に帰国。ソ連占領下の総選挙の結果、北朝鮮臨時人民委員会政府が成立し、委員長となる。後に反対派ライバルを追放し独裁体制を固め、一九四八年から首相、一九七二年から国家主席。生涯にわたって権力を握り続けた。

朴正熙（一九一七―一九七九）　韓国の大統領。軍人、政治家。日本の陸軍士官学校を卒業し、満州国陸軍に勤務。大韓民国独立後に創設された韓国軍に入隊。一九六一年の軍事クーデタに参加、実権を把握した後、一九六三年の大統領選に出馬し勝利する。国内産業の育成に力を入れ、韓国経済を飛躍的に発展させた。また日本との国交回復も実現した。反対派やほかの有力者を排除し独裁的政治を押し進めたが、一九七九年側近の金載圭《きんさいけい》ＫＣＩＡ部長によって射殺された。

スハルト（一九二一―）　インドネシアの第二代大統領。軍人、政治家。一九六五年左派系軍人によるクーデタ―九・三〇事件を鎮圧して、陸相兼陸軍総司令官となりスカルノ大統領から実権を奪う。一九六七年に大統領代行、翌年第二代大統領に就任した。外交方針を親米・親マレーシア・反中国路線に転換し、国連への復帰、ＡＳＥＡＮ設立を推進した。石油を利用し工業化、都市化を進め、安定した政治体制と経済発展を実現させたが、政権腐敗やアジア通貨危機の対応で批判が強まり、一九九八年辞任した。

グエン・バン・チュー（一九二三―二〇〇一）　南ベトナムの大統領。軍人、政治家。一九六五年に軍事クーデタをおこして実権を握り、一九六七年に大統領に当選。政府に批判的な議員や新聞を弾圧し、一九七一年には候補者一人の大統領選挙を強行するなど独裁を強めたが、一九七五年ベトナム戦争に敗れ、サイゴン陥落直前に台湾へ亡命。アメリカで病死。ちなみにベトナム人名簿を見ると、「グエン」が延々と続きバン・チューを探し出す頃にはヘトヘトになる。

ロン・ノル（一九一三―一九八五）　カンボジアの政治家、軍人。元首のシアヌーク殿下が病気治療のためモスクワにいた一九七〇年に、アメリカの支援によると言われるクーデタで政権を奪取。しかし隣国のベトナム戦争に巻きこまれ、国内的にも共産勢力のクメール・ルージュなどとの内戦となり、アメリカからの膨大な援助を受けた。その後、ベトナム和平に伴いアメリカが手を引くと政権の力も弱まり、一九七五年クメール・ルージュにプノンペンを制圧され、ハワイへ逃れた。このあとのカンボジアは、ポル・ポト政権下で数百万人が殺されるなど、悲惨な事態が長く続くこととなる。

レーニエ三世（一九二三―二〇〇五）　モナコ国王。第二次大戦中は自由フランス軍大佐として従軍。一九四九年、祖父ルイ二世の死去に伴い即位する。一九五六年アメリカの女優グレース・ケリーと結婚した。モナコ公国は世界で二番目に小さい国で、カジノや豪華ホテルが立ち並ぶ高級リゾート立国。公道を使ってのF1グランプリレースが行なわれることでも有名で、表彰式には必ずその姿があった。

ハワード・ヒューズ（一九〇五―一九七六）　アメリカの大富豪。映画制作者。飛行家。テキサス州ヒューストン生まれ。一六歳で母と、一八歳で父と死別するが、受け継いだ莫《ばく》大《だい》な財産を映画に投資し、『暴力団』『暗黒街の顔役』などを制作。自ら監督をした『地獄の天使』も大ヒットさせた。映画会社RKOを買収したこともある。航空機にも情熱を燃やし、一九三五年航空機製造のヒューズ・エアクラフト社を設立し、自らの操縦で世界一周最速記録を作る。大手航空会社T&WAを買収し、トランス・ワールド航空（TWA）へと発展させた。一九四六年設計にも関わった高速偵察機XF－11がテスト飛行中に故障、墜落し大怪我を負った後に、痛み止めによる薬物中毒、強迫神経症の進行などにより、世間との関係を断った。遺書がなかったため、財産整理に二〇年もかかった。

フォード　ヘンリー・フォード二世（一九一七―一九八七）　アメリカの実業家。祖父でフォード自動車の創業者ヘンリー・フォードは、T型フォードを開発し大量生産方式により低価格で販売、自動車の普及発展に貢献した。父エドセルが早くに世を去ったため、一九四五年に祖父の跡を継いで社長に就任。一九六〇年会長となり、元国防長官マクナマラを登用し経営を再建したが、一九七八年マスタングの製造・販売に貢献したアイアコッカ社長を「お前がきらいだ」の一言でクビにした。アイアコッカは競争相手であるクライスラーに移り大いに実績をあげた。会長をおりた後も生涯にわたりフォード社に君臨した。

ディーン・マーチン（一九一七―一九九五）　アメリカのエンターテイナー。俳優・歌手。売れないナイトクラブ歌手であったが、たまたま同じクラブに出ていたジェリー・ルイスとの即席コンビが大受けして人気者となる。映画『底抜け右向け！左』『底抜け艦隊』などの「底抜け」シリーズに出演した。一九五七年コンビを解消し、『若き獅子《しし》たち』『リオ・ブラボー』などでは演技派としても実力を示した。『サイレンサー』シリーズも人気を博した。また「シナトラ一家」の中心的一員としても活躍し、「誰かが誰かを愛している」などのヒット曲をもつ。「ディーン・マーチン・ショー」は日本でも放送された。

オナシス　アリストテレス・ソクラテス・オナシス（一九〇六―一九七五）　ギリシャの実業家。スミルナ（現トルコ）生まれ。紛争で一家は財産を失い、ギリシャへ移住。タバコ輸入で成功、さらに中古船の船主から始めた海運業で大成功をおさめ、二〇世紀最大の海運王と言われた。オペラ歌手マリア・カラスとも関係があったといわれるが、一九六八年にアメリカ大統領J・F・ケネディの未亡人ジャクリーヌ・ケネディと結婚した。

アラン・ドロン（一九三五―）　フランスの美男映画俳優。カンヌ映画祭で二枚目ぶりを認められ映画界入り。『太陽がいっぱい』『冒険者たち』『サムライ』『ボルサリーノ』など多くの映画に出演する。一九六四年ナタリー・バルテルミー（ナタリ・ドロン）と結婚した。ナタリーと離婚後、女優ミレーユ・ダルクと同棲《どうせい》。一九六九年ボディガードをしていたマルコビッチの殺人容疑で取り調べを受け、容疑は晴れたが、暗黒街とのつながりは否定できないものになる。しかしその後、映画制作者、実業家としても成功をおさめ、紳士服ダーバンのCMにも登場した。

チャールズ・ブロンソン（一九二一―二〇〇三）　男くさい魅力のアメリカの映画俳優。

リトアニア移民の貧しい家に一五人兄弟の五男として生まれる。一九四三年に空軍に入隊、B29の射撃手として東京大空襲に参加した。除隊後、俳優を目ざして演技を学ぶ。端役から始めて『荒野の七人』『大脱走』では重要な脇役を演じ、『さらば友よ』で主役のアラン・ドロンを食ったといわれ、『雨の訪問者』『狼の挽歌』で国際的スターとなる。デビッド・マッカラム前夫人のジル・アイアランドと結婚し、多数の作品で共演したが、一九九〇年に死別。アルツハイマー病を発症し死去。後に原田知世主演『時をかける少女』を監督する大林宣彦《のぶひこ》が演出した、男性化粧品マンダムのCMに出演した。

アンソニー・パーキンス（一九三二―一九九二）　アメリカ・フランスで活躍した個性派俳優。五歳で死別した父親も舞台俳優。カレッジ在学中に映画デビュー。舞台『お茶と同情』で主役を演じ、シアターワールド賞を受賞。ウィリアム・ワイラー監督の『友情ある説得』でアカデミー助演男優賞候補となり、青春スターとして人気を獲得した。代表作はヒッチコック監督の映画『サイコ』のノーマン・ベイツ役だが、あまりにもインパクトがあり、その後もそのイメージが付きまとうこととなった。『さよならをもう一度』でカンヌ映画祭主演男優賞受賞。脚本や監督を務めた作品もある。一九九二年エイズにより死去。

ショーン・コネリー（一九三〇―）　イギリスを代表する映画俳優。スコットランド出身。肉体労働をしながらウェイト・トレーニングに励みミスター・ユニバースに出場。その後、舞台の『南太平洋』に出演したことから演劇に興味をもち、演技の勉強をはじめる。長い下積み時代ののち、007シリーズの第一作『007は殺しの番号』（再公開時『ドクター・ノオ』）でジェームズ・ボンドを演じ好評を得た。引き続きシリーズ第五作まで連続出演し、大成功をおさめ、第七作にも出演した。その後、ボンド役から離れて『オリエント急行殺人事件』『インディ・ジョーンズ最後の聖戦』『レッド・オクトーバーを追え！』など多くの作品に出演し、その存在感を示した。

コールドウェル　アースキン・コールドウェル（一九〇三―一九八七）　アメリカの作家。長老派教会の牧師の息子としてジョージア州に生まれる。南部の貧乏な白人一家の生活ぶりを描いた『タバコ・ロード』がベストセラーとなり成功を収めた。ブロードウェイで舞台化されロングラン公演となり、ジョン・フォード監督によって映画化された。ほかにも『巡回牧師』『神の確かな手』など多くの作品を発表しているが、アメリカ南部の生活や貧乏ぶりを独特のユーモアで描いた作品が多い。

モラヴィア　アルベルト・モラヴィア（一九〇七―一九九〇）　イタリアの作家。

本名はアルベルト・ピンケルレ。モラヴィアは母方の姓。骨髄結核を患い、ほとんど寝たきりの孤独な少年時代をおくり、学校へは行かなかった。一六歳でアルプスのサナトリウムに入り、三年かけて完成させた処女作『無関心な人びと』が一九二九年に出版され評価は得たが、ファシスト政権からにらまれる。一九四一年に発表した『仮装舞踏会』で執筆を禁じられ、政権崩壊まで南イタリアのカプリ島で隠遁《いんとん》生活をおくった。『倦怠《けんたい》』『深層生活』『豹女《ひょうおんな》』などの長編があり、デ・シーカ監督による『ふたりの女』、ゴダール監督による『軽蔑《けいべつ》』など映画化された作品も多い。国際ペンクラブ会長（一九五九―一九六二）も務めた。

カポーティ　トルーマン・カポーティ（一九二四―一九八四）アメリカの作家。ニューオリンズ生まれ。両親が四歳のときに離婚したために、幼年時代は親類をたらいまわしされ、南部の田舎を転々としてほとんど学校に行かなかった。一七歳で、「ニューヨーカー」誌に就職しメッセンジャーボーイとして働く。二三歳で同性愛を扱った『遠い声、遠い部屋』を発表し、注目される。『夜の樹』『草の竪琴《たてごと》』『ティファニーで朝食を』の小説のほか、戯曲や旅行記もある。現実の事件の殺人犯をファンクション手法で描いた『冷血』は多くの議論を呼んだ。『ヤク中でアル中でホモで天才』と自称して、ゴシップ欄に数々の話題を提供した。一九八四年ロサンゼルス滞在中に心臓発作で急死。

メイラー　ノーマン・メイラー（一九二三―）　アメリカの作家。ニュージャージー生まれ、ブルックリン育ち。ハーバード大学で航空工学を学ぶ。第二次大戦中は南太平洋で従軍し、進駐軍として銚子《ちょうし》などに滞在した。戦争体験に基づいて書かれた『裸者と死者』で評価される。ベトナム戦争反対デモで逮捕された経験を『なぜぼくらはヴェトナムへ行くのか？』に著すなど、ノンフィクションとフィクションを融合させた「ニュー・ジャーナリズム」と呼ばれる手法を確立した。著書に『夜の軍隊』『性の囚人』など。一九六九年ニューヨーク市長選に出馬するが落選。六回結婚し、九人の子供がいる。

アーサー・ミラー（一九一五―二〇〇五）　アメリカの劇作家。ニューヨーク生まれ。ミシガン大学で演劇を学び在学中から劇作を始めるが、『みんな我が子』で注目を浴びるまで十年ほどかかった。エリア・カザンが演出した『セールスマンの死』でトニー賞、ピュリッツァー賞を受賞し、劇作家としての地位を確立した。『るつぼ』『橋からのながめ』『転落の後に』などの戯曲のほか、小説や評論もある。『荒馬と女』の映画台本を担当。一九五六年マリリン・モンローと結婚するが、一九六一年に離婚。一九六二年インゲ・モラスと再婚。一九六五年から国際ペンクラブの会長。二〇〇五年癌のため死去。

ボーヴォアール　シモーヌ・ド・ボーヴォアール（一九〇八―一九八六）フランスの哲学者、作家。

パリ生まれ。一九二九年哲学教授資格を取得し、同年ジャン＝ポール・サルトルからの二年間だけの契約結婚の提案を受け入れるが、生涯にわたる親密で知的な関係を持ち続ける。実存主義の立場から女性や老人について論じ、『第二の性』で「女に生まれるのではない、女になるのだ」と述べたことはよく知られている。『招かれた女』『他人の血』などの小説、『人生について、ピリュスとシネアス』など哲学書のほか『娘時代』『女ざかり』『老い』などの著作がある。一九八六年死去。サルトルと同じ墓地に埋葬される。

リヒテル　スビャトスラフ・リヒテル（一九一五―一九九七）ソ連・ロシアのピアニスト。

ウクライナ生まれ。一六歳でオデッサ歌劇場のピアノ伴奏者になる。一九三七年モスクワ音楽院に入学するが、先生は教えることがなかったといわれる。一九四五年全ソビエト音楽コンクールピアノ部門で第一位。一九五三年スターリンの葬儀でも演奏した。超越した技巧をもち、冷戦下の西側諸国では「幻のピアニスト」と噂されたが、一九六〇年フィンランドやアメリカで初公演して、演奏活動を世界へと展開する。ヤマハのピアノを愛用していた。

ケンプ　ヴィルヘルム・ケンプ（一八九五―一九九一）ドイツのピアニスト・オルガニスト。ルター派の教会オルガニストの家に生まれ、幼いときから音楽の才能を示す。ベルリン音楽大学で作曲とピアノを学び、メンデルスゾーン賞を得て卒業した後、本格的な演奏活動に入る。ベートーヴェンのピアノソナタ全集、シューベルトのピアノソナタ全集の録音は高い評価を受けた。作曲家としてもオペラや交響曲などを作り、指揮者フルトヴェングラーらによって演奏されている。

ブレジネフ　レオニード・ブレジネフ（一九〇六―一九八二）ソ連の最高指導者。政治家。ウクライナのカメンスコエ生まれ。一五歳で地元の製鉄所に勤務し、共産党青年組織に加わる。第二次大戦中に少将となる。退役後も党内で昇進し、権力を握っていたフルシチョフの側近となり、一九六〇年にソ連最高会議幹部会議長に就任。一九六四年休暇中のフルシチョフを解任追放し、党第一書記（後に書記長）となる。一九七二年アメリカとの戦略軍備制限条約（SALT1）に調印、一九七九年にはSALT2に調印しデタント（緊張緩和）外交を展開する。一方で、一九六八年「プラハの春」で自由化を進めていたチェコや、一九七九年アフガニスタンに軍事侵攻を行なった。また国内経済も停滞を招いた。一九八二年心臓発作によって死去。

コスイギン　アレクセイ・コスイギン（一九〇四―一九八〇）ソ連の政治家。サンクトペテルブルグの旋盤工の家庭に生まれる。ロシア革命直後の赤軍に志願、一九二七年にソ連共産党に入党。レニングラード市長、ソ連共産党中央委員、ロシア共和国人民委員会議長（首相）を経て、一九四六年ソ連副首相に就任。スターリンの死後一時職を解かれるが復帰し、一九六〇年には第一副首相となる。一九六四年フルシチョフ失脚後首相に就任し、ブレジネフ、ミコヤン（一九六五年からはポドゴルヌイ）とともに、トロイカ体制を形成した。主に工業・対西側政策を担当し、インド・パキスタン紛争の仲介など平和共存路線を推進したが、工業は失速し、政権内での比重は下がっていった。

ヒース　エドワード・ヒース（一九一六―二〇〇五）イギリスの首相。政治家。ケント州生まれ。父は大工。オルガンの奨学生としてオックスフォードに進む。一九五〇年保守党の下院議員となり、労相、EEC担当相、商務省長官を歴任。一九六五年に労働者階級出身で初の保守党党首となる。一九七〇年の総選挙で勝利し首相に就任すると、一九七三年ＥＣ加盟を実現。一九七四年選挙に敗れ、翌年党首の座もＭ・サッチャーに譲る。終生独身のまま八九歳で死去。ビートルズ「タックス・マン」の歌詞にも登場する。

シャザール　ザルマン・シャザール（一八八九―一九七四）　イスラエル大統領。政治家、歴史家、文学者。

ロシア生まれ。ドイツで歴史と哲学を学び、一九二四年にパレスチナに移住。一九四七年に国連のイスラエル代表になり、一九四九年から一九五一年まで初代教育文化大臣を務めた。一九六三年にイツァク・ベン・ツヴィ大統領の死去により第三代大統領に選出された。詩や自伝的フィクションなど多くの文学作品を発表した。二〇〇ニュー・シェケル札にもなっている。

あるいは酒でいっぱいの海

放課後、いつものように化学実験室でいろいろな実験をしているとき、おれはとんでもないものを作りあげてしまった。

おれは化学が好きだから、教師の許可を得て、よくこの部屋で実験をするのだ。そのとき部屋には、おれひとりだった。

とんでもないものといったところで、不老長寿の薬だとか、からだが大きくなったり小さくなったりするＳＦ的な薬だとか、そんな非現実的なものではない。酸素からヘリウムをとり出す薬だ。つまり、O_{16}を原素転換して、その中からヘリウムの原子を二個とび出させるという薬品を作ってしまったのである。

なんだそんなことと思うかもしれないが、じつはこれは大変なことなのである。日本にはヘリウムがないのだ。

アメリカでは、地下からヘリウムが噴出している。ところが、外国へ輸出してはいけないという法律があるらしく、日本にはくれないのだ。ひょっとするとこれは、大もうけをすることになるかもしれないぞ、と、おれは思った。

アクアラングや潜水服を作っている父が、以前、ヘリウムをほしがっていたことを思い出し、おれはその日その薬を持って帰った。思ったとおり、父はびっくりした。

「とんでもないものを作ったな」と、父はいった。「潜水病を防ぐためには、ヘリウム混合酸素というのは、ぜったい必要なのだ。よし、さっそくその薬を、明日から大量生産させよう」

次の日、父はおれの作った薬をポケットに入れたまま、新しく作ったアクアラングのテストをするため、ヨットで海に出かけていった。

その日の放課後も、おれは化学実験室に入って、昨日作ったのと同じ薬を調合した。ところがうっかりしてその薬を、テーブルの下においてあったバケツの中に落してしまったのである。バケツには水がいっぱい入っていた。たちまち、水はごぼごぼと泡立ち、わき返った。すごい勢いである。

ちょっとおかしいな、と、おれは思った。ヘリウムが発生するだけにしては、こんなに泡立ち、わき返る筈《はず》がないのだ。

もういちど薬の効果をよくたしかめてから、おれは今度こそ、ほんとにびっくりした。O_{16}から原子が二個とび出した。そこまではいい。だが酸素の残りは、なんとC_{12}になっていたのである。おれの作った薬は、酸素を急激に炭素に変える触媒の役目を果すのだ。それだけではない。薬は、大量に作る必要などちっともなく、ごく少量を水の中へ落すだけで、いくらでも連鎖反応を起すことがわかったのだ。

その時、化学実験室の中の電話が鳴った。受話器をとりあげると、父の声が大きく響いてきた。

「えらいことをした。さっき、あの薬をうっかりして船から海の中へ落してしまった」

おれは息をのんだ。さあえらいことになったぞ。「それで、どうなりました」

「海面ぜんたいが、ぼこぼことわき返った」

おれはげっそりして、受話器を置いた。

それから、ぎょっとして考えた。海水は、H_2O, NaCl, MgCl などでできている。その中のO_{16}がC_{12}になればどうなるか。ふるえあがった。C_2H_5OHだ。酒だ。世界中の海が酒になっちまった。にがりのきいた辛口の酒だ。いや。海だけではない。海は世界中の水とつながり、陸へ触手をのばしている。だから連鎖反応を起しながら、それは水のあるところ、川をのぼり湖に入り、池に沼に貯水池に入り、さらには水道に入り、すべてを酒に変えてしまったのだ。

もう無茶苦茶だ。

これが酔わずにいられるものか。おれはバケツをとり、まだわき立っているバケツの中の酒をがぶがぶと飲んだ。

ところがおれは忘れていたのだ。人体の九十九パーセントは水だということを。

たちまちおれは酒になった。

ヒノマル酒場

勤め帰りに寄ったらしい会社員風の男たちが数人、ほろ酔い機嫌になってどやどやと出て行くと、ヒノマル酒場はいちどにがらんとしてしまった。

たったひとり、隅のテーブルで、神棚の横のテレビを見あげながら夕食を食べていた電気屋の店員の秀造が、食べ終えて箸《はし》を置いた。「ごっつおさん」

「あ。よろしおあがり」カウンターの中にいる女将《おかみ》のお勢がにっこり笑ってうなずいた。「どや。うちのおかず、おいしいやろ」

「うん」秀造は立ちあがり、ちょっともじもじした。「あの、ほんまにこれ、金払わいでええんかいな」

「ええねん、ええねん」お勢は珍しく愛想のいい笑顔でいった。「これから毎晩、ただで晩ご飯食べさしたげるさかい。そのかわり、十一時になったらよろしう頼むで」

「オーケー。それはまかしとき」がっしりした胸を、不必要なまでの力でどんとひとつ叩《たた》いてから、秀造はのれんをわけて路地へ出ていった。

ほとんど入れ違いに、古本屋の隠居の福太郎が入ってきた。

「あ、おいでやす」

「なんや。今出て行きよったんは、あれ電気屋の秀造と違うか」

「そや」

「あいつ、たしか酒は飲まなんだ筈《はず》やが」

首を傾《かし》げながらカウンターに向かって腰を掛けた福太郎に、お勢はつきだしの海蘊《もずく》を出しながら言った。「あの子にちょっと用事頼んだんや。この店、本当は十一時で仕舞いやねんけど、例の健さんやら良作やら五郎はんやらノボルやら、あの常連の労務者連中、毎晩一時頃までねばりよるやろ。そやさかい、いつでも警察に叱られるねん。それであの子に、毎晩十一時になったら来て貰《もろ》うて、ぜんぶ追い出して貰《もら》うことにしたんや」

福太郎が眼を丸くした。「あいつら気い荒いぞ、そんなことして、喧嘩《けんか》にならへんか」

「ならへんならへん。それは大丈夫」お勢は二級酒の入った徳利を福太郎の杯の上で傾けた。「笑わして、うまいこと帰らすような、ちょっとした趣向があるねんや」

「へえ。そら楽しみやな。そんならその趣向ちうのん見ないかんさかい、わしも今夜は十一時までねばらして貰いまひょ」福太郎はいつもの悲しげな表情をまったく変えずにそういうと、あとは手酌でちびりちびりちびりと飲みはじめた。

　テレビは夜八時からの歌謡番組をやっていて、さっきの客のテーブルを片付け終りカウンターのいちばん端の椅子に腰掛けた淳子が、白痴的なうす笑いを頰に浮かべ、そのきらきらした画面に見入っていた。

「飼《こ》うてた猫が、今朝がた死によってのう」悲しげに、福太郎がいった。

「猫なんか、なんぼでも替りがおますやないの」お勢が馬鹿にしたような声を出した。

「いやいや。あの猫の替りはない」福太郎はますます悲しげにそういって、杯を口へ運んだ。「白い綺麗《きれい》な、ええ猫やった」

「うちに言わしたら、ご隠居はん、あんた、ええご身分や」お勢はややあきれたように福太郎を見た。「そんなことより他に悲しいことがないやなんて、そらご隠居はん、ぜいたくやわ」

　福太郎は杯を口につけたまま、じろりとうわ眼でお勢を見た。「あれは、ええ猫やった」

福太郎が不愉快な時に悪酔いする癖を思い出し、お勢はちょっとあわてた。「そらまあ、可哀想なことやったなあ。これ淳子ちゃん、あんたテレビばっかり見てんと、秀造はんの食べたもん片付けんかいな」

「はあい」尚《なお》もテレビに眼を向けながら、淳子はのろのろと立ちあがった。

「おす」

「おす」

「おす」

「おす」

掛け声のような威勢のいい挨拶《あいさつ》を次つぎとお勢に投げつけ、労務者の健、良作、五郎、ノボルといった連中がどやどやと入ってきて店の中央のテーブルを占領した。

「いらっしゃい」急に淳子がにこにこしはじめた。

「よう、酒、頼むで。もう、初めから二本ずつやで。湯呑《ゆのみ》でな」いつものようにリーダー株の健が叫んだ。

「早《はよ》うしてや、桜田淳子」良作が淳子に大声でそう言ってから、「の家のブルドッグ」と小声でつけ足した。

げらげら笑いながら壁に貼《は》られている献立表を見あげた五郎が、お勢に訊《たず》ねた。

「おかあちゃん。こんにゃくの炊《た》いたやつあるのんか。こんにゃくの炊いたやつ」

お勢が奥の調理場に向かってこんにゃくがあるかと訊ねると、すでに五郎の大声を聞いていたらしい料理人の宗吉が蒼白《あおじろ》い顔を窓口から突き出し、疳《かん》の強そうな声で五郎に怒鳴り返した。「そこに書いて貼ったるもんで出来んもんはないわい」

宗吉の顔が引っ込み、労務者四人はちょっと毒気を抜かれて顔を見あわせた。

「なんや。あいつ何怒っとるねん」

「いつでも怒っとるな、あいつは。おかあちゃん、宗やんと言いあいでもしたんか」

「せえへん、せえへん」お勢はかぶりを振った。「また、誰かに振られたんやろ」

「女に振られた腹いせで、客が怒鳴られたり、この前みたいに出刃庖丁《でばぼうちょう》持って追いかけまわされたり、ええ迷惑や」健がぼやいた。

「お、お、おれもこ、こ、こんにゃく貰うで。こ、こ、こんにゃく」とノボルがいった。「それそれそれそれから肉や」

四人がそれぞれ、お勢に惣菜《そうざい》を注文した。

近くの商店の息子で同じ二流の私立大学へ行っている明と直道が入ってきて、カウンターに向かい、腰をおろした。この二人もヒノマル酒場の常連である。

「あの営業の村井ちう若いやつは、なんぼ考えても腹の立つやつやなあ」労務者四人はすでに、例によって勤め先での不満を吐き出しはじめていた。「一回、どついたらなあかん」

「なんぞちうと、先方の意向を振りまわしやがって。今日の残業もあいつのお蔭《かげ》やろが」

「そや。別に、せいでもよかったんや」

「明日《あした》やった方が、段取りがええねん」

「一回、どついたらなあかん」

「だいたい、日程とか規則とかは、仕事をし易うする為《ため》にあるんやないか。そやのにあいつはこっちの仕事をややこしうする為にだけ日程やら規則を振りまわしやがる」

「なんの能もない、力仕事ひとつ出来んやつが、大学出たちうだけで偉そうにしやがって」

「一回どついたらなあかん」

健が、全員をなだめるように言った。「まあ、どうせ今の大学出は、みんなあんなもんや。ひとの仕事のしんどさがわからへん」

「えらい耳が痛いな」明と直道が笑いながら労務者たちに声をかけた。「それ、わしらへのあてつけか」

「なんや。お前ら、来とったんか」良作が振り返って苦笑した。

「おう。あい変らず親の脛《すね》で酒飲んどるな」ちらと反感を見せて五郎がいった。「ちえ。猫も杓子《しやくし》も、大学さえ行ったらええ思いやがって」

「まあ、そない大学出にあたらんといてくれ」酔っぱらいを扱い馴《な》れている口調で明がいった。「猫も杓子も大学へ行くからこそ、力仕事をする人間がおらんようになって、そいであんたら、収入がええんやないか」

「そやそや」と、直道もいった。「世の中なんぼ不景気でも、あんたらだけは景気ええもんな」

「何がええもんか」健が笑った。「せいぜい脛かじりが来る程度の店で毎晩酒が飲めるちうだけや」

「そんな程度の店で悪かったねえ。え」と、お勢がカウンターの中で威勢よく叫んだ。

「一回、南か鶴橋あたりの、ここ程度の店へ行って、あんたらが毎晩飲んでる量のお酒、飲んで来て見い。どんだけふんだくられるか」

「すまん。堪忍。安いことはようわかっとりまっせえ」良作がわめいた。

「ここへ来る途中で、なんやら大勢、通天閣の方へ走って行きよったけど、あれ何があったんや知らんか」と、直道が淳子に訊ねた。

淳子はかぶりを振った。「知らん。火事か怪我人やろ」

「えらい簡単に言いよるな。火事やったらえらいことやがな」と五郎がいった。

「けけ、喧嘩《けんか》違うか」と、ノボルが言った。

「そう言や、さっきパトカーのサイレン鳴っとったな」五郎がいった。「どうせまた、やくざの喧嘩やろ。こないだも一人、拳銃《けんじゅう》で撃たれて死によった」

「こわいわなあ」お勢が顔をしかめ、かぶりを振った。

「いつも早う店締めえ言うて来よるおまわり、もっとそっちの方を取り締まってくれたらええのに」

「あ。ご隠居来てはりましたんか」健が福太郎に声をかけた。「ひとりで、えらいしんみり飲んではりますな」

「猫が死によってのう」福太郎は振り返りもせず、つぶやくようにそう言ってまた杯を口に運んだ。

「飼《こ》うてはった猫が死んで、悲しんではるんや」と、お勢が解説した。

「なんや猫か。猫なんか」

言いかけた五郎に、お勢があわててかぶりを振って見せた。「そっとしといたげ。また悪酔いしはるさかい」

「そや。ご隠居さん悪酔いしたらまた、ゴリラになりはるよって」良作がそう言い、労務者たちが笑った。

「猫が死によってのう」福太郎が悲しげにつぶやいた。

「ゴリラてなんや」直道が淳子に訊ねた。

「あれ。知らんの。ご隠居さん、悪酔いしたらゴリラの真似してあばれはるんよ」

「へええ。けったいな発作やなあ」

そう言った明の背中を、淳子がどんと叩《たた》いた。「発作やなんて言わんといて。うちのことかと思うやないの」

また、労務者たちが笑った。

「淳子えらいぞ」すでに酔いはじめている五郎がそう言った。「お前は自分の癲癇《てんかん》のことをあんまり気にしとらんな。そこがえらい。うん。えらい」

淳子が顔を赤らめた。「阿呆《あほ》。気にしてるわ」

「この店、なんやかやと気を使わないかん人が多いな」と、直道が笑いながら明にいった。

「このため、通天閣附近は黒山の人だかりとなり、報道関係者も次つぎと駈《か》けつけています」いつの間にか歌謡曲番組を終えていたテレビが、ちょっと緊迫した調子でそう告げた。

「おい。通天閣の辺で、やっぱり何かあったらしいぞ」通天閣ということばを耳にとめて画面に注目し、明がいった。

皆がいっせいにテレビを見あげた。

「なんやこれ」

テレビの画面には通天閣前の広場が映し出されていた。そこには、ある時間帯、毎日のようにテレビに登場しているため誰もがよく知っている形をした、巨大な発光物体があった。しかしその形態にはいつもSFドラマに登場する時の玩具《がんぐ》じみた明確さが欠けていて、もともとぼやけているか、カメラが悪いのか、あるいは照明の加減なのか、そのいずれかの理由によって、テレビを見ている者には全体のはっきりした輪廓がなかなかつかめなかった。

「空そら空そら空とぶ円盤や」やっと対象を見定めたノボルが、びっくりしたような声を出した。

「なんじゃ」たちまち皆が興味を失い、テレビから視線をはずした。「しょうむない。子供のドラマか」

ああそうか、という表情でノボルも画面から眼をそらした。

「今日はおっさんがおらんやないか」と、健がお勢に訊《たず》ねた。「おっさん、どないしたんや」

「また競輪やがな」お勢はうんざりしたような声を出して顔をしかめた。「昼前から出かけていって、まだ帰ってけえへんがな。仕様のない人やで、ほんまに」

「競輪やったらもう、とうに終っとる時分やろが」と、良作がいった。

「そやねん」お勢は舌打ちした。「どこ、ほっつき歩いとるんやろ。店抛《ほう》り出して」

「金、全部スって、帰りの電車賃がないのと違うか」

五郎がそういうと、健がかぶりを振った。「いや。ここのおっさんは金全部スっても、いつもなんとかして戻って来よるぜ」

「だいたい、いつも負けてるさかいに、その辺は大丈夫や」明が笑った。「服を質に入れて帰って来よるんや」

「この前も、まる裸で帰ってきてなあ」と、お勢がいった。

「まる裸」直道が眼を丸くした。「なんぼなんでも、まる裸ちうのは具合悪いやろ」

「そらまあ、まる裸ちうても、丸出しちうことやないわい」良作はげらげら笑った。

「お前ら知らんか。有名な話があるねん」と、健がいった。「だいぶ前のことやけど、わし、競輪で負けて帰って来るここのおっさんと道で会《お》うたんや。えらい、からだにぴったりしたタキシード着てるなあ思うて、よう見たらタキシードと違うねん。まる裸の上へ墨塗《ぬ》って帰って来よってん」

　全員がげらげら笑った。

「警察に叱られなんだんかいな」

「叱られて、スミません言うたらしいわ」

　皆がふたたびどっと笑った時、通天閣前の広場を固定したカメラでずっと映し続けているテレビが、画面の下にテロップを流した。

『ただいま臨時ニュースを放送中です。これはドラマではありません』

　このテロップに眼をとめたのはノボルだけだった。彼は驚いて湯呑茶碗《ゆのみぢゃわん》の酒をぐいと飲《の》み乾《ほ》し、隣りにいる五郎の服の袖《そで》を引っぱり、テレビを指した。「おいっ。こ、こ、こ、これは、これは、これはこれはこれは」

「うるさいな。何がこれはこれはやねん」五郎はノボルの手を払いのけた。

「おい淳子。酒がないでえ」良作がわめいた。「それから、わいに焼鳥くれえ」

「はあい。焼鳥一丁」食欲旺盛《おうせい》な男たちが次つぎに惣菜《そうざい》を注文するので、淳子はもうテレビを見ることができなくなっていた。

「おい。このテレビなあ、子供のドラマにしたら、ちょっとおかしいで」明がまた画面に眼をとめて首を傾げた。「さっきから、円盤ばっかり映しとるやないか」

「そやなあ」直道もテレビを見あげた。「子供のドラマをやる時間は過ぎたしなあ」

店の時計は九時を十分ほど過ぎていた。

「そんなら、大人もんのドラマやろ」と、良作がいった。「見てみい。円盤かて、えらいがっちり作っとるやないか」

「通天閣かて、えらいリアルやしな」直道がうなずいた。「ちょっとひねったSFのドラマや」

「そうやな」明は直道とうなずきあい、串焼きにかぶりついた。

「猫が死によってのう」と、福太郎がつぶやいた。

ノボルだけが怪訝《けげん》そうな顔つきでテレビの画面を眺め続けた。画面のUFOらしき物体は次第に自ら光り輝くことをやめはじめたらしく、そのため周囲からの投光器の照明によってより形を明らかにしはじめていて、スクリーンは、背後の通天閣および周辺のたたずまい、あたりを走り騒ぐ人びとなどをはっきり映し出していた。

「やあ。皆さんお揃いですな」商事会社の社員である浮田と浜野が入ってきて、カウンターに向かい、並んで腰をかけた。「ようおかあちゃん。こんばんは」

「よう。来よった来よった。悪徳商社が来よった」労務者たちがはやし立てた。「悪徳商社」

「何回言うたらええねん。わしらの会社は悪徳商社と違いまっせ」浮田が労務者たちに向きなおり、笑いながら抗議した。

「そや。悪徳商社ちうのはもっと大きな商社のことや」浜野もいった。「わしらの会社みたいな貸しビルの中の、社員が五人しかおらんような会社が、なんで悪徳商社や」

「まあ、よろしがな」お勢が笑いながらふたりを宥《なだ》めた。「何食べはります」

「そやな。わし、酢だこにしよか」

「ぼくはいかの刺身がええ。おっ。浮田君あれ見てみい、あれ」浜野がテレビに眼をとめ、浮田の肩を叩いた。「あれやがな。さっき皆が騒いどったのは」

「おーっ」テレビを見た浮田が、頭の天辺《てっぺん》に穴があいたような声を出した。「テレビでやっとるのか」

「先輩。これいったい、何ちう番組ですか」と、明が訊ねた。

直道も訊《き》いた。「これ、ほんまに通天閣の前からの中継ですか」

「そうです。中継です」と、浜野がいった。「なんちう番組か、わたしらも知りまへんけどな。さっき、ここへ来る途中で子供らが五、六人、うわあ、空飛ぶ円盤やあちうて、通天閣の方へ走って行きよったけど、それがこれですやろ」

「なんや知らん、大人も走って見に行ってましたで。ええ大人が見っともない」浮田が笑ってそう言った。「パトカーやら」

「なんや。そんなら喧嘩と違うんか」五郎がつまらなさそうに言った。

「通天閣の前に円盤作って、ドラマをやってるんですか」

明の問いに、浮田はかぶりを振った。「いやいや。そやさかいに、わたしらも見に行ったわけやないんで、知らんのですわ」

「なんでパトカーまで行きよってんやろ」

直道がつぶやくと、浜野がいった。「見物人の整理ですやろ」

健が吐き捨てるようにいった。「いろいろと人騒がせな手え考えよるわい。テレビ局も」

「おい。酒、ないでえ」五郎がわめいた。

「へえい」と、お勢が叫び返した。

「こっちも、あと二本頼むわ」と、明も叫んだ。

テレビの画面がかわり、スタジオ内のアナウンサーが興奮した表情で喋《しゃべ》りはじめた。

「おい。こ、こ、こ、これやっぱり、ド、ド、ド、ドラマと違うでえ」ノボルが画面を指さして叫んだ。

皆がテレビを見あげた。

「ほんまや。ニュース喋っとるがな」

良作が耳に手をやった。「何を喋っとるんや。よう聞こえへんがな」

「おい淳子」と、健が叫んだ。「このテレビ、音もうちょっと大きいならへんのか」

「なる」淳子が嬉《うれ》しげにテレビの下へ椅子を運び、その上に立った。

「気いつけや。見えるで」

お勢の声にかえって刺戟《しげき》され、五郎が淳子のスカートの中を覗《のぞ》きこもうとした。

「いや嫌い。好かんひと」淳子は悲鳴まじりにそう叫ぶと、いそいでヴォリュームのつまみをまわし、椅子からとびおりた。

「そない恥かしがらんでもええがな。わしらもう、お前のパンツは見てるんやさかい」五郎が無神経にそう言った。「お前が癲癇《てんかん》起してひっくり返ってる時にな」

「えげつないわ」淳子はさほど怒った様子でもなく、それでもぷっと膨《ふく》れる表情だけは見せてカウンターの傍へ戻った。

「そない言うたりないな。可哀想やがな」と、お勢がいった。

「お前ら、ちょっと聞け。聞け」笑う同僚たちを健が鎮めた。「聞こえへんやないか」

「であり、また、世界最初の事件である、とも言えましょう。これだけ多くの人が目撃した以上は、もはやUFOの存在を認めないわけにはいきませんし、また、UFOがこのような大都市の中心に着陸した以上は、なんらかのはっきりした目的があってのことと考えられますので、いずれは搭乗員がわれわれの前に姿をあらわすことも、充分予想できるのであります」ニュースを読みあげるアナウンサーは緊張のあまり指さきをはげしく顫《ふる》わせていた。「さきほどより、大阪市内に着陸したUFOに関するニュースをお伝えしております。くり返します。本日午後八時五十分頃、大阪市浪速《なにわ》区新世界の通天閣前に」

「わかった」明がカウンターを叩《たた》いて叫んだ。「これ、H・G・ウェルズの火星人襲来や」

「なんやそれは」

「だいぶ前の話やけど、アメリカの放送局がラジオで、H・G・ウェルズの書いた火星人襲来ちうSFをドラマにして放送しよってん」明が労務者たちに説明した。「ドラマやのに、ニュースみたいに聞こえるややこしい放送のしかたしよってん」

「ああ。たしかそれで、大騒ぎになったんでしたな」浮田がうなずいた。

「そうです。ほんまのニュースや思うた連中が、火星人攻めて来たちうて逃げ出して、大騒ぎになったんです」と、直道がいった。

「あれをもう一回やるつもりや」明がうなずきながらそう言った。「柳の下の泥鰌狙《どじょうねろ》うて、今度はテレビ見てるもんに大騒ぎさせるつもりやねん」

「きっとそうでしょうな」浜野もうなずいた。「二番煎《せん》じです」

「あほらしい」健が笑ってアナウンサーを指さした。「オーバーにオーバーに喋りやがって。見てみい。こない手え顫わして興奮して喋ったら、ドラマやちうこと、まるわかりやないか」

「そうや」良作もいった。「こんなもんでは誰もだまされへんわ。誰がだまされるかい」

「くり返します」アナウンサーが叫んだ。「これはドラマではありません」

「わかった。わかった」五郎がうるさそうに言って湯呑茶碗《ゆのみぢゃわん》をさしあげた。「おうい。酒くれえ」

「なんや、この焼鳥は」と、良作がいった。「中の方が焼けてないぞ」

健の目くばせに気がつかず、酔っぱらっている五郎がわめいた。「おうい、焼鳥がナマや言うとるでえ」

宗吉が顔いちめんに怒気を漲《みなぎ》らせて調理場から店の中へとび出してきた。「おれがナマの焼鳥を食わした言うんか」

「宗やん。待ち」健があわてて立ちあがった。「ナマと違う。ナマと違う」

「中が焼けてない言うただけやで」良作が眼をぱちぱちさせた。

「なんでこれがナマやねん」興奮のあまり唇を顫わせ、宗吉が良作の焼鳥をつかんで五郎の鼻さきに突きつけた。「料理の知らんやつが何ぬかすんや。さあ。これのどこがナマやねん。言うて貰《もら》おうか」

「客に向かってなんや、その言いかたは」五郎が宗吉の手をはらいのけて立ちあがった。「女に振られたからちうて、何も客にあたらいでええやろ」

宗吉の眼が吊《つ》りあがった。「何。いつわいが女に振られた」

「やめとき宗吉」お勢がカウンターの中からぴしりと言った。

「五郎。やめとけ。すわれ」と、健もいった。「宗やん。堪忍したれや。こいつ酔うとるねん」

「ドアが開いたそうであります」アナウンサーが絶叫に近い声を出した。「ドアが開いたそうであります。ふたたびカメラを現場に戻します」

「おっ。円盤の戸が開いた言うとるで」

皆の注意がテレビに移った。

「どんな宇宙人出しよるねん」

「こ、今度何か変なことぬかしやがってみい」宗吉は口惜しげにそう吐き捨て、調理場に戻りかけ、立ち止ってテレビを見あげた。

「新世界通天閣前の現場であります」また画面に円盤が映し出された。底面にはぽっかりと穴が開き、白い明りが洩《も》れていた。「えー今から三分ほど前、突然円盤の底にご覧のような穴が開きました。見ていた人の話によりますと、両開きのドアであったということで、最初白く光る細い筋であったものが次第に太くなり」

「これ、なかなか迫力おますなあ」と、浮田がいった。

「演出がいいですね。リアルで」と、明が応じた。

「このドラマ、これきっと評判になりまっせ」いかの刺身をもぐもぐと嚙《か》みながら浜野もいった。「みんな、びっくりして見るやろしなあ」

「いや。びっくりなんか、せえへん、せえへん」浮田が笑った。「評判にはなるかもしれんけど、みんな、ドキュメンタリイ・ドラマにはもう馴《な》れてるさかいなあ」

「わし、映画見に行った帰りに、ここ通りかかったんです」テレビの画面では初老の、商店主と思える男がアナウンサーにマイクをつきつけられ、おどおどしながらそう答えていた。「はあ。円盤の底が開いた時はびっくりしました。みんな、わー言うて逃げよったけど、わし、足がすくんで動けまへんでしたんや」

「でも、まだ何も出てこないようですね」アナウンサーの声も興奮で顫えていた。

「そうでっか。何も出て来まへんか。何ぞ出て来たら、今度こそ、わし、腰抜かしますわ」

「あなたは、円盤が着陸した時からここに居られたんですね」

「そうですねん。ここまで来たら人が五、六人空見あげて、指さしてわあわあ騒いどったんですわ。それからあいつが、映画と同じで、上からまっすぐ、あの細ながい足出したままで、ゆっくりすーと下へ降りてきよったんです。わしゃもう、びっくりしてしもて」

「このおっさん、どっかで見たことあるでえ」と、良作が言った。「洋品店のおっさんと違うたかいな」

「違う違う」健がかぶりを振った。「洋品店のおっさんに、こんならまい芝居ができてたまるかい」

「そやけど、洋品店のおっさんやったような気い、するけどなあ」良作は眼をぱちぱちさせた。「ま、どうでもええわ。おい宗やん。湯豆腐くれ。湯豆腐」

テレビをぼんやり見ていた宗吉が、小さく応と答え、テレビに心を残しながら調理場へ戻った。

「えらい気い持たせよるなあ。宇宙人、なかなか出てけえへんやないか」五郎が不機嫌にぼやいた。

「結局、最後まで宇宙人は出てけえへん、ちうのと違いますか」

直道がそう言ったので、五郎は学生たちに白い眼を剝《む》いた。「なんでやねん」

「そら、ほんまに宇宙人出したりしたら、ドラマがちゃちになるさかい」直道は明に同意を求めた。「なあ、そやろ」

「ふん。えらい高級なドラマやな」五郎は吐き捨てるように言った。「そんな高級な、おもろないドラマなんか、わし、見とうもないわ」

「そやけどなあ」明がまた首をかしげて直道にいった。「ふつう、ドキュメンタリイ・ドラマちうのは、先にフィルム撮りして、局でつなぎあわせて構成するのと違うか。これ、ナマやろ」

「ナマ中継のドラマやからこそ、試みとして新しいんやおまへんかな」と、浜野がいった。「ドラマをロケ現場からの中継で、しかもナマでやるなんてことは、今までまだ、どこの局もやったことが」

「今度は何がナマやちうねん」調理場から、血相を変えて宗吉がとび出してきた。

「ナマと違う。ナマと違う」びっくりして、明が叫んだ。

浜野はあわてて立ちあがった。「違います。違います。ドラマがナマ中継や言うたんです」

宗吉の勢いに驚いて一瞬あっけにとられていた労務者たちが、どっと笑った。

「あんた、何いらいらしとるねん」

顔をしかめたお勢にきびしくたしなめられ、宗吉は引っ込みがつかず、しばらくもじもじしてから、ややこしいこと吐《ぬ》かしやがってとかなんとかぶつぶつつぶやきながら調理場に戻った。

「この店は心臓に悪い」詫《わ》びるお勢に、浜野がぼやいた。

「猫が死によってのう」と、福太郎がつぶやいた。

「おーっ」現場アナウンサーの、頭の頂きにあいた穴から出したような声は、店にいた連中の眼をふたたびテレビに向けさせた。次いで彼は、悲鳴まじりに叫びはじめた。

「何か出てきました。何か出てきました。遠巻きにして見ていた人たちが、あわてて逃げ出しています。警官まで逃げ出しました。こちら現場。こちら現場。さきほど開きました円盤の底の穴から、何か出てきま。あ。人間です。いや宇宙人でしょうか。いや。宇宙人かどうか、まだわかりません」

白い光が洩れている円盤の底面の穴から地上に向けて、梯子《はしご》の先端につかまった人間タイプの宇宙人が、梯子ごとすうっと降下してくる様子が画面に映し出された。

「なんや。人間やないか。阿呆《あほ》らしい」

「人間が宇宙人の服着てるだけや」

「同《おんな》じ出すんやったら、もっと変った宇宙人出さんかい」

労務者たちがいっせいに不満の唸《うな》り声をあげ、今度こそ完全に興味を失ったという様子で新たに酒や惣菜《そうざい》の注文をはじめた。

「ヒューマノイド型の宇宙人、ちうわけか」明ももややがっかりしたように直道にそう言って酒を追加した。「糸ごんにゃくも貰うわ」

「猫が死によったのは今朝がたのことでのう」福太郎がお勢を相手に愚痴《ぐち》りはじめた。「それまで加減悪うて、じっと寝とったやつが、夜中に、玄関の戸をがりがり引《ひ》っ掻《か》き出しよったんや。家のもんはみんな、うるさい、うるさい言いもって、眠いもんやさかい誰も戸を開けてやらなんだ。あれはきっと、死に場所を捜しに、どこぞへ行くつもりやったんやろなあ。猫は、ひと眼からのがれて死ぬ、ちうさかいのう。朝がた、わしが一番に起きて行ってみたら、玄関の戸の前で死んどった。綺麗《きれい》な、綺麗な死に顔やった」すすり泣いた。「綺麗な死に顔やったでえ」

　「可哀想になあ」お勢が酒を注いでやりながら、大きくうなずいた。

　「な、な、な、な」ノボルがテレビの画面を指した。「な、な、なんか喋《しゃべ》っとるでえ。この宇宙人」

　「テレビはよく見ています」屁《へ》っぴり腰で近づいていったアナウンサーに、全身みどり色の宇宙人が歯ぎれよく答えていた。「マスコミの人とお話する気はありません。今回わたしは地球人の食生活を研究に来たのです。それも一般庶民のそれをです。これだけが、テレビだけではよくわからなかったものですから」

　「嘘つけ」健が苦笑した。「宇宙人がこない上手に日本語が喋れてたまるかい」

　「そや。もっと外人的に喋らなあかん」と、五郎もいった。「こういう嘘っぱちやるさかいに、わし、SF嫌いや」

　「ま、テレビで日本語を勉強した、ちうわけだっしゃろ」と、浜野が笑いながらいった。「空とぶ円盤の中にまでテレビの電波が届くとは思わなんだ」

　「裸の上にグリーンのペンキ塗ってるぞ」明がいった。「だいぶ背が高いな」

　「外人のタレント使《つこ》うとるんやろ」直道がいった。「男前やし、日本語がうまいさかい、ハーフかも知れんな」

　「吹き替え違いまっか」と、浮田がいった。「しかし、なんとなしに気になる番組やなあ。これ、だいぶ視聴率あがるでえ」

「あがれへん。あがれへん」浜野が鼻で笑いながらいった。「なんでわしらがこのドラマ気にするか、ちうとやね、これ、すぐ近くで中継してるからや。わしらの見馴《みな》れてる通天閣の前で、今、ロケをしてるからや。ま、さっき走っていった子供みたいに現場へ行ってロケを見物するかわりに、こうやってテレビで見てる、ちうわけや。よその人はこんなだらだらしたドラマなんか見てへんで。な。そやおまへんか」

浜野に同意を求められ、それだけではないのだがと言いたそうな表情で学生たちはうなずいた。

「ええ」

「まあ」

「われわれが宇宙のどこから来て、なんのために地球を研究しているか、そういう質問は現在、無意味です。いずれ、明らかになりますから、その時に知ればよい。えっ。なぜそんなに早く知りたがるのです。知識欲と関係なく早く知りたがるというのは愚鈍でいやらしい。わたしたちの目的を誤《あやま》り伝えられるおそれがあるため、マスコミには喋りません。いえ。喋れません。喋れぬよう自己催眠をかけています」

「マスコミ諷刺《ふうし》のドラマや」宇宙人のせりふを聞くともなしに聞きながら、糸ごんにやくを頬張った明がそういった。

「えっ。マスコミを信用していないのかという質問ですか。なんということを。マスコミというものは信用する、しないに関係のない存在です。マスコミの人が、そんなこと、わかりませんか。さあ。そこをどきなさい。わたしは、あっちへ行きます」

話が通じるとわかってわっと取り巻いたアナウンサーや記者連中をひと睨《にら》みして後退させ、宇宙人は今や群集となった野次馬たちに見まもられながらゆっくりと歩き出した。

「こ、こ、こ、こっちへ来よる。こ、こ、こっちへ来よる」ノボルがテレビを指さして大声を出した。

「ほんまや。あの道まっすぐ来たら、ここの路地の入口へ出てまうでえ」良作も、わめくような大声でいった。

労務者たちが椅子の場所を変えてテレビに向きあい、カウンターの連中も向きを変えてテレビに注目した。

宇宙人を追ってカメラが移動しはじめたため、テレビを見る者には現場の様子がよりはっきりとわかることになった。

「こらおもろい。どんどんこっちに近づいて来よるやないか」

「仰山《ぎょうさん》、テレビの中継車出しとるなあ」

「あれえっ。おかしいな。全部違う局の車やで」

「うわ。何やこれ。パトカー何十台も出とるで」

「大がかりなドラマ、やりよるなあ」

「警察が協力してますねんやろ。そやなかったら、この野次馬では収拾つかんわ」

「うまいこと考えよったなあ。余計ドラマがリアルになるやんけ」

「あーっ」頭の天辺に穴があいたような疳高《かんだか》い声を出し、ノボルがまたテレビを指した。「こ、こ、こ、この路地の入口で、あの宇宙人、と、と、止まりよったでえ。止まりよったでえ」

「うわあ。テレビ車《ぐるま》やらパトカーやら、ようけ尾《つ》いてきよったやんけ」

「なんやおいこの路地、のぞきこんでるぜ。あの宇宙人」

「この路地へ入ってきよるのん違うか」

「おい」明が直道にいった。「さっき、あいつ、地球人の食生活が見たいとかなんとか、言うとったな」

「ああ」

「そやけど、この路地には、もの食わすとこいうたらこの店一軒だけやでえ」

直道が眼を丸くして明を見た。「そういうこっちゃなあ」

「まさか。こんなとこへは来まへんやろ」浮田がにやにや笑った。

「そやけど」明がテレビをじっと見つめながらいった。「もしあの宇宙人の役してるタレントがあの路地へ入ったら、ここしか来るとこないのんと違いますか」

「この店へ来る、ちうことは、この店がこのドキュメンタリイ・ドラマの舞台になるちうことでっせ」浜野がびっくりしたような眼で明を見た。「なんぼドキュメンタリイ・ドラマでも、それやったら前もって一言、挨拶《あいさつ》があった筈《はず》や」彼はお勢に訊《たず》ねた。「おかあちゃん。テレビ局からなんぞ、連絡あったか」

「なんにもあらへん」お勢は不安げにテレビを見ながらかぶりを振った。「そんなもん、なんにもない。そんな話はなかったで。いややなあ、こんな変なやつに店へ入って来られたら」

「あーっ」直道が、頭の天辺にあいた穴から出すような声で叫び、テレビを指さした。「入ってきよった。この路地へ入ってきよったがな」

一瞬、店内の全員が黙りこみ、じっとテレビの画面を見つめた。

「この店の入口が見えてきよったで」やがて健が、ぼそりとそう言った。

「わかった」明がカウンターをどんと叩《たた》いて叫んだ。「これ、どっきりカメラや」

「あっ。どっきりカメラ」お勢も腹立たしげにカウンターを叩いた。「うち、あれ嫌いやねん。ひと騙《だま》したり、びっくりさせたり、さんざん笑いもんにしといて、最後にはやあやあやあ、テレビです、テレビですす言うてプラカード持って出てきてやね、テレビやと言いさえしたら、どんなことしても堪忍してもらえる思うとるんや。あれで怒る人のおらへんのが不思議やで。ひと舐《な》めとるわ」

「そんなら、今映ってるこのテレビはなんやねん」

健の問いに、明は答えた。「この店の、このテレビだけ、これが映るようになっとるんや。よそのテレビはみんな、この店の中を映してる筈や」

「くそ。笑いもんにされてたまるか」五郎が立ちあがり、店の中を睨《ね》めまわした。「そんならどっかに、カメラ隠しとるな。見つけたら承知せえへんぞ」

「手のこんだことしよるなあ」浮田があきれたような大声を出した。「そやけど、さっき通天閣の方で人だかりがしてたのは事実だっせえ」

「さてはお前らも共謀《ぐる》か」五郎が浮田に近づき、胸ぐらをつかんだ。「テレビ局から金を貰《もろ》うたな」

「違う。違う。本当やねん」浜野が驚いて五郎を押しとどめた。「なんでわしらが、あんたらを騙したりしますかいな」

「そや。ぼくらかて、あの騒ぎは遠くで聞いてるんやから」と、直道が横からいった。明がいそいで弁解した。「そやけど、ぼくらは共謀《ぐる》と違うで。これがどっきりカメラやいうことに気いついたんはぼくやねんからな」

五郎は入口を睨みつけ、またテレビを見あげた。「そんならこれ、ほんまに今、外でやっとるんやな」

「そうや。もうじき入ってきよるやろ」健が苦い顔で言った。「ひと、馬鹿にしやがって。マスコミの阿呆どもが」

「わはははははは。そやけどなんや面白《おもろ》うなってきたな」すっかり酔いのまわった良作が、笑いながらわめくように言った。「よし。入ってきよったら皆で、袋叩きにしてまおうやないか」彼は入口の傍らに寄り、手ぐすねひきたげな様子で待ち構えた。

「あーっ」頭の天辺にあいた穴から出すような声で、ノボルが叫んだ。「こ、こ、こ、この店の前で、た、た、立ちどまりよった。あの宇宙人、こ、こ、こ、この店の前におるでえ」

「ほんまや。この店、テレビに映っとるがな」お勢がおろおろ声でいった。

「あなたがた、ついてこないでください」ヒノマル酒場の前で宇宙人は報道陣を振り返り、睨みつけた。「邪魔になりますから、誰ひとり、わたしのあとからこの店へ入ってこないでください」

「入ってくるつもりだすなあ」浮田が気もそぞろにそういった。

宇宙人がヒノマル酒場ののれんをわけ、店に入る様子がテレビに映し出された。

「入った」

店内にいる人間たちは、それまでテレビに向けていた視線を、いっせいに入口へと移し変えた。そこには宇宙人が立っていた。

その宇宙人は全身ライト・グリーンただ一色で、頭髪らしきものはなく、頭にはウエーヴつきオール・バックの頭髪同様に形成された盛りあがりがあるだけだった。顔立ちは欧米人風だが、眼球はグリーンの濃淡だけで示されていて、上半身は裸体、下半身につけたグリーンのパンツ状をしたものも、皮膚との境いめがはっきりせず、皮膚の延長か、少くとも皮膚に直接接合されているようにしか見えなかった。靴は穿《は》いていず、裸足《はだし》であった。

「ペンキと違《ちご》うた」明が直道にささやいた。「頭から足の先まで、ゴムの服着とるんや」

両手を大きく両側に拡げ、店内を自分の胸に包みこもうとするかのような姿勢をとり、宇宙人はいった。「お楽しみのとこ、えらいお邪魔さんです。わて宇宙人だすねん」

「おっ。この宇宙人、大阪弁喋《しゃべ》りよるで」にやにや笑いながら浜野がいった。

「ふん。どうせ、円盤の中でテレビ見て憶《おぼ》えた、ちうわけやろ」浮田が揶揄《やゆ》気味に言った。

「わて、この国の一般庶民の食生活を調査するために来ましたんやけど、ひとつまあご協力を」宇宙人は少し声を高くした。「まあ、そのことはさっきからのテレビでご存じのことや思いますけど」

「阿呆《あほ》。わしら、テレビなんか知らんぞ」健が立ちあがり、宇宙人を睨《にら》みつけた。

「わしらはテレビなんか見てないんや。誰でもがテレビ見てる思うたら大間違いじゃ。うぬぼれるな。面白《おもろ》う酒飲んでるとこ邪魔しやがって。出て行け」

「えっ。テレビ見てない、言いはりまんのか」宇宙人は喜びの声をあげた。「おお。わてらが思うてたよりも、この国の大衆は知的やった。おお。テレビに毒されてないあんたらこそ、真の大衆」

両手をあげ、抱きつくような姿勢のまま健の方へ歩み寄ろうとした宇宙人は、一歩出るなり横から良作がつき出した足につまずいて前にのめり、労務者たちが囲んでいるテーブルの上に俯伏《うつぶ》せに倒れた。がらがっちゃがっちゃ、と、徳利が倒れ皿小鉢が散乱して割れた。

「何さらすねん」怒った五郎が宇宙人を立たせ、胸ぐらをつかもうとしたが相手は裸でその上皮膚表面の粘膜がつるつるするためにつかむことができず、しかたなしに自分の胸と腕でぐいとばかり壁ぎわに宇宙人の大きなからだを押しつけた。「こら。わしらの食いもん、全部わやにしたな。どないしてくれるねん」

「すんまへん。弁償《まぞ》います」宇宙人は押さえつけられたからだをくねらせ、ひどく苦しげに叫んだ。「やめとくなはれ。わてらのからだ、おたくらみたいな骨がおまへんねん。潰《つぶ》れますさかい。潰れますさかい」

「骨がないんやと」良作がげらげら笑った。

「まだそんな、ええ加減なこと吐《ぬ》かすんか」かんかんに怒った健が、宇宙人の傍に歩み寄った。「よし。そんならみんな、こいつが潰れるか潰れへんか、思いっきり試したろやないか」

「応」と答えて良作とノボルが壁ぎわに寄り、押しくら饅頭《まんじゅう》のように宇宙人を壁に押しつけた。健も加勢し、労務者たちが宇宙人を責めはじめた。

「押せ押せごんぼ」

「わっしょい。わっしょい」

「あの。死、に、ま、す」とぎれとぎれの苦しげな息の下から声を出し、宇宙人は眼前の宙を両手で掻《か》きむしった。「破、裂、す、る。破、裂、す、る」

「人間のかだらが、そないに簡単に破裂してたまるかい」良作が笑い、学生たちに呼びかけた。「こら。お前たちも加勢せなあかんがな」

「ようし」明と直道が壁ぎわに駈《か》け寄り、押しくら饅頭に加わった。「そらいくぞ」

「えんやとっと。えんやとっと」

　商社員ふたりが船を漕《こ》ぐ所作で踊りはじめた。「えんやとっと。えんやとっと」

「〽松島ァーのサーヨー瑞巌寺《ずいがんじ》ほどの寺もないトエー」

　ぱちん、と、何かが弾《はじ》ける大きな音がして、宇宙人を責めていた連中の顔が緑色に染まり、その瞬間、壁ぎわからは宇宙人の姿がかき消すように見えなくなっていた。

「おっ、どこへ逃げよった」

「消えたぞ」

　床の上やテーブルの下をきょろきょろと捜しまわっていた労務者たちが、やがて互いの顔に気がついて眼を丸くした。

「なんや。お前の顔は」

「お前の顔こそ、そらなんや。緑色やんけ」

「うわあ。こらなんや」

明が自分の顔を掌《てのひら》で拭《ぬぐ》い、附着した緑色の粘液を見て蒼《あお》ざめた。「なんや。このぬるぬるは」

「わあ。わいの服まで緑色のぬるぬるや」

「わあ。なんやこれ、気色の悪い」

直道が壁ぎわの床を指さして叫んだ。「ほんまに破裂しよったんや。これは、あいつの着とったゴムの皮やぞ」

粘膜に包まれた伸縮性のある宇宙人の皮膚を拾いあげ、五郎が叫んだ。「くそ。これ、ゴムや。ゴムの中にこのぬるぬるが入っとったんや」

明は顫《ふる》えあがった。「そんなら、このぬるぬるは、ほんまにあの宇宙人の血液」

「だまされるな」健が叫んだ。「こんな人間がどこの世界におるもんか。ゴム皮の中に緑色のぬるぬるが詰まってるだけやなんちう怪態《けったい》な生きもんが、たとえ宇宙やろとどこやろと、おってたまるか。これはゴムの人形じゃい」

「そうや」良作も唾《つば》をとばしてわめいた。「リモコンの人形や。そうに決っとるわい。またマスコミが、わいらをびっくりさせようとしとるんやぞ」

「そやけど、こいつ喋っとったでえ」

五郎が手にして拡げている宇宙人の皮膚を見つめながらそういって首を傾《かし》げた直道に、こともなげな口調で浮田がいった。「腹話術ですやろ。どこかにスピーカーが仕掛けてあるのかも知れん」

「そや。そういえば怪態な含み声でしたさかい」と、浜野もいった。

「どこまで、ひとをびっくりさしたら気いすむんやろ」お勢が胸を撫《な》でおろしながら言った。「うち、一瞬心臓がとまったがな」

「お邪魔します」アナウンサーらしい男が、テレビ・カメラをかついだ男をひとり従えて店内に入ってきた。彼はひどく緊張した表情で直立不動の姿勢をとり、喋りはじめた。「放送関係各社が協議の結果、わたしたちが代表として取材させて頂くことに決め、その許可を願おうと思い、お邪魔とは思いましたがこうして入って。おや。ええと。先ほどどここへ入ってこられた、あの、宇宙の、あの」彼は店内をきょろきょろ見まわし、すぐ、五郎の拡げているぼろぼろに破れた宇宙人の皮膚に眼をとめた。

「おーっ」頭の天辺《てっぺん》の穴から高い声を出し、アナウンサーはのけぞった。「こ、殺してる。あんたたち、その人、こ、殺したんですか」

「じゃかましい」健が怒鳴った。「まだこの上に、わしらを騙《だま》そうちうんかい。ひと舐《な》めるな。こんな子供騙しに誰が乗るかい。阿呆め」

アナウンサーは健の勢いに圧倒され、眼をしばたいた。「えっ。いつ、誰が騙したっていうんですか。さっきからの騒ぎを、ご存じなかったんですか」

「ああ。そうかそうか。この人、まだ芝居したいんやと。いつまでも、芝居続けたいんやったら、そこでなんぼでも下手糞《へたくそ》な猿芝居しとんなはれ。はは」浮田が鼻で笑った。「阿呆らしい。同じ騙すんでも、もうちょっとましな話で騙したらええやろに」

「そや。宇宙人なんちう話で、ほんまにわしらが騙せる思うたんかいな」浜野もせせら笑った。「阿呆らしい。え。なんやて。空飛ぶ円盤がやね、通天閣の前へ降りて来てやね、その円盤からやね、緑色の宇宙人が」彼はぷっと吹き出した。「緑色の宇宙人が出てきてやね、それがテレビ・カメラに向かって『エー、ワタクシ、ウチュージン』けっ。阿呆か」げらげら笑った。

浮田が笑いながらあとを続けた。「しかもやな、『エー、ワタクシ、コレカラ、イッパンショミンノ、ショクセーカツ、ケンキューニ』いうてやね、のこのこ歩いてここまで来てやね、この店へ入ってきてやね、『オタノシミノトコ、エライオジャマサンデス』けっ。ひと馬鹿にしなはんな。わたしら子供違いまっせ」

「おのれらはのう」良作がわめいた。「ひとが酒呑《の》んでるとこ騒がして、邪魔しといて、それで済む思うてるのか」

「早《はよ》う出て行かな、どつき倒っそ」五郎が凄《すご》んだ。「ええ加減にさらせ」

「あっ」やっと気がつき、アナウンサーはまた、のけぞった。「それじゃ、あなたがたはこれを、その、あの、例のあの、どっきりカメラだと」

「まだ、とぼけるのか。おのれらは」健が叫んだ。「どっきりカメラでなかったら、なんやちうねん」

その途端、それまでテレビ・カメラをかかえたまま茫然《ぼうぜん》としてこの場のやりとりを聞いていた若いカメラマンが、突然ヒステリックに笑いはじめた。最初は弾《はじ》かれたようにとびあがり、次いでからだを二つ折りにし、やがて顔全体を鬱血《うっけつ》させ、全身を顫《ふる》わせて、彼は笑い続けた。「ひひ。ひひひひひひひひひひひひひひひひひひひひ。ひーひー」

アナウンサーが大きくやめろと叫んだため、カメラマンはますます激しい笑いの発作の中に身をゆだね、ついには息ができなくなって白眼を剝《む》き、ぜいぜいあえいだ。

啞然《あぜん》としてカメラマンの狂態を見ている店内の一同に、アナウンサーは向きなおり、ゆっくりと言った。「宇宙人が通天閣前に円盤で着陸したというのは、事実なのです。ドラマでも、どっきりカメラでもありません」そう言い終えてから彼はまた、床の上にぶっ倒れてひくひく痙攣《けいれん》しているカメラマンに眼を向け、溜息《ためいき》をついた。「と言っても、きっと信じてもらえないでしょうねえ」

「あたり前じゃ。誰が信じるか」ぴょんととびあがって良作がわめき、カメラマンに指をつきつけた。「どっきりカメラでないちうんやったら、こいつなんで笑《わろ》うとるんや」

「ひーっひっひっひっひっひっひっひっひっひっ」カメラマンが、また笑いはじめた。

「緊張に耐えきれず、ヒステリーの発作を起したんでしょう」アナウンサーは押し殺したような声で説明した。「ほんとは、わたしだってわっと叫び出したい気持なんです。今でこそこうして、比較的まともに喋《しゃべ》っていますが、いつ気が狂うかわかりません。誰にしたって、本当に宇宙人が円盤に乗ってやってきたなんて馬鹿げたことは信じたくないし、わたしだって皆さんと同じように」

「お邪魔いたします」神経質そうな若い男と、中年の男が店に入ってきて、若い方が直立不動の姿勢のまま、緊張して喋りはじめた。

「新聞各社が協議の結果、わたしたちが代表として取材を。あーっ」頭の穴から疳高《かんだか》い声を出し、彼は五郎が拡げている宇宙人の皮膚を指して大きくのけぞった。「こ、殺してる」

「大変だ。宇宙人を殺しちまった」中年の記者が、大あわてで外へとび出していった。

「ななな、なんということを。なぜ殺したんだ。大問題になるぞ。大問題」若い記者は宇宙人の屍体《したい》に駈《か》け寄り、店内の人間を見まわしながら大口をあけ、わめき散らした。

「ああっ。宇宙人を殺しちまった。えらいことだ。大変だ。あんたらは自分たちが何をしたかわかっているのか。このためにもし人類が絶滅を強《し》いられるようなことになったら、あんたらの責任は」

がき、と、骨の折れる音がして、記者の細いからだが店の隅へふっとんだ。健の鉄《てっ》拳《けん》を顎《あご》に見舞われ、記者は口から折れた歯と血を吐いて床にぶっ倒れた。

「SFは、それぐらいにしとけ」と、健が低い声で記者にいった。

「何をするんだ」記者は血まみれの顔を歪《ゆが》めて泣き叫んだ。「お前らは野蛮人か。この事態の重大性がわからんのか」

「しつこいな。まだ言うか」

また記者の方へ歩み寄ろうとした健を押しとどめ、アナウンサーが記者を抱き起した。「言っても無駄だよ。この人たち、この事件を信じていない」

「事件を信じていないとは、どういうことだ」記者が驚きの声をあげた。「さっきからの報道を信じていないっていうのか。いったい何故だ」

アナウンサーが悲しげに言った。「どっきりカメラだと思っている」

しばらく唖然とし、記者は周囲の人間たちの顔を見まわした。やがて、すすり泣きはじめた。「悪夢だ」顔をあげ、ゆっくりとアナウンサーに眼を向けた。「テレビが悪い」アナウンサーの胸ぐらをつかみ、わめきはじめた。「マスコミが大衆に信用されなくなったのはテレビの連中の責任だ。あんな、どっきりカメラなんてものをやるからだ。どうしてくれる。どうしてくれる」

アナウンサーは記者をつきはなし、投げやりに言った。「今ごろそんなこと言ったって知るもんか。なるようになるさ」

わっ、と、記者が号泣した。冷笑を浮かべ、浮田と浜野がぱちぱちぱちぱち、と、軽く拍手をした。

「よう。名演技」学生たちも軽い拍手をした。

「はい。お仕舞い。お仕舞い。ええ幕切れや。な。もうこれで、何もかもお仕舞い」けりをつけようとする口調でお勢が叫んだ。「さあさ。もうやめまひょ。やめまひょ。マスコミの人、出て行ってんか。うちかて営業続けなあかんのや。商売にならへん。さ。出て行ってんか」

記者が充血した眼をお勢に向け、静かに言った。「こいつはね、おばさん、仕舞いにはならんのだよ」

お勢は顔をしかめた。「まだやるつもりかいな」

「殺したんだって」

「本当かおい」

店の前にいた報道陣ががやがや喋りあいながら店に入ってこようとした。

「こらあ。お前ら」心張り棒を振りかざし、健が入口に立ちはだかって叫んだ。「これ以上この店の営業の邪魔するちうんやったら、わいが相手や。どいつもこいつも、ただで済めへんぞ」

報道関係者たちがいっせいに抗議の声をあげた。

「それどころじゃないだろうが」

「あの宇宙人を殺したのはお前か」

「事情だけでも聞かせろよ」

「おい。警察を呼べ。警察を。その辺にパトカーがいるだろ」

「こいつでは、話にならんじゃないか」

エリート臭をぷんぷんさせた記者のひとりが健の前に進み出、切口上で言った。

「朝目新聞の者だ。取材させて貰《もら》う」

「誰も入れたらへん。帰れ」

健に怒鳴られて記者が血相を変えた。「日本一の大新聞、天下の朝目の取材を拒否するというのか。思いあがるな。公務執行妨害だ。恥を知れ。貴様それでも日本人か」

わめき続ける記者の脳天を、健がものも言わずに一撃した。記者は仰向きに倒れ、片足を高くあげてひくひくと痙攣させた。

報道陣を押しわけ、健の持った心張り棒の下をかいくぐり、さっきとび出していった中年の記者が顔色を変えて店の中へとびこんできた。「えらいことになった。またひとり、宇宙人がやってくるぞ。出かけていった同僚からの音波か何かによる連絡が途切れたというので、ここへ様子を見に来るらしい」

「わっ」若い記者がとびあがった。「その宇宙人の屍体の、破れた皮をどこかに隠せ」五郎に駈け寄り、彼はわめいた。「見つかったら大変だ。あんたたち、顔を拭《ふ》け。その、緑色の汁、いや、宇宙人の体液のついた服を脱げ」わめき散らした。「さあ。お願いだ。早くしてくれ」

「おんどりゃ」五郎がわめき返した。「まだ殴られたいか」

「おいっ。テレビ・カメラの用意だ」アナウンサーはカメラマンにそう叫んでから、まだ狂ったようにわめき続けている若い記者を怒鳴りつけた。「やめろ、君。屍体を隠したって、いずれはわかることじゃないか」

「あんたは、テレビ効果のことしか考えていないんだ」若い記者はアナウンサーに怒鳴り返した。「君はただ、宇宙人が同僚の屍体を見て、驚いたり悲しんだり怒ったりするところを、テレビ・カメラに納めたいだけなんだ。いいか君。これは宇宙からの攻撃、地球の破滅につながるかもしれない、おそろしい局面なんだ。君はそのことを認識」

「わっしょい。わっしょい」若い記者の熱弁を学生たちがはやし立てた。

「もう遅い」中年の記者がテレビを指さして叫んだ。「店の前までやってきた」

「わ」若い記者が頭をかかえこんだ。

さっきの宇宙人と寸分違《たが》わぬもうひとりの宇宙人が店に入ってきた。

「あーっ」頭の穴から声を出し、宇宙人は店内の様子を見てのけぞった。「殺してる」

「あーあーあー」お勢がうんざりしたようにカウンターをぱんと叩《たた》き、大声を出した。

「いつまで続けますんや。こんな阿呆《あほ》なこと」

「阿呆なこと」宇宙人が眼を剝《む》いた。「わたしの同僚殺しといて、何が阿呆なことやねん」

「こら」五郎がわめいた。「人聞きの悪い。殺した殺したとでかい声で言うな。こんなもん、おもちゃやないか。ゴムやないか。言いがかりつけるんやったら、表へ出え」

「それは、わたしらの皮ですねん」宇宙人がおろおろ声で説明した。「思い通りの外見にすることのできる、皮ですねん」

「それで、中はどろどろの緑色の汁か」明が笑った。「そんなけったいな生物が、居《お》ってたまるかい」

「いるんだから、しかたないじゃないか」若い記者がわめいた。「いい加減にしないか。君たち、この人にあやまれ。這《は》いつくばってあやまれ。それで人類全体の罪が許してもらえるとはとても思えないが、しかし」

がん、と五郎が記者の顎《あご》にこぶしをめり込ませ、若い記者はふたたび壁ぎわにふっとんだ。

「えらそうに何さらす。這いつくばれとは、そらいったい誰に向こうて言うとるんや。這いつくばってあやまらないかんのは、お前らやないか」

「この人形もリモコンかいな」と、浮田が宇宙人の腕の皮をつまんでそう言った。

「なかなかうまいこと動《いの》かしよるやんけ」

「気ちがいや。誰もかれも気ちがいや」あきれ果てた宇宙人が天井に向かってわめいた。「まともに話のでけるひと、どなたか居《い》てはりまへんか」救いを求めるように宇宙人は店内を見まわし、さっきからじっと自分を見つめているノボルに気がつき、ややほっとした口調で声をかけた。「あんた。そう。あんたは気ちがいやなさそうな。あんたはまともだっしゃろ。そうに違いない。さあ。事情を説明しとくなはれ」

「ノボルを、まともや言うとるで」良作がげらげら笑った。「あいつ、ノボルから説明を聞くつもりや」

労務者たちがにやにや笑って、宇宙人とノボルに注目した。

ノボルが喋《しゃべ》り出した。「どど、どどどど、どどどっきりカメラを、マママママスコミがやった。マママママスコミが、テテテテ、テレビで、どど、どどどどどどど」

宇宙人はひどく驚いた様子で、ノボルの顔をまじまじと見つめた。「あんた、病気でっか」

「ぼぼぼぼくは宇宙人、しーしーしー信じてやってもええ。そそそそやけど、ぼぼぼぼぼぼくは宇宙人」

「そいつに喋らせるな」顔を鼻血だらけにした若い記者が、おどりあがって叫んだ。「えらいことになるぞ。そいつ、吃《ども》りじゃないか」

「あっ。この野郎。マスコミの人間の癖に差別用語使いやがったな」急に吃らなくなったノボルが、そう叫んで記者に殴りかかっていった。「ぶち殺すぞ」

「ワーオ」歓声をあげ、ヒノマル酒場の亭主の幸一が駈《か》けこんできて、健の首ったまに齧《かじ》りつき、頬にキスをし、次に五郎の頬にキスをした。「ワーオ。二千万円二千万円。ワーオ」

「どないしたんや、おっさん」健が眼を丸くした。「気でも狂うたか」

「あんたは、まあ」と、お勢が叫んだ。「店抛《ほ》ったらかして、今ごろまでどこほっつき歩いとったん」

「ワーオ」幸一はカウンターに駈け寄り、胴巻きの中から次つぎと札束を出してお勢の前に積みあげた。「大穴。大穴。二千万円やでえ。二千万円当てたでえ。三レース、四レース、五レース、全部穴じゃ。大穴じゃあ。うははははははは」

「やった」

労務者たち、浮田と浜野、明と直道、そして淳子が、歓声をあげて幸一を取り巻いた。

「こら凄《すご》い」

「うわあ。やったなあ、おっさん」

「よかったなあ」

「今まで競輪仲間と祝杯あげとったんや」金時の如く赤い風船の如く紅潮した顔ににたにた笑いを浮かべて幸一はお勢にいった。「そやけど心配すな。三万円しか使うてへんで。儲《もう》けた二千三十六万四千円は手つかずや。見てみい。これ」

「ほんとにまあ」お勢が泣き笑いをしながら自分の頰をつねった。「夢やないんかいな」

「おとりこみ中ですが」アナウンサーがおずおずとマイクをつき出した。「皆さん、ちょっとこっちの方にも注意を向けていただけませんか。ご覧なさい。宇宙人のかたは、お友達の死を悲しむあまり茫然《ぼうぜん》としていらっしゃいます。これがどっきりカメラではないことを、もうそろそろわかっていただきたいと」

幸一がやっと周囲の報道関係者に気づき、眼をしばたいた。「なんや、こいつらは」労務者たちがいっせいにかぶりを振った。「ほっとけほっとけ。マスコミや」

「なにマスコミ」幸一はきょろきょろし、テレビ・カメラを見て大声をあげた。「わー。ほんまや。テレビが来とるやんけ。さすがに耳が早いのう。もう取材に来よったんか」神棚の横のテレビを見あげて幸一は、頭の穴から声を出した。「おーっ。映っとる。わしらが映っとるやないか。わはははははは」彼はテレビ・カメラに向きなおって手を振り、それから胸を張った。「はい。こういうわけでしてな、わたしはついに大穴をあて、二千万円を獲得したのでありまあす。これもわたしの、なが年の競輪研究の」

「気ちがいや」同僚の破れた皮膚を抱きしめ、椅子に腰かけてぼんやりしていた宇宙人が力なくかぶりを振った。「この星のやつは、どいつもこいつも気ちがいや」

「で、ありますからして」幸一はカメラに向かい、さらに喋り続けた。「四レースで儲けた金をば、も一回この五レースへさして、そのまま全部」

若い記者がたまりかねてとびあがり、また叫びはじめた。「やめろ。やめろ。あんたなんかを取材に来てるんじゃないんだ。二千万円がどうしたっていうんだ。宇宙からの報復を受けたら、二千万円なんてものには芥子粒《けしつぶ》ほどの値打ちもなくなるんだぞ。みんな、どうしてそれぐらいのことがわからんのだ。あんたたちは人類を超す知的生命体の命を奪っておきながらその自覚もなく」彼は叫び続けた。

「なんや、この人は」幸一が眼を丸くした。

「ほっときなはれ。気ちがいだす」と浮田が言った。

「勝手にわめかしといたらよろし」と、浜野もいった。

「さあ、祝杯の用意や」幸一がお勢にそう命じた。「コップ出せ。コップ。さあ淳子。

そのコップ皆に配れ。特級出せ特級。さあ。今夜はわいの奢《おご》りやでえ」

わあ、と、一同が歓声をあげた。

「さあさあ。みんなコップ持ったか。あ。マスコミの人も飲んどくなはれや」幸一がアナウンサーやカメラマンにコップを手渡した。

「あんたも。さあ。あんたも」その緑色の手にコップを握らせてから幸一ははじめて宇宙人に気がつき、のけぞった。「なんや。この人形は」

「わて、人形と違います」と、宇宙人はいった。

「そいつ、自分では宇宙人や、宇宙人や言うとるねんけどな」明がうす笑いをしながらそう言った。

「まあ、ええがな、ええがな。わははははは」幸一は機嫌よく宇宙人の持っているコップの中へ酒を注いでやりながら言った。「自分で宇宙人や思うてはるんやったら、それでもええがな。なあ宇宙人さん。わはははははは」

「なんて失礼な」若い記者が頭髪を掻《か》きむしった。「人類をはるかに超す知性の持主に対して、なんと無礼な。無作法な。きい。なんと頑迷な。無教養な。ききいきい。あんたたち無知な大衆には、この事態がいかに重大なものか、絶対にわからんのだ。きききいきいきいきい」

「みんな無知やないから、これが茶番やと悟ったんです」と、浮田がいった。「さあ。あんたも呑《の》みなはれ」

「あーっ。まだ、そんなことを」記者は額を押さえてのけぞり、救いを求めるようにあたりを見まわして、カウンターの隅の福太郎に気がつき、駈け寄った。「おじいさん。あなたは最初からここに居られたんですね。さあ。どう思われます。さっきからの出来ごとが茶番かどうか。ただの茶番でわたしがこんなに真剣に、けんめいに、必死に、こんなに血まみれになれるものかどうか。これがどっきりカメラか真実か。さあ。おっしゃってみてください」

周囲が騒がしくなるにつれてますます自分ひとりの世界に沈みこんでいた福太郎がゆっくりと顔をあげ、若い記者にいった。「これが茶番か、ほんとの出来ごとか、そんなことはあんたらが勝手に決めたらええことやおまへんのか。マスコミが今さらわたしらの意見聞くのはおかしい。今までマスコミは意見をわたしらに押しつけてきたし、わたしらは押しつけられるのにええ加減うんざりしてた。今度は嘘か本当かわからんような情報をわたしらに押しつけた。その押しつけ方によってわしらが茶番やと判断したのがなんで悪い。そうでのうてもわたしらはそれぞれ、自分のことをかかえこんどる。ここのおっさんは二千万円競輪で勝って喜んでる。二千万円よりも宇宙人の方を気にせえというのはあんたの勝手な言い分や。それ気にするのはあんたらの問題と違いまっか。同じように、わたしはわたしで自分の猫が死んだことを。ああ。ああ。また思い出したがな」福太郎はぽろり、と涙をこぼした。「猫が死にましてのう」

「猫がどうしたって」若い記者はのども裂けよとばかりにわめいた。「猫どころじゃないでしょうが。よその惑星からの初めての来訪者を殺しちまったんですよ。これはマスコミだけの問題じゃない。人類全体の問題なんだ。あんたはそれを避けて、猫が死んだというくだらない日常茶飯事へ逃げこむつもりか。あんたの猫なんか、何匹死のうが、何十匹死のうが、何百匹死のうが、何千匹死のうが」

「がお」若い記者がわめいている間、顔や手足にゆっくりと焦茶色の毛を生やしはじめていた福太郎が、ついにゴリラに変身し、ひと声吠《ほ》えて立ちあがった。「ごっほ。ごっほ。がお」

「そうら。とうとう隠居を怒らせてゴリラにしてしまいよった」健が笑った。「わしら、知らんぞ」

ゴリラに首を絞められ、かかえあげられ、そして若い記者のからだが三たび壁ぎわへとんだ。

「これはひどい」中年の記者が気絶した若い記者を抱き起し、おろおろ声で叫んだ。

「神聖なる記者に対して何たることを」

「気ちがいや」椅子やテーブルをたたき壊し神棚を落して荒れ狂っている、ゴリラと化した福太郎を眺めて宇宙人がつぶやいた。「この星の人間、みんな気ちがいや」

「では乾杯」

「おめでとう。おっさん」

客の全員がコップ酒で幸一に乾杯した。

「さあ、宇宙人さん。あんたも呑みなはれ。この焼鳥、食べとくなはれ」と、幸一が陽気にすすめた。

「もう我慢できん」がやがやと大勢の報道関係者が店内になだれこんできた。「入ってはいけないと言われちゃいたが、何がどうなっているのか、外にいてはさっぱり。あーっ」店の中のひどい有様を見て、全員が頭の穴から声を出した。「これはいったい、何ごとだ」

「ああっ。そんな不潔なもの食べちゃいけない」ひとりの記者が、酒と焼鳥をやけくそで飲み食いしている宇宙人に駈《か》け寄った。「すぐにお捨てなさい。あなたのからだはわれわれと違う筈《はず》だ。中毒を起しますよ」

「何さらす」調理場から出刃庖丁を握った宗吉がおどり出してくると、記者が宇宙人の手から焼鳥の串を床へはらい落した瞬間を目撃してさらに逆上し、血相を変えた。「不潔とはなんや。誰が中毒するようなもん料理するか。大衆酒場や思うてひと馬鹿にするな」記者を追いまわしはじめた。

大騒ぎをバックに、さっきからアナウンサーがテレビ・カメラに向かって喋《しゃべ》り続けていた。「しかし宇宙人は知的でありますから、この無知な大衆の勘違いをきっと理解し、許してくれるに違いありません。ちょうど人間がひとりライオンに食われたようなもので、だからといってわれわれがライオンを絶滅させようとはしないのと同じであります。こんなことになったのがどっきりカメラの責任であるかどうか、テレビの責任であるかどうか、そんなことは一朝一夕においそれと結論を出せるような問題ではありませんが、その」アナウンサーは一瞬ことばに詰まったが、すぐに気をとりなおし、いつもの思考停止のせりふを結論にした。「よく考えてみなければならないと思います」

あまりの大騒ぎでついに淳子が発作を起し、床にぶっ倒れて四肢を痙攣《けいれん》させ、泡を吹き出した。

「しめた」五郎が喜んで淳子のスカートをまくりあげた。

「気ちがいや」と、宇宙人がいった。「みんな気ちがいや」

労務者たちがまた歌いはじめた。「えんやとっと。えんやとっと」

「〽松島ァーの」浮田と浜野が踊りはじめた。

浮かれ騒ぎながら、酔っぱらった明が直道にいった。「宇宙人が来たんやから、次は異次元からも誰ぞ来よるでえ」

「そうやそうや」直道も、手拍子をとりながらいった。「タイム・マシンに乗って、過去やら未来からも客が来よるでえ」

大騒ぎの続く中で、さらにアフリカ象や天皇もあらわれて店内を徘徊《はいかい》し、天井近くではターザンがとびはじめた。

タイム・マシンがあらわれ、中から義経《よしつね》が顔を出した。「さしたる用もなかりせばこれにてご免」すぐに消えてしまった。

「あっ。しまった。撮り損なった」新聞社のカメラマンが地だんだをふんだ。

「ぱんぱかぱあん。ぱぱぱ、ぱんぱかぱあん」突然、電気屋の店員秀造が、胸に日の丸を描いたランニング・シャツというグリコ式のスタイルでカウンターにおどりあがり、大声で叫んだ。

「さああ。皆さあん。十一時になりましたあ。十一時でえす。ヒノマル酒場はこれにて閉店でえす。さああ皆さあん。帰りましょう。お家に帰りましょう。宇宙から来た人は宇宙に、アフリカから来た人はアフリカに、マスコミの人はテレビの中に、みんな帰りましょう」カウンターからとびおりて店内を走りまわり、彼は客たちを追い立てはじめた。「さあ帰ってくださあい」

「さあ。帰っとくなはれや。警察がうるさいさかいに」お勢もカウンターの中から出てきて、店内の人間を追い出しはじめた。「さあさあ。もう、おしまいや。何もかもおしまいだっせ」

「店さえ閉めたら事件は終るというのか。安易な。まったく安易な」

ぶつぶつとぼやきながらの報道関係者、気ちがいや、気ちがいやとつぶやき続ける宇宙人、さらには客の労務者たち、会社員と学生、福太郎の化けたゴリラ、アフリカ象や天皇やターザンなどすべてを追い出してしまい、いちばん最後にマラソン・スタイルの秀造が出ていくと、お勢は亭主の幸一に手伝わせて戸を勢いよく締め、念入りに心張り棒をかけ、かくしてヒノマル酒場は閉店した。

パチンコ必勝原理

その品のいい、初老の紳士は、両手にひとつずつ大きなスーツケースをさげ、身なりに似合わない、ごみごみした下町のパチンコ店にやってきた。

「千円分、玉をくださらんか」

紳士は玉売り場にいる女店員にそういって、一枚の千円札を出した。

女店員は、紳士のござっぱりした服装をふしぎそうにじろじろと見ながら、プラスチックの箱に千円分の玉を流しこんだ。

まだ午前十時をちょっと過ぎたばかりで、広い店のなかには、かぞえるほどの客しかいなかった。

紳士は入り口の近くで片方のスーツケースを開き、そのなかからセルロイドの大きな分度器と、鋼鉄製の物差しと、ディバイダーをとり出した。

けげんそうな顔でながめている数人の店員、二、三人の客をしり目に、紳士は端にある機械から順に、それぞれの台の穴と穴との距離、釘《くぎ》の間隔と角度、台の総面積を測定した。

約二十台ほどの機械をおおまかにしらべたのち、スーツケースから出したタイプライター式小型計算機で、確率計算をはじめた。

その計算は、約十分で終った。

「だれかしら？　機械の修理屋さんでもなさそうね？」

「いったい、何をする気かしらん」

店員たちは、紳士のほうを見ながら、こそこそとそんなことをささやきあった。

紳士のほうは、計算の結果、どの台がいちばん確率が高いかわかったので、その台の前へスーツケースと道具類を移動させた。

パチンコの玉をひとつずつとりあげ、小型のてんびんで重さをはかり、ノギスで球の直径をはかった。つぎにマイクロスコープで表面積をはかり、水銀温度計で密度と体膨張率をはかり、それによって体積を出した。十コほどの玉をはかった上で玉の平均値を計算して出した。

「あの人、何をしてるのかな？」

「聞いてみろよ」

「きみ、聞けよ」

紳士のまわりには、いつのまにか十人ほどのヤジウマがたかっていた。玉をはじいていた客は、みんなゲームをやめて、紳士のうしろにやってきた。

　みんなが、このチョビひげをはやした、小さな、上品そうな紳士に、好奇心と、わけのわからない期待をいだいていた。そして紳士の行動に、じっと眼をうばわれていた。

「パチンコをやる気なのかな？」

「機械に計算させて、パチンコをやるんだろうか？」

「こいつはおもしろいことになってきたぞ」

　女店員の知らせで、店の主人がのこのこと奥から出てきて、このありさまをぼんやりながめた。

「ねえ。あんなふうに計算してパチンコをされたら、店じゅうの玉を持って行かれるんじゃありませんか？」

　店員が、主人にそういった。

「やめてもらいましょうか？」

「きみ、聞けよ」

「聞いてみろよ」

「まあ、待ちなさい」

主人はそういって、店員をとめた。

「まだ、何もしていないじゃないか。それに悪いことをしているわけじゃない。もうすこし、ようすを見てからにしよう」

店の者たちが話しあっている間にも、紳士は準備をすすめ、トレーシング・ペーパーを出して台のガラスに当て、釘と穴の位置をうつした。さらにそれを方眼紙に、正確にうつしとった。釘の角度も、横にぜんぶ書きそえて、穴の幅や傾斜も、精密に測って書きこんだ。

光度計で、店内の明るさをはかった。

コップを出し、便所から水をくんできて、その中へ、ぞうきんを巻きつけた温度計をざぶりとつけ、店の湿度を計算した。

やがて紳士は、ぎごちない手つきで、十コほどの玉をとりあげ、試験的に穴へ入れ、バネをはじき出した。パチンコをやるのははじめてらしく、玉はなかなか思う穴にははいらなかったが、二十四回めにはじいた玉が、やっとのことで、いちばん上の穴にははいった。

息をひそめていたヤジウマたちは、ほっとためいきをついた。

チーンジャラジャラッ。

十五コの玉がケースに出てきた。

紳士はすかさずその玉の音をレコーダーに記録した。再生し、音波エネルギーを測定した。同じレコーダーで、こんどはあたりの騒音の平均値を出し、つぎに三角形のトライアングルをとり出し、チーンとたたいて、店の中の空気の音波伝播《でんぱ》状況を調べた。

玉をはじくためのテコの先に糸をつけ、糸の先におもりをつけ、伸びを測った。そこから、$f=kx$における比例定数kを算出し、バネの強さを出した。

バネの周期は、取っ手のいちばん先に木炭をくりつけ、その下でトイレット・ペーパーを回転させ、振動の波を記録して算出した。

紳士のまわりは、すでに黒山の人だかりだった。

「なんですか？　なんですか？」

「たいへんですよ、あなた。史上最高、世界最大のパチンコの大勝負がはじまろうとしているんです」

「それはおもしろい」

「前の人、ちょっと頭をさげてください。うしろが見えませんから」

たいへんなさわぎである。

店員が店の主人にささやいた。

「ねえ。これでは営業妨害です。あの人にたのんで、やめてもらいましょうか」

主人は、かぶりをふった。

「いやいや。こうなってしまっては、もうやめさせるわけにはいかん。見ている人たちがなっとくしないだろうからな。まあ、店の宣伝になるから、ほっとこう」

店じゅうの客が、パチンコをやめて集まってきた。それどころか、近所の店からも見物人がぞくぞくとやってきた。

だれかが電話をしたらしく、とうとう新聞記者までやってきた。

新聞記者のひとりは、紳士をひと目見るなりあっと声をあげていった。

「あの人は理学博士で、工学博士で、T大の名誉教授で、しかもこのあいだノーベル物理学賞をもらった湯上博士じゃないか！」

人びとが、いっせいに、どよめいた。

「湯上博士だってさ！」

「たいへんなことになってきたぞ！」

店の主人は、頭をかかえこんだ。

「しまった。早くやめさせておけばよかった。店の玉をぜんぶとられてしまうにちがいない。もう今となっては、やめてもらうことはできない。ああ、わしは破産だ！」

新聞記者たちは店員や、主人や、このありさまを最初から見物していた人たちに、質問をしはじめた。

新聞社のカメラマンたちが、湯上博士に向かって、ポンポンとフラッシュをたいた。ついにテレビのカメラマンがやってきた。そしてこのありさまを中継するために、テレビカメラをおく場所をあけてもらってくれと、店の主人にたのみはじめた。

だが、湯上博士のほうは、そんなまわりの大さわぎにはおかまいなしに、つぎにはポケットからゴム風船をとり出した。スーツケースからは、小さな円筒になったボンベを出し、ヘリウムをふうせんに入れて、ぷっとふくらませた。その場で、その即席の気球を上昇させ、気流と気圧とをはかった。

つぎにスーツケースから、四角い新聞紙の包みをとり出した。

「こんどは、何を出すんでしょう？」

「さあ、なんでしょう？」

何が出てくるかと期待して目を光らせている人びとの前で、湯上博士は、ばりばりと新聞紙を破り捨てた。なかからは、アルミのべんとう箱が出てきた。

「博士がお昼をおめしあがりになるぞ」

新聞記者が、そういった。

「きみ、近所からお茶をもらってこい」

記者のひとりが、隣の喫茶店からコーヒーとお茶を運んできて、うやうやしく博士にさし出した。

「や、ごくろう、ごくろう」

博士は、おうようにうなずいた。

スーツケースに腰をおろし、博士はべんとう箱のふたをとった。

まんなかにウメボシがひとつ、すみにタマゴ焼きのはいったべんとう箱にかじりついている博士の姿を、テレビカメラが全国に中継した。

やがて食事を終えた博士は、ふたたび立ちあがり、スーツケースから水平器を出した。そして台のわくにおき、そこからまたおもりのついた糸をたらして、分度器で台の傾斜角度を測った。

「あれなら、いくらでもうしろから、角度を変えることができます」

店員が店の主人に、そっとささやいた。

それを聞きとがめた記者のひとりは、きっとなって店員にいった。

「いけません。これは重大な実験なのですよ。台を動かしてはなりません」

店員は首をすくめた。

博士はさらに、玉入れ口の前に樋《とい》をつけ、玉がつぎからつぎと、一列になって流れこむようにした。また、皿にあふれた玉が落ちるといけないので、出てきた玉がバケツへ流れこむような樋も作った。

博士はスーツケースから、小型発電機と、ピストンのコードを出し、モーターのシャフトにつないだ。

タイプライター式の小型計算機で、今までに測ったすべての数字をトータルし、必要な数値を出した。それによって、ピストンについている七コのダイヤルの目盛りをあわせた。

いよいよ、最後の時がやってきた。

博士はピストンを、台のテコにかみあわせ、左手をモーターのスイッチにのばした。

さあ、いよいよはじまるのだ。史上最高の大パチンコが！

勝つか？　負けるか？

人びとは、かたずをのんで見まもった。

店の主人は、あぶら汗を流してふるえはじめた。

三台のテレビカメラと、四本のマイクと五人のカメラマンが高くさしあげたフラッシュ・ランプの前で、博士はモーターのスイッチをひねった。

モーターはうなりはじめた。

一列に流れこむ玉を、ピストンは機関銃のようなスピードで、はじき出した。

一発めは……はいらなかった。

二発めも……はいらなかった。

三発めもはいらなかった。

四発めも五発めもはいらなかった。

そして数分ののち……。

湯上博士は両手にひとつずつスーツケースをさげ、ぼんやり立ちすくんでいる人びとを、ちらりと横目で見てから、てれくさそうに笑い、

「千円スった……」

と、つぶやいて、首をすくめながら、下町のパチンコ店を、こそこそと出ていった。

日本列島七曲り

「こらあかん。こらもう、間にあわんわ」

おれはうめきながら、今日何度めかの絶望感で、からだをリア・シートに投げ出した。

「あと、十二分しかあらへん。一時の『ひかり』に乗られへんがな」

おれの乗った個人タクシーは、走り出して数分ののち、早くもさまざまな色と形と大きさの車で十重《とえ》二十重《はたえ》にとりかこまれてしまった。それからさらに十数分、いずれの車も、渋滞にはもはやあきらめきった態《てい》で、警笛も鳴らさず、ひっそりとうずくまったまま身じろぎさえしない。

「この分じゃ、日比谷あたりまで、ぎっしりですな」と、運転手がタバコを出しながらいった。「また高速で、事故でもあったんでしょう。それに今日は土曜日で月末。

ま、一時の『ひかり』はちょっと無理でしょう」

「そら、あんたはよろし」おれは泣き声でいや味をいった。「信号待ちしてても料金メーターかちゃかちゃあがるんやさかい。そやけど、おれの方はどないしてくれるねん。四時までに大阪へ戻らなあかんねん」

「困りましたな。わたしにゃ、どう仕様もない」運転手はあいかわらず、のんびりした口調でそういった。

「あんた、なんでそない、のんびりしてられるねん」少しはこっちに調子をあわせて、いらいらしてくれたっていいのにと思いながらおれはいった。「腹、立てへんのか」

「腹を立てたって、しかたがないでしょう」中年の運転手は、なだめるように答えた。「現在、東京都内の車の数は大小あわせて三百万台、こいつは毎年増加する一方で、道路の幅はたいして変らない。停滞するのはあたり前です。わたしゃもう、悟りの境地に達した。休みの日に、家でぼんやりしていることがよくあるでしょう。それならなぜ、車の中でぼんやりしていることができないのか、そう思いましてね。今じゃ車を、家だと思ってます」

「そやけどやっぱり、車は家にはならへん」

「なります」と、運転手はいった。「わたしゃ、この車の中で寝泊りしています。クーラーもあるし、家より快適ですな」

「家には帰らへんのですか」

「家はありません」彼はかぶりを振った。「だいぶ前に売りました。わたしは独身でね」

「そんなら、住所不定やがな。郵便はどないしますねん」

「郵便局の私書箱を利用してます」

「洗濯もんは」

「通りすがりのクリーニング屋に投げこみます」

「食事は」

「だいたい外食ですけど、トランクには小型の冷蔵庫も入ってます。ああ、お客さん、灰皿の横の蓋《ふた》あけたら、ウイスキーがありますよ。いらいらするのはやめて、一杯やったらどうですか」

「あんたが、うらやましい」おれは溜息《ためいき》をついた。

おれは従業員三十名という小さな繊維会社の社長である。もう数年前からの供給過剰でおまけに人手不足、大メーカーでさえ製品を抱えて弱っている現在、おれの会社のような小企業が今まで倒産せずにやってこられたのはむしろ不思議なくらいである。

現に今だって、不渡りを出しそうになったため、東京へ金策にやってきたのだ。早く金を持って戻らなければ大変なことになる。おれのそんな苦労も見ぬふりをし、従業員は労組を作って騒ぎ立てる。生きているのがいやになるほどだが、あいにくおれは三十歳の若さで、しかも健康だから、死ぬにはまだ、ほど遠い。

さっきは国会議事堂の前を通ったが、中小企業対策をなんとかしろと怒鳴りこんだところで埒《らち》はあくまいし、事態はもっと切迫している。

しかも今日の四時半から、おれは大阪のホテルで結婚式をあげる予定なのだ。

こんなことなら、結婚式なんて、もっと先に延ばすべきだったな、と、そうも思ったが、先に延ばしたところで会社の景気が好転する見通しはぜんぜんない。

結婚の相手は圭子といって、もともと会社の従業員だったのだが、名前がおれの好きな藤圭子と同じであるという、ただそれだけの理由で、やけくそ半分に手をつけてしまい、とうとう結婚しなければならない羽目に追いこまれてしまった。色が黒くて瘦《や》せていて、鷲鼻《わしばな》でがに股《また》、しかも口臭がひどいという、下らないくだらない女である。

それでも式には大勢を招待しているから、なんとしてでも四時半には大阪へ戻らなければならないし、結婚式の翌日に破産したなどという、人から笑われるような事態も避けなければならない。

いらいらしているおれにはおかまいなく、運転手は喋《しゃべ》り続けている。「公害公害と、ただわめいているだけじゃ公害はなくなりゃしません。それなら公害の元兇《げんきょう》である車の中で生活すればいいんです。車に乗ってりゃ車に轢《ひ》かれる心配はない。それにこの車は最高級の新製品で、浄気換気が完璧《かんぺき》だから、鉛や一酸化炭素も吸わずにすみます。天国みたいなもんです。この通りテレビやステレオまである。リクライニング・シートは広くて、アパートの四畳半で寝るよりずっと楽です」

とうとう一時を過ぎてしまった。

「この近所から、高速道路へ入れまっか」と、おれは訊《たず》ねた。「飛行機に乗ります」

「そりゃあ、どこからでも入れますがね」と、運転手はいった。「あなた、そんなにいそぐのなら、どうして最初から飛行機にしなかったんです」

「飛行機は嫌いですねん」おれは答えた。「あんな重い機械、空飛んでる方が不思議なくらいや。あら何かのまちがいで飛んでますんやで。そやけど、こうなったらもう、好き嫌い言うてられへん」

「飛行機が嫌いじゃ、現代に生き残れないよ、あんた」運転手が説教をはじめた。

タクシーは高速道路に入り、空港へ向った。空港へいそぐ車は多く、ほとんどの車がおれの乗った車を追い越して行く。

なぜみんな、あんなにいそいでるんだろうな、と、おれは自分のことを一瞬忘れてそう思った。そしてすぐ、自分のおかれている状態を思い出し、誰もがみんな、おれのような切羽詰った立場にいるわけでもあるまいに、と、思った。きっと、いそぐのが流行《はやり》なのだろう。その証拠に、女房子供を乗せたマイ・カー族までが、あわただしげにこちらを追い越していく。土曜日だから、どうせどこかへ遊びに出かけるのだろうが、遊びまでああスピード・アップしたのでは、とてもレジャーにはなるまいに。

黙りこんでいるおれを気にして、運転手はしきりにおれのことを訊ね、何やかやと話しかけてきたが、もう返事する気にもならなかった。運転手は、おれの問題にかかわりあいたくないために話しかけてくるのだ、と、おれは思った。対話の時代とか何とかいって、やたらに他人の問題を知りたがる人間がふえたが、みんな他人の問題を軽く見て、それらすべてが自分の問題より小さいと感じて納得しているのだろう。それはかかわりあいではなく、逆に、かかわりあいを避けることだ。運転手が中小企業の問題に本心からかかわりあいたく思うわけがないのと同様、おれにとって公害なんてことは、正直いってどうでもいいのである。誰だって、そうに違いない。そしていかにも他人の問題にかかわりあっているかの如く、首をあちこちに振り向けながら、ただあわただしく走り来り、また走り去るだけなのだ。そうすることが現代の流行なのだ。

　空港の建物が見えてきた時、運転手がいった。「あなた、大阪の人でしょう。それなら万国博は、もう見たんでしょうな」

「関係おまへんな。あんなもんは」万博騒ぎを知らぬわけではなかったが、こっちはそれどころではなかったのである。「勝手にやってくれ言いたいとこですわ」

「日本人なら、あれを見なきゃいけません」中年の運転手が、かぶりを振ってそういった。「そうだ。わしもこれから飛行機に乗って、万博見物に出かけるとするかな」

　しばらく考えてから、彼はうなずいた。「よし。そうしよう。せっかく空港まで来たんだ。これからちょっと行って、見てこよう」

　あまりの気楽さに、おれはびっくりした。「金、持ってまんのか。仕事、どないしますねん」

「全国どこの支店でも引出せる銀行預金のカードを持っています。なあに、車は駐車場へ置いとけばよろしい。いわばこの気楽さこそ、個人タクシーの特権。それに万博見物は仕事でもあるのです。ちょうど来月号の『現代評論』に万博論を書いてくれと頼まれてるのでね」

おれは驚いた。「あんた評論家でっか」

「社会評論家、未来学会会員、国際公害シンポジウム開催委員、ま、肩書きはいろいろとあります」

「そんな偉い人とは知りまへんでした」

おれがぶったまげてそういうと、彼は鷹揚《おうよう》にうなずいた。

「現代の日本における最高の知識階級は、個人タクシーの運転手であるのです。情報量の洪水に押し流されることもなく、ひとりでじっくり考える時間があるからねえ。そこいらのあわただしい軽薄文化人とは、ちょっと違うよ。はっ、はっ。は」

発券場に来てみると、すでに大阪行きはどの便も満席だったので、おれと運転手は予約の取消があるのを一時間半ほど待ち、やっと搭乗券を手に入れた。羽田発十五時五分の百二十人乗りジェット機で、つまり大阪空港へ着くのが午後四時前になる。

ジェット機に乗りこむと、おれの席は窓ぎわで、例の運転手と隣りあわせだった。やはり満席で、おれのうしろには中年の夫婦。前には農協の爺《じい》さん婆《ばあ》さんたちが坐《すわ》っていた。

機は、予定より少し遅れて離陸した。天候が悪いから、着くのが少し遅れるだろうと運転手がおれに耳打ちした。これ以上遅れてはたまらないと思い、おれはまた、いらいらした。

ごとん、ごとんと、階段を一段ずつ上って行くような、あのいやな感じの上昇が終って、機が水平飛行に移り、座席ベルトをおとり下さいというアナウンスがあった時、前の方の席にいた数人の若者が立ちあがって乗客を振りかえり、いっせいに日本刀を抜きはなった。

「騒ぐな。静かにしろ。おれたちはこの飛行機を乗っ取って北鮮へ行く」

「しめた」隣席の運転手が身をこわばらせ、にやりと笑った。「ルポを書いて雑誌に発表できる。ハイ・ジャック評論家になれる」

「おい。ひとりずつ手を縛れ」首領らしい若者の命令で、数人の男が乗客たちの手を順に紐《ひも》で縛りはじめた。

「あんたら、泥棒けえ」手を縛られながら、まだよく事情がのみこめていない様子の農協の爺さんがそう訊ねた。

「泥棒じゃない」と、若者が答えた。「飛行機を乗っ取るんだ」

「ではやっぱり、飛行機泥棒でねえか」

「うるさい。黙っていろ」

爺さんは、黙らなかった。「その日本刀は、本物けえ」

「先祖伝来家宝の名刀、菊正宗だ」

「そんな刀があるもんけ」爺さんが歯のない口をあけて笑った。

「黙ってろといっただろ」若者はすごい眼で爺さんを睨《にら》みつけた。

「おれちょう、お前らみてえな土地成金のどん百姓が大嫌《でえきれ》えなんだ。つべこべぬかすと、野郎、ぶった斬るぞ」

「あれま、この人、高倉健そっくりだにい」と、婆さんがいった。「かっこいい」

乗っ取りグループの中には娘もひとりいて、おれの手を縛ったのはこの娘だった。

「あなたがたには何の恨《うら》みもありませんが」と、彼女はいった。「これもご縁です。縛らせてもらいます」

「あんた、赤軍派の学生かね」と、運転手が訊ねた。

「革命的赤軍派。最近赤軍から分派独立した、いちばん過激派の学生よ。よく憶《おぼ》えといてね」

操縦席からマイクで、機長がアナウンスしはじめた。「乗客の皆さん。この飛行機は革命的赤軍派の学生様御八名様御用達《ごようたし》の栄を賜わり、これより日本海の金波銀波の上空を飛んで、一路北鮮へ参ります」

「機長、なんであんな浮きうきした声出してますねんやろ」

おれが訊ねると、運転手が答えた。「そりゃあ昇給できるし、海外線空路に変えてもらえる。悪いこたあひとつもねえやな」

「ただし、燃料が不足ですから補給のため、大阪でいったん着陸します。その時、希望者は機を降りてもいいそうです。どうぞ皆さん、騒がず、落ちついて、革赤派の皆さんのおっしゃることをよく守り、他のお客様のご迷惑にならぬよう、反抗的な態度はつつしんでください。これでいいかね」

「ああ、いいだろう」

マイクを通して、機長と学生の問答が聞えてきた。

「大阪で、弁当も補給してもらっていいかね」と、機長が訊ねた。

「もちろんだ」と、学生が答えた。「出雲屋のまむしがいいな。あんたも、好きなものの注文しろ」

「わたしはサザン・クロスの五千円の印度カレーにしよう。こういう時でもなきゃ食えないからね」

「ぜいたくなやつだ」

まるで物見遊山の相談である。

「どうもみんな、不まじめだな」運転手が、しぶい顔をした。「これじゃ、ルポを書いても迫力が出ないよ」

　自分だって不まじめじゃないか、と、おれは思った。見まわすと、乗客のほとんどが面白そうににこにこ笑っている。

「とうとう、出くわしましたな」

「ああ。ついに出くわしましたな」

　まるでハイ・ジャックに出会ったのが嬉《うれ》しくてたまらぬ様子だ。

「わたしなどはあなた、新幹線の利用をやめて、ここのところずっと飛行機だったんですよ。いつか出くわすだろうと思っていましたがね」運転手の隣りの、通路側の座席にいる私立大学の総長だという紳士がそういった。期待が満たされた嬉しさのためか、だらしなく満面に笑みを浮べている。

「どうですあなた。大阪で降りますか」と、大学総長が運転手に訊《たず》ねた。

「とんでもない。こんな機会は滅多にあるもんじゃない。わたしゃ殺されたって降りない」運転手はそういって、次におれに訊ねた。「あんたはどうです。北鮮へ行きますか」

「行かいでか」と、おれはいった。「この機会に、なんとかして蒸発したろ。もう大阪へなんか、戻れへんぞ」

「降りる人間が、ひとりもいないんじゃないかな」大学総長はにこにこしたまま機内を見まわした。この男も降りないつもりらしい。「降りる人がないと、学生たち、恰好《かっこう》がつかなくて困りますぞ。いひひひひひ」

運転手が、通りかかった革赤派の女子学生を呼びとめて訊ねた。「あんたたち、北鮮へ行って何をやる気ですか。あんたたちは日本にいてこそ反体制で騒げる。北鮮なんか、すでに共産主義だから、騒げなくて面白くないと思うがね」

「全世界的共産主義革命運動をやるのよ」

「北鮮じゃ、みんながそれをやってるようなもんでしょう」と、大学総長がいった。

「それだけじゃ、食って行けませんよ」

「医学部の学生が多いから、医者をやるわ。日赤病院を建てて」

「赤十字社連盟に加入してるのかね」

「そうじゃないわ。日本赤軍病院よ」

「ぼくもその仲間に、寄せてくれまへんか」と、おれはいった。「医者はでけへんけど、経済学部出とるさかい、会計事務手伝いますわ」

「隊長に聞いとくわ」彼女は可愛い笑くぼを作って、にっこりうなずいた。「そういう人がほしかったの」

大阪に近づいたが、機を降りる希望者がひとりもいないとわかり、学生たちがあわてはじめた。

「困ったな。誰も怖がらねえ。乗っ取った甲斐《かい》がない。お前がさっき、今夜の晩飯はご馳走《ちそう》ですよなんて言うからだ」

「あんた降りろって言うと、寝たふりしやがる。あそこにいる老いぼれなんか、あきらかに心臓病なんだが、そういってやっても強情に違うって言い張って、通路で体操はじめやがんの」

ひとりの学生が大声で叫んだ。「女の人は降りてください。危険です。強姦《ごうかん》されるおそれがあります。われわれは若くて、精力があり余っていて、女に餓えているからです。ほら。この通りです」彼はピャーッと鼻血を出して見せた。

だが、乗客は全員にやにやしたままで、誰も降りますとは言わない。

「よし。お前、誰か強姦して見せろ」隊長が学生のひとりに命令した。

「おれがかよう」指名されたにきびの学生は、眼をしばたたいて尻込《しりご》みした。

「そうだ。これは命令だぞ」

にきびはしかたなく、スチュワデスのひとりに日本刀をつきつけた。「来い。おれといっしょにトイレへ行け」

ぽちゃぽちゃ型のスチュワデスは、大きな眼をさらに見ひらいた。「あら。わたし」「そうだ。来い」彼はスチュワデスの肩をつかみ、無理やりトイレへ押し込んで自分も中へ入り、ドアをぴったり締めた。

「これはすごい」運転手がつぶやいた。「こういう事件は今までになかった。ニュースになる。ルポが奪いあいになるぞ。何回もテレビに出られる」

スチュワデスが泣きながら出てくるだろうという予想は裏切られ、数分後、めそめそしているにきびを、スチュワデスがなぐさめながら出てきた。「悲しまないで。初めてだったんだもの無理ないわ。ああいうことはよくあるんですって」

「何さ。そのざまは」女子学生がかんかんに怒って、にきびを怒鳴りつけた。「てめえ、反省しろ」

彼女はなぜかひどく興奮し、ドッと鼻血を出しながら乗客を睨《ね》めまわした。「ようし。わたしが仇討《あだう》ちしてやるわ。おい。そこのおっさん」

彼女が指名したのは、おれのうしろの席にいる中年夫婦の、亭主の方だった。さっ、と夫婦の顔が蒼《あお》ざめた。「それだけは許してください。この人だけは見逃してやってください。わたしの主人です。毒牙《どくが》にかけないで」

「毒牙とはなにさ」妻の嘆願に尚《なお》さらいきり立ち、女子学生は、おどおどしている亭主の眼の前へ日本刀を突きつけた。「さあ。こっちへおいで」

「妻が怒ります。勘弁してください。あとでひどい目にあわされるんです」

「そうよ。家庭を破壊してやるのさ」

泣かんばかりに訴え続ける亭主の襟髪をわし摑《づか》みにして、女子学生はトイレに入っていった。

「この歳になるまで生きていてよかっただ」農協の爺《じい》さん婆《ばあ》さんは、笑いころげていた。「こんな面白《おもしれ》え演《だ》しもんは、よそでは見られねえもんのう」

「こら。笑うな」隊長が怒った。「われわれは、まじめにやっているのだぞ」

トイレのドアが開き、舌なめずりの女子学生に続いて、亭主が泣きじゃくりながら出てきた。

「のり子」彼は妻の顔を見てわっと泣き出し、彼女の膝《ひざ》に身を投げた。「しかたなかったんだ。許しておくれ」

たちまち痴話喧嘩《げんか》が派手に始まるかと思いのほか、女房の方もわっと泣き出して亭主を抱きしめた。「気にしないわ。交通事故なんだから。あれは、犬に咬《か》まれたみたいなものなのよ。あなたのからだは汚されていないわ。あなたは純潔よ」

「ああ。のり子」

夫婦は抱きあって、おいおい泣いた。

「馬鹿ばかしい」運転手が吐き捨てるようにいった。

「おらも、変になってきただぞ」農協の爺さんが、鼻血をドッと出して婆さんのひとりにいった。「おらたちも真似るべ」

「そうすべ」婆さんもドッと鼻血を出しながら、爺さんに続いてトイレに入った。

機は伊丹《いたみ》の空港へ着陸したが、結局降りる客はひとりもなく、機長はしかたなく管制塔へ出たらめを報告した。「革命的赤軍派の人たちは過激で、乗客はひとりも降ろさないと言ってらっしゃいます」

「記者会見の前に」と、運転手がつぶやいた。「乗客全員相談して、口裏をあわせる必要があるな。話を作らなきゃいけない」

燃料と食料を補給するなり、機はただちに離陸した。

「機長はん、えらいあわててはりますな」

おれがそういうと、運転手はうなずいた。「身代りになってやるという機長が、いっぱいいるだろうからな」

手首の紐《ひも》が解かれて、食料といっしょに酒まで配給されたため、機内は急に賑《にぎ》やかになった。農協の爺さん婆さんは酔っぱらって泥鰌《どじよう》すくいを踊りはじめ、学生の日本刀を借りて狭い通路で剣舞をやる男もあり、若い連中はスチュワデスも加えてもちろんゴーゴー、なんのことはない、どんちゃん騒ぎが空を飛んでいるようなものである。大学総長は他に二人乗っていたので、彼らは集まって総長賭博《とばく》を開帳した。

竹島上空まで来たとき、南から飛んできたジャンボ・ジェット機がすごい勢いでこちらの機とすれ違ったため、機体が揺れて大騒ぎになった。

「こんなところをジャンボ・ジェット機が飛んでる筈《はず》がない」

「機長。今のは何だ」

機長がマイクで報告した。「今のは昨日、香港《ホンコン》で乗っ取られたやつだそうです」

「あちこちで、やってるんだな」と、運転手がいった。「どこをどの飛行機が飛んでるかわからない。物騒な話だ」

平壌までの空路を、乗客はすべて和気あいあいとして大いに騒いだ。無理もなかった。彼らひとりひとりのかかえこんでいた問題は、今や「乗っ取り」に次ぐ二次的な問題になり、彼ら全員が「乗っ取り」によって、互いに第一義的にかかわりあっていたのである。しかも表面上は極限状況である。そんなすばらしいことが再びあるとは思えないから、ここを先途とはしゃいでいるのも当然だった。

平壌上空で、副操縦士に操縦をまかせた機長が空港と話しあった。だが返事は意外に冷たく、着陸は許可されなかった。

「ろうして着陸いけないのれすか」と、機長は訊《たず》ねた。

「あんたは酔っぱらっている。客席のどんちゃん騒ぎも聞える。鳴りもの入りでくりこむような不まじめな飛行機は、着陸させない。どこか、よそへ行ってくれ」

何度頼んでもだめなので、機長は学生たちと相談してから、また空港に呼びかけた。

「じゃ、せめてひと晩だけ休憩させてください。そして、食料を少しください」

「一宿一飯を生涯の恩義とするか」

「しますします」

「食料は日本から持ってきたんだろ」

「さっき、もう全部食べてしまいました」

「いやしい連中だ。しかたがない。恵んでやるから降りてこい。くそ。エコノミック乞食《ベガー》め」

機は平壌空港の隅っこへ、おずおずと遠慮がちに着陸した。おれたちは機内で一夜を明かすことになった。

乗客たちは酒を飲んでいるので鼾《いびき》がやかましく、おれはなかなか眠れなかった。

深夜、少しうとうとしてから、機内の騒ぎに眼を醒《さ》ました。後部座席の乗客たちが、集まってわいわい議論している。

「どないぞ、しましたか」と、おれは隣席の運転手に訊ねた。

「乗客のひとりが、首筋から血を吸われたそうだよ。機内に蚊がいる筈はないから、どうやら乗客の中に吸血鬼がいるらしいね」彼はそういってくすくす笑った。

おれはおそるおそる運転手に訊ねた。「まさか、あんたと違いますやろな」

「あんたは友人だから教えといてやる」彼はおれに顔を向けてにやりと笑った。尖《とが》った犬歯から、血がしたたっていた。「日本住吸血鬼だ」

おれはふるえあがった。

「心配するな」と、彼はいった。「おれの血液型はB型だ。だからB型とO型の人間しか襲えない。それに、あんたは友人だから吸わないよ」

「そうです。わたしはやめた方がよろし」おれはあわてて警告した。「わたしの血は黄色い。それにおそらく、あんたとはRh因子が違いますやろから」

「明日は、どこへ行くかね」前部座席では、学生たちが相談していた。「日本へは戻れないぜ」

「近いから、北京へ行くか」

「いや。いっそのことプノンペンに行こう」と、隊長がいった。「まずハノイに着陸し、ベトコンを指揮してカンボジアへ攻めこむ。そしてロン・ノル政権を倒す」

「そうだ。そしてカンボジア日赤政府を樹立する。万歳」

「万歳」

運転手が嬉《うれ》しそうに揉《も》み手《で》をした。「しめた。ベトナムには日本から送った血漿《けっしょう》がたくさんある筈だぞ。けけけけけけ」

翌朝、食料を補給してもらってから、機は南へ向けて飛び立った。乗客はすべて、あいかわらずのバイタリティで、疲労の様子はまったくない。

黄海《こうかい》上空を南下して東シナ海にさしかかった頃、それまで何度もトイレへ出入りしていたあの赤軍派の女子学生が、だしぬけに通路ではげしく嘔吐《おうと》し、ぶっ倒れた。

「医者はいないか」隊長が、うろたえて機内を見まわした。

「だってあんたたち、医学部の学生だろ」よせばいいのに、大学総長がそういった。

「うるせえ」学生のひとりが総長の頭をぶん殴り、もう一度叫んだ。「内科のお医者はいませんか」

「こいつら、勉強もろくにしてねえんだよなあ」運転手がおれに、そう耳打ちした。

「わたし医者です」そういっておれのうしろで立ちあがったのは、例の中年夫婦の女房の方だった。

隊長は一瞬、ぎょっとしたようだったが、すぐにぺこぺこ頭を下げはじめた。「あっ。先生。お願いしまあす。見てやってくださあい。先生」

通路へ出た彼女は、倒れている女子学生の傍にうずくまり、ほんの少し診ただけですぐ顔色を変えた。「大変。コレラだわ」

「えらいこっちゃ」おれはとびあがった。「国際伝染病やがな。感染《うつ》りまっせ」

たちまち機内は、上を下への大騒ぎになった。「逃げろ」

「平壌でもらった弁当だ」隊長が地だんだをふんだ。「やつら、コレラの流行をひた隠しに隠してやがったんだ。それでおれたちを、おろさなかったんだ」

「こうなりゃ、一刻も早く近くの空港へ着陸した方がいい」と、大学総長がいった。

「よし。南京《ナンキン》へ行こう」隊長が操縦室へとんで行った。

機はすぐさま西へ機首を向けた。

中国本土の上空へ入るなり、機長が地上と交信しはじめた。「機内にコレラ発生。着陸させてください」

「コレラの流行、この間やっとおさまったばかりある。朝鮮半島へコレラ追っぱらったばかりあるぞ。お前たち、またコレラ持ち込む。ポコペンまた流行する。ペケあるな」

「水が必要なんです」機長は泣き声を出して頼んだ。「燃料もありません。薬もいるんです。お慈悲です」

「駄目ある。降ろさないある。さっき、中ソ鮮三国防赤協定結んで、お前たち着陸させない決定したばかりのことよ」

「でも、あの、でも、でも、でも、降ります」

「降ろさないある。空港へ五億の農民並ばせて、着陸できなくするのことある。降りてきたら、ただおかないよ。紅衛兵命令して、お前たちの首、青竜刀で落すよ」

「あきらめよう」と、隊長が機長にいった。「台北へ行こう」

機はふたたび、南へ向った。

台北へ着くまでに、さらに乗客三人と、にきびの学生がコレラで倒れた。

「くそっ。最後まで病気にかからなかったやつが、きっと吸血鬼だぞ」と、乗客のひとりが叫んだ。

運転手はにやにや笑っていた。なるほど吸血鬼ならコレラにかかりにくいだろう。

着陸許可をしぶる台北に、機は無理やり降下した。しかし、いかに頼みこんでも乗客は降ろしてもらえなかった。最初大阪を出た時、乗客がいずれも好きで乗っていたくらいは先刻ご承知で、だから自業自得というわけである。どうやら日本政府も、あまりのことにあきれ果ててわれわれを見捨て、構わずにうっちゃっておいてくれとでも言ったにちがいない。

日本では家族たちが騒いでいるだろうな、と、おれは思った。しかし、おれたちが飛行機を降りて、その国にコレラをひろめたりすれば、外交関係が悪化するとかなんとか、そのような因果を含められれば、お国のための犠牲とか、涙をのんであきらめることの大好きな日本人である、当然、せいいっぱい悲愴《ひそう》な顔つきをしてあきらめるのだろう。

燃料に食料、スルフォンアミド剤や抗生物質などの薬品、それに大量の水を恵んでもらい、あいかわらず百二十人の人間と、死亡率三〇パーセント以上のコレラ菌と吸血鬼一匹をかかえこんだままで、機はまたも離陸した。行先はハノイである。

「もし、ハノイでも着陸を許してもらえなければ、われわれはいったい、どうなるんだ」

さすがに、そろそろ疲労の色を見せはじめた乗客たちが、心配そうにぼそぼそとささやきあいはじめた。大阪で、降りないと頑張った手前、学生たちに今さら責任をとれといって迫ることはできないのである。

学生たちも額を集めて相談しはじめた。

「この分だと、ベトナムからも追い立てられる可能性があるな。どうする」

「それじゃ、どこへも降りられないじゃないか。死ぬまで大空をさまようのか」

「ロマンチックで、よろしやおまへんか」おれは口をはさんだ。「さまよえるオランダ人みたいですな」

「そうだ。すばらしいぞ」学生のひとりが、すぐに悪のりしてきて大声で叫んだ。「安住の地を求め、七つの大陸をさまよい……」

「七つの海ですやろ」と、おれはいった。

「いや。オランダ人なら七つの海だが、おれたちは船じゃないから、七つの大陸だ」

「それにしたかて、大陸は七つもおまへん」

「あるとも。教えてやろうか」学生はむきになって、指折りかぞえはじめた。「ユーラシヤ大陸、アジヤ大陸、アトランティス大陸、ヴァン・アレン大陸、セント・ヴァレン大陸、ブリジストン大陸、青い大陸だ」

おれがあきれて黙りこむと、隊長がぼそりといった。「そんなことはできない。コレラが発生してるんだ。吸血鬼もいる」

「日本へ帰りませんか」そろそろ里心のつきはじめた大学総長が、おずおずといった。

「日本なら、責任上着陸させてくれるでしょうし、コレラからも逃げることができます」

学生たちは、この提案を一笑に付した。「下らないくだらない。それじゃまるで、正気の沙汰《きた》だ」

結論が出ないまま、機はトンキン湾からハノイ上空に入った。

「お前たちは、着陸させない」案の定、地上から、民主共和国軍の通信将校が先手をうってそう宣言してきた。「お前たちのことは、すでに全世界にひろまっている。あちこちにコレラ菌をまき散らし、吸血鬼までかかえこんでいることもな」

「助けてくれ」隊長が、機長からマイクをとりあげ、悲鳴まじりに叫んだ。「ここでことわられたら、もう行くところないんだよう」

「日本へ帰れよ」将校が笑った。

「くそっ。帰るもんか。ようし、おぼえていろ」隊長はヒステリックに罵倒《ばとう》しはじめた。「上空から、コレラ菌のたっぷり入った糞尿《ふんにょう》を、まき散らしてやるからな」

「そんなことされて、たまるもんか」

地上から、機に向けて砲撃が開始された。

「お前らそれでも、共産主義者か」隊長が泣きながらいった。「同胞を撃つとは何ごとだ。この非国民め。お前らみな殺されちまえ。ベトナム戦争賛成」

「今、全世界で、お前らのことを何と呼んでいるか知っているか」将校がくすくす笑いながらいった。

「なにっ。もう、渾名《あだな》がついたのか」隊長は急に眼を輝かせ、いきごんで訊《たず》ねた。「どんな渾名だ。『さまよえる日本人』とでも、言われているか」

「馬鹿。そんなのじゃない」将校が、げらげら笑って答えた。「教えてやる。『亜細亜《アジア》の化けもの』だ」

新宿祭

ホワイトハウスで大統領から直接注文を受けているおれのところへ、日本の本社から電話がかかってきた。

「はい。木津井ですが」

「ああ。わしだ」営業部長だった。「そちらの始末がついたら、すぐ帰国してくれ。わかってるだろう。明日は新宿祭だ。こっちはいそがしくて、てんてこ舞いをしている。猫の手も借りたい。早く来て手伝ってくれ」

「こっちの用件はまだまだ片附かないわよ」おれの正面のデスクでもう一台の共同電話をとり、おれたちの話を大っぴらに盗聴していた大統領が、部長に叫んだ。「ミスター木津井はあと二、三日、ワシントンにいて貰《もら》いますからね」

「これは大統領」部長がびっくりして、悲鳴のような声を出した。「聞いておいででしたか。これはお人が悪い。でも木津井君はこちらにも用があるんです。帰らせていただかないと困ります」

「そう。それならいいわ。そのかわりこっちの方の注文はキャンセルしますからね」

「冗談じゃない。そんなことして貰っては困ります。こちらではもうすでに、渡米可能な連中に声をかけてあるんですから」

「知ったこっちゃねえだよ」と、大統領がお国なまりまる出しでヒステリックに叫んだ。

「だ、大統領」おれはあわてて彼女を、眼顔でたしなめた。

「とにかく木津井君。あとで電話してくれ」部長が電話口で閉口している様子が、眼に見えるようだった。「どうもこの電話じゃ、話しにくい」

「何が話しにくいだ」大統領が怒鳴った時、電話が切れた。

「困りますねえ」おれは大統領に、舌打ちしながらかぶりを振って見せた。「ぼくの会社での立場が悪くなるじゃありませんか」

アメリカ合衆国最初の黒人女性大統領は、おれのしかめ面を見てさすがにちょっとしょげた。「だって、あなたは最近働き過ぎだから、ワシントンで少し休養させてあげようと思ったのに」

女性の権力者に惚《ほ》れられてしまうと、仕事熱心な男の場合は大きなマイナスだ。

「ぼくが馘首《くび》になったら、どうするつもりですか」

「G・E《ジェネラル・エレクトリック》に紹介したげるわ。あそこの社長も、今は黒人だから」

「好意はありがたいが、ぼくは電気が嫌いでね。ヒューズの取り替えもできない」

「ヒューズにだって紹介したげるわよ」

「今の仕事が気に入ってるんです」

「はっきりいって、口入れ屋じゃないの」

「そうです。しかし、ぼくの性質に合ってます」おれは契約書類を鞄《かばん》の中へしまい込みはじめた。

「冷たいのね最近」大統領は恨みっぽい眼つきでおれを眺めた。「もう帰っちまうの」

「打ちあわせはもう終ったわけでしょう。でも最後に確認だけはしておきましょう。十一月二日午後三時三十分、全学連三百五十名をワシントン広場に長距離出張の特注。費用は一人につき五百六十二ドル五十セント。宿舎弁当つき。これに間違いないですね」

「そうよ」

「もう一度伺いますが」おれは彼女をじっと眺めた。「彼らを何に使うんですか」

「それは国家機密だっていったでしょう。だから費用も最高額を支払うんじゃないの」

おれが黙っていると、彼女はついに吐息まじりで話した。「いいわ。誰にも喋《しゃべ》らないなら教えたげる。下町《ダウン・タウン》の白人街へゲバルトをかけさせるの」

おれはびっくりした。「どうしてまた、そんなことを」

「自由の担い手《フリーダム・ライダーズ》に参加している白人の数が、まだ黒人よりもだいぶ少ないの。早く均衡をとらせるためよ。ま、そんなことはどうでもいいわ。今夜の食事ぐらいは、いっしょにしてくれるでしょう」

「残念ですが」おれは大統領を冷たく突きはなした。「駄目です。これからすぐに帰国します。あなただって多忙なんでしょう」

ホワイトハウスの玄関口まで、まだ何やかやと愚痴をこぼしながらつきまとってきた大統領をやっとのことで追い返し、おれは国賓用の豪華な乗用車に乗ってフレンドシップ空港《エアポート》に向かった。今はワシントンから宇宙船に乗っていったん大気圏外へとび出し、二十分で日本へ帰ることもできるのだが、おれは加重力状態や無重力状態だと痔《じ》が出るので、ジェット機の方が好きなのだ。

空港へ着き、大統領のサイン入り書類を見せると、すぐ次の便の超音速旅客《スーパー・ソニック・トランスポ》機《ート》の座席がとれた。出発までの数分の間に、おれは本社へ電話した。

「大統領をうまく宥《なだ》めたか」と、営業部長が心配して訊ねた。

「胡魔化《ごまか》しました」

「女というものは商売上の愛想よさを恋愛感情であると錯覚するのが特技である」と、彼はいった。「殊に彼女は大統領になる以前、ジャズ・シンガーだったから、情熱的で衝動的であることは君にだってわかっていたはずだ。どうして注意しなかった」

「不注意でした」

「不注意である。すぐ帰ってこい」

「すぐ帰ります」

おれの乗ったＳＳＴはフレンドシップ空港《エアポート》を飛び立った。今ではソ連上空を飛んでもいいことになったため、このＳＳＴは北極を通り直線コースで東京へ向かう。マンハッタンの上空でニューヨーク湾を見おろすと、顔を黒く塗り替えられた自由の女神像がちらと見えた。この分では記念堂の中にあるリンカーンの座像の顔まで黒くなっているかもしれない――おれはそう思った。

人種差別反対運動、学生運動、その他あらゆる反体制的な平和運動を是認し援助する傾向が、巨大な影響力を持つようになったマスコミに端を発して世界的な流行となり、以後十数年、それは今や度を越していて、アメリカ合衆国などではあべこべに白人が黒人から差別されていた。差別されることを面白がって喜んでいる白人もいて、むしろ黒人たちがとまどっていた。また日本やフランスなどでも、なかば運動する意欲をなくしている学生たちに無理やり武装させたりして、この傾向を助長していた。人類は刺《し》戟《げき》に餓えていた。

ＳＳＴは三時間四十五分ののち、ＳＳＴ着陸のためさらに東京湾を埋め立てて作られた羽田空港の長い滑走路へすべりこんだ。

アメリカでこそ国賓待遇だったが、日本へ帰ってくればただの会社員である。おれは税関で三十分ばかり無駄に時間をとられてしまった。

銀座にある本社へ戻った時はすでに夕方の六時だった。社内は明日の新宿祭をひかえ、年に一度のかき入れ時だというのでごった返している。

営業部長に報告してから自分のデスクに戻り、出金伝票を切っていると、机上の外線直通電話が鳴った。

おれは受話器をとった。「はい。こちらはＬＳＤ（無法者組成企画社《ロープローカー・ストラクチュア・デザイン》）です」

「やあ。こちらは防衛庁広報課ですが」

「これはこれは。毎度ありがとうございます」

「早速ですが、例年通り明日の昼間、こっちへゲバルトの出前、大量にお願いします。今年は特に多勢出てほしいんですが」

「そうですねえ。なにしろ今日明日は普段のお得意先のご注文にさえ応じ切れないで困っているぐらいですから、ご期待にそえますかどうですか……」

「頼みますよ」広報課員は泣き声を出した。「幕僚の祭礼作戦会議が長びいたもんだからすっかり注文が遅れちゃったんです。防衛庁の存在をマスコミに報道してもらえるのは明日以外にないわけですから、ゲバルトをかけてもらわないと困るんです。お願いします」

「もちろん、防衛庁さんはいいお得意ですし、明日の昼間そちらへゲバルトをかけるのは十何年か前からの恒例行事です。当然ある程度の人数は手配部の方でも予定しているでしょうが……。でも、『梅』をご注文でしょうか。それとも『竹』ですか」

「『松』をお願いしたいのです」

「いやあ。この時間になって特上をご注文されては困ります。ではなんとかして『竹』にお吸物をつけましょう。それでいかがでしょう」

「ええと。『竹』というのは革マル派五百人、中核派三百人、ＭＬ派、社学同各百人でしたね」

「そうです」

「千人か。少ないなあ。それに革マルは最近あまりハッスルしなくなりましたからねえ。お吸物は何がありますか」

「女子学生とフーテン、どちらがいいでしょう」

「フーテンの方が面白くていいでしょう。ではまあ、しかたがない。それでお願いしましょう。そのかわりOBでなく、現役のイキのいいところをできるだけサービスしてください。今度はこちらも広報課の予算だけでなく調達実施本部から全学連防衛費というのが出ますから、いつもよりはずむ筈《はず》ですよ」

「それはそれは。毎度ありがとうございます」受話器を架台に置くなり、また鳴り出した。「はいはい。LSDです」

「わあ。いたいた」

きゃあと騒ぐ四、五人の若い女たちの声が響いてきた。バー「元禄」の三千代、真由美、藤子たちらしい。

「何がいたいただ」と、おれは怒鳴った。

「いつ帰ってきたの」

「今、帰ってきたところだ。何の用だい」

「あら。何の用だいはひどいわ。約束したくせに、冷たいのね。どうせわたしたちより、大統領の方がいいんでしょ」

おれは啞然《あぜん》とした。「なぜ知ってる」

「今週号の女性週刊誌にでかでかと出てるわよ。ねえ、それより明日の新宿祭の座席、とってくださったかしら」

「そんなもの、今頃いってきたって、あるもんか」

「まあひどい。まあひどい。あんなにはっきり約束したくせに」

酒を飲んでいる時に、ついうかうかと約束してしまったらしい。男というものは淋《さび》しい時、バーなどへ行って一時的にもてようとして化けものみたいな女たちとつまらない約束をしてしまう。必ずあとで後悔するのだが、といって約束を破ったりしたら大変だ。こういう女たちは自分が不美人だと知っているだけに実に執念深く、女性である特権を利用して会社だろうとどこだろうと入ってきてつきまとい、上役の眼の前でしなだれかかったりする。つまらないバーでの口約束がもとで、会社を馘首《くび》になり妻子に逃げられた男さえいるくらいだ。

「しかたがない。記者席を都合しよう」

「わあ。うれしい」馬のいななきのような歓声があがった。

「ただし、記者席は危険だぞ。去年も火炎瓶がとんできて着物に火がつき、芸者ふたりが焦げた」

「お祭りだもの。人死にの出るのはあたり前よ」自分たちだけは絶対大丈夫と思っている。女の浅はかさである。

「切符も、一枚しかとれない」

「いいわ。ひとつの席に五人すわるから」

「そりゃ無理だ」

「大丈夫。わたしたち小柄だもの」

何が小柄なものかと思いながら受話器を架台に置いた途端、また鳴り出した。吐息まじりに、おれはまた受話器をとった。

「LSDです」

「精一さんね。お帰りなさい。桃子です」おれの婚約者だ。

「やあ」

「今、あなたのお母さんといっしょにいるの。上京してきたのよ。明日の新宿祭を見物したいんだけど、座席とれるかしら」

おれは呻《うめ》いた。バーの女の座席をとってやり、婚約者と母親の方を断わるなどということはできない。

「記者席だけど、何とかしよう」

「今夜は赤坂のグランド・ホテルに泊るわ。あなた、いらっしゃるならもうひとつお部屋を予約しとくけど」

東京中のホテルは連れ込み宿に至るまで二ヵ月前から満員なのだが、桃子の父親は実力者なのでホテルに顔がきくのだ。

「いや結構。今夜は徹夜になりそうだから」

これ以上自分の席にいては、どこから座席とりの注文がくるかわからない。おれは受話器を置き、手配部の部屋へ行った。

手配部は営業部以上にごった返していた。どの部員も電話にかかりきりで、その上今日明日だけ増設した臨時電話数十台がのべつまくなしにじゃんじゃん鳴りづめである。

いつも仕事でコンビを組む武井の机へ行くと、彼は百枚以上のスケジュール表を見くらべながら電話で指示していた。

「午前十一時四十五分に君たちは本郷を出発、地下鉄で国会へ行く。麹町《こうじまち》で自治会共闘の千三百人が機動隊三千人と衝突しているからそれを午後一時十分まで応援……。

何、こわい。馬鹿をいえ。全員全学連保険には入っているんだろう。こわいって奴があるか。君たちはプロなんだぞ。もっと誇りを持て。とにかく麴町の騒動は総理府と自治省からの注文でギャラも高いそうだ。頑張ってくれ。そこから反帝五百人と合流して二時十分前に首相官邸にゲバルトをかける。これが三十分間。ここで衝突する機動隊は五百人。前もってその辺に小石を散らばせておいてくれるそうだ。これが終ったら昼食。永田町の坂道を下って溜池《ためいけ》の側の左手に『角棒』という喫茶店がある。そこへ三百人分用意しておく。それからこの店では、君たちにコーヒーをサービスするから、かわりにおはらいをやってくれといってるそうだ。なあに、全員で二、三回、鬼は外といって出てくればよろしい。虎ノ門から地下鉄に乗って新橋へ。ここの新橋駅前商店街が、ちょっと寄ってほしいといってる。うん。商店連合会から金が出てる。アーケードの通りを例の四分の四拍子でワッショイワッショイとやって往復。店の前には着飾った子供が並んでいる筈だから、ひとりずつゲバ棒で頭の上をひと振りしてやれ。強い子になるまじないだそうだ。それから病人を見かけたら、ゲバ棒の先で患部を突いてやること。ここは二十分ですませてくれ。国電に乗って代々木《よよぎ》へ行き、ここで構改派と合流、石を拾ったり枕木や犬釘《いぬくぎ》を抜いたりしながらレールづたいに新宿へ。新宿へは五時必着のこと。東口で革マル五百人が待っている。これと合流。以後は革マルの指導者に指示してある。それに従ってくれ」

受話器を置き、武井はほっとひと息ついておれを眺めた。「やあ」

「おれの切符、とっておいてくれたかい」

「記者席が三枚、やっととれた」彼は机の抽出《ひきだ》しから座席券を三枚出した。

「三枚かあ」バーの女たちに一枚、母親と桃子に一枚ずつやると、おれの席がない。

「ぜいたくいうなよ。三枚だってとるのに大変だったんだぞ。総理大臣だって二枚だ」

「しかたがないいな」おれは切符を受けとった。「ところで、今防衛庁から注文があった。昼間『竹』を吸物つきで届けてほしいそうだが、手配できるか」

「今頃になって『竹』は無茶だ」彼は悲鳴をあげた。「OBの自宅にまで全部電話して集めたんだが、まだ足りない。フランスの学生を呼んだが、外人をあまり混えるとムードが壊れるからなあ。東洋人なら胡魔化《ごまか》せるだろうというので、さっきベトナム観光公社へ電話してベトコンを至急よこしてくれるように頼んだばかりだ」

「なんとかならんか。防衛費を使ってでも金は出すといってる」

「しかたがない。アメリカ大使館を襲う『竹』を早く切りあげさせて、そっちへ行かせよう」彼はまた受話器をとった。

打ちあわせを済ませて営業部へ戻ると、さらに注文の電話がひっきりなしである。もう、駄目ですと断わり続けたが、しまいには学生ひとりに十万円出そうという大使館や、おれに賄賂《わいろ》をつかませようとする商店連合もあって、ひと息つくひまもない。電話と来客の応対が朝まで続き、とうとう一睡もしないままに、窓の外が明かるくなってきた。十月二十一日、新宿祭の当日である。

おれは煙草をくわえながら、ひと仕事終えて窓ぎわに佇《たたず》んでいる営業部長の傍へ寄り、話しかけた。「年ごとに派手になりますな」

部長はうなずいた。「そして年ごとにいそがしくなる。これはわが社の独占事業だからね。今後とも、競争相手の出てくる気づかいは、まず、ないだろう」

「伝統がありますからね」

「先代の社長が」と、部長が喋《しゃべ》り出した。「これはえらい人だった。全学連のほんの一部を掌握しているある組織に加わっていたのだが、その頃の全学連が分裂に分裂を重ねるのを見て、これはいかんと気がついた。これでは体制を打破できるような強力な組織とはならず、勢力は分散するばかりである――そう思った。ところが、こういうことをいくら学生に教えてやっても、彼らはてんで聞こうとしない。これは無理もないんだ。若いうちはとかく、自分たちだけは他の奴らとちがうんだという考えにとらわれ勝ちだし、少しでも違う行動をとる奴がいればかんかんになって何故《なぜ》自分たちと同じ行動をとらないのかと怒る。現実とのふれあいの少いままに自分たちの理論を作りあげてしまうと、他派の行動の自派とのほんの少しの差でも、根本的な違いのように思ってしまう。つまり彼らにまかせておいたのでは、いつまでたっても多層的な協力体制はとれないだろう——先代社長はそう思ったわけだ。その年——昭和四十三年の十月二十一日、この時にはまだ新宿祭とはいわず、反戦デーといっていたのだが、先代社長はこの日を前にして、なんとか彼らに統一行動をとらせてやろうと考えた。全学連各派が、自分たちではそうと気づかぬまま、結果的には一大勢力となっているような、そんな組織に結集させてやろうと案を練った。そしてさっそく行動を開始した。あらゆる派へ自分の腹心の部下を送りこみ、昼間こそ彼らの当初予定していた場所へデモをするのにまかせておいたが、八時過ぎには全部新宿へ集まるように仕向けたんだ。これは成功した。うまく動かせなかったのは社学同だけで、残りの各派はすべて新宿へ集まり、騒乱罪が適用されるほどの派手な武力闘争になってしまった。先代社長の画策は、もちろん表面には出なかった。しかしこの集結を見て首をかしげ、どうもおかしい、全学連各派があんなにうまく合同して新宿駅構内へ暴れこんだのには何か裏がありそうだ、彼らが自ら統一行動をとろうとする筈《はず》はないから、これはおそらく彼らを蔭《かげ》であやつっている者が存在するのであろう――そう考える連中もいた。その後、大がかりなデモがあるたびに、先代社長は裏面工作をやって成功させた。そしてそのたびに、先代社長という人物の存在はだんだん大っぴらになってきたんだ。一方全学連の方はそれからもあいかわらず分裂に次ぐ分裂で、理論を細分化し行動様式をストイックに追求して、はてはゲバ棒の振るいかた石の投げかたにまで自派の特徴を考案して、免許制度をとったりしはじめた。日本舞踊の流派と同じだな。そのうちに表革マル、裏革マル、本家中核派、元祖中核派などもできて、三人で一派などというのもざらにいるようになった。しまいには名取りが出た。これではいざデモという時、とても大がかりなものは望めないし、新宿の時のように大衆やマスコミ報道陣を集めることだってできない。デモンストレーションには見物が必要なわけだからね。そこで彼らは、デモの数日前に必ず先代社長の許《もと》へ電話してきて、こっそり指示を仰ぐようになったんだ。一方、大衆やマスコミの方でも、新宿騒乱の日のあの熱狂あの興奮あの感激が寝ても醒《さ》めても忘れられず、毎年十月二十一日になると大がかりな騒動を期待するようになった。マスコミ各社は、前もって詳細や今年度の趣向などを先代社長のところへこっそり訊《たず》ねてくるようになった。そしてついに国際反戦行動の日は東京では新宿祭となり、全学連各派の顔見世興行と化したのだ」

部長がそこまで喋った時、報道陣がストロボの閃光《せんこう》をまき散らしながらどやどやと営業部室へなだれ込んできた。何ごとかと振り返り、おれはあっと叫んだ。報道陣に囲まれてやってきたのは、アメリカ合衆国大統領だったのである。

「ハロー、ミスター木津井」彼女は褐色の満面に笑《え》みを浮べ、白い歯を剝《む》き出しながらおれにすり寄ってきた。「新宿祭を見物に来たのよ」

「これは大統領」部長がたまげながら、彼女に椅子をすすめた。「こんなむさ苦しいところへ、わざわざようこそ」

「座席は、まだあるでしょうか」おれは心配になって部長に訊ねた。

「もう、一枚もないぞ」部長は眼を丸くしながら、おれにささやき返した。「さっき一枚だけ残っていたわしの座席券を、十万円のプレミアムで官房長官に売ったばかりだ」

しかたがない。おれは自分のを一枚彼女に渡した。それから考えた。これはたいへんなことになるぞ。三枚の座席は続き番号だから、右端の席が五人のバーの女、まん中の席が母親と桃子の抱きあわせ、左端が大統領とおれだ。どんな騒ぎになることか。

「ぼくは準備がありますので」と、おれは大統領にいった。「もう現場の方へ行かなきゃなりません。あとでゆっくり来てください」

「あらあ」大統領はおれに抱きついて、キスを求めてきた。「淋《さび》しいわ。わたしをほって行くの。冷たいのね」

こうなってくると大統領もバーの女もたいして違わない。おれは閉口した。報道カメラマンはここぞとばかりにシャッターを切りはじめた。

やっとのことで大統領から逃れ、おれは武井といっしょに社の車に乗って現場に向かった。

まだ昼前で、祭りにはだいぶ間があるというのに、新宿二丁目までくると、もう大混雑で車がなかなか前へ進まない。おれたちは三丁目の交叉点《こうさ》で車をおり、新宿駅東口へ向かって歩いた。

新宿駅前広場はすでに見物客でごった返していた。少しでもいい場所を取ろうとして早くからやってくるのである。この連中を楽しませるため緑地帯ではすでに余興が始っていて、それは昔なつかしいフーテンのシンナー遊びやアングラ族のハプニング、これを見るため地下鉄出入口の屋根の上などは見物人が鈴なりになってひしめいている。

地下駐車場の入口のドームの上には櫓《やぐら》が組まれ、この上は有料見物席である。櫓の最上段では早くも太鼓が打ち鳴らされていた。

この広場に面した建物も、年ごとに派手になるこの祭りのために、数年前から、見物客をできるだけたくさん収容できるよう改築、増築されていた。

もともと料理屋だったカニ料理の加茂川や食堂ビルの衆楽などはいうに及ばず、以前のマーケット三幸やアカギ靴店などまでが十数階建ての料理屋に変っていて、見あげると各階の庇下《ひきしした》に赤い提灯《ちょうちん》ずらりとぶら下げ、勾欄《こうらん》にもたれた客が広場を見おろしながら夜を待って酒を飲みはじめていた。芸者とともに三味線にあわせ歌い踊っている気の早いのもいる。炭友、不二などという大銀行も今日だけは営業せず、壁面にそって何層もの張り出し桟敷《さじき》を作り、座席券を売って大儲《もう》け。おそらく何万円ものプレミアムがついているのだろう。

おれは武井と駅構内に入り、駅長室へ行って打ちあわせをした。

「新趣向を考えました」昭和四十三年当時の野暮ったい制服を着た駅長が、興奮に眼を輝やかせながらおれにいった。「一番線ホームに入っている電車の最後尾の車輛《しゃりょう》に、放火してほしいのです」

「何をするつもりですか」

「中に五人の駅員がいて、火だるまになってプラットホームへころがり出るのです」

駅長は唾《つば》をとばして喋った。完全にのぼせあがっていた。「この日のために半年前から、五人の駅員にその訓練を受けさせてあったのです。こいつはきっと、受けますよ」

「よろしい。指揮者にそう伝えておこう」と、武井がいった。

「信号燈や照明標示器の中には爆竹を仕掛けておきました」と、横から助役もいった。

「叩《たた》き壊された時、できるだけ派手に爆発させるためです」

「電車のシートなどは、野次馬が引き剥《は》がしやすいようにしてあるでしょうね」と、おれは訊ねた。

「大丈夫です」と、駅員が答えた。「傍にマッチ箱もころがしておきます」

準備と打ちあわせに駈《か》けまわっている間に新宿の空の日ははや傾き、テレビの中継車や、放火されてひっくり返されるための数台の採証車もやってきた。祭りの始まる時は刻刻と近づき、あちこちでポンポンと花火が打ちあげられ、あたりは群衆で身動きもできぬ有様になった。

「さあ、そろそろ記者席の方へ行こう。東口ではさっき、人波に圧《お》し潰《つぶ》された野次馬がすでに出たそうだ」

おれと武井は南口から駅を出て、線路を見おろす陸橋の上を記者席の方へ、人混みをかきわけながら進んだ。陸橋の上にはずらりと櫓が並んでいて、これは特等席と記者席である。見晴らしがいちばんいいからだ。

梯子《はしご》を登るとおれの座席にはすでに大統領がきていた。その横では母親と桃子が窮屈そうにひとつの席に腰をおろし、そのさらに向こうの席ではバーの女たち五人がひしめいて嬌声《きょうせい》をあげている。たいへんな騒ぎである。

「この化けもん連中も、やっぱりお前が招待したんかいな」母親がバーの女たちを顎《あご》で示し、じろりとおれに白い眼を向けて訊ねた。

「そうです」おれは頭を搔《か》いた。もし桃子が何かいったのなら、怒鳴り返してやるところだが、母親にいわれたのではしかたがない。「じつは得意先なもんで」

「化けものとは何よ」三千代や真由美が口ぐちに叫びはじめた。「ひどいわ」

「静かにしろ」と、おれは怒鳴った。「櫓が倒れたら下はレールだぞ。電車に轢《ひ》かれたいのか」

「この化けもんは何や」母親が性懲《しょうこ》りもなく、今度は大統領を顎で指した。

「しっ」桃子があわてて母親の袖《そで》をひいた。「このかたはアメリカの大統領ですわ」

「まちがいない」母親はうなずいた。「やっぱり化けもんや」

「座席、たったこれだけしかとれなかったの」桃子がぷりぷりした口調でおれを詰《なじ》った。

彼女の不満はどうやら、おれがバーの女や大統領をつれてきたことにあるのではなく、たった三枚しか座席をとれなかったおれの甲斐性《かいしよう》なさにあるらしかった。胸の中できっと彼女の父親の権力者ぶりと比較しているのだろう。

「ぜいたくいうな」と、おれはいった。「総理大臣でさえ、二枚しか席がとれなかったんだぞ」

「でも、あの人なんか、櫓ひとつを買い切ってるわよ」桃子が隣りの櫓を指さした。

そこには初老の男がひとり、櫓全体を占領してのんびり酒を飲んでいた。広い場所に彼の他は誰もいず、ただ、一羽の鳥が彼の肩にとまっておとなしくしているだけである。

大統領があっと叫んだ。「あれはギリシャの大金持ちの、エクスタシス・ピタゴラス・コイトスだわ」彼女は急にうっとりとした眼つきで彼を眺めはじめた。「わたし一度、あの人の船遊びに招待されたことがあるのよ」

「肩にとまっているのは、九官鳥ですか」

「カラスでしょう」

おれたちがじろじろ見続けたものだから、男はこちらを向き、ウインクし、それから手まねきした。

「わたしを呼んでるわ」桃子がそわそわして立ちあがりかけた。

「いいえ、わたしです。間違いありません」大統領が立ちあがった。

男はあわててかぶりを振り、母親を指さした。

「見初《みそ》められた」おれはびっくりした。「お母さん、あんたを呼んでるよ」

「化けもんめが」母親は吐き捨てるようにそういって、そっぽを向いた。

ひときわ高く櫓太鼓が打ち鳴らされ、全学連各派のイメージを象徴した各種の打ちあげ花火がぽんぽんと夜空に咲いた。見物客がわっと歓声をあげ、手を打った。

「カク屋あ」

「マル屋あ」

「構改屋あ」

「おや。おかしな花火があがったぞ」おれは眼をこらした。「あの青い小さいのはなんだろう」

母親が息をのんだ。「あれは、ひ、人魂《ひとだま》やがな」

「また野次馬が死んだな」

「南無阿弥陀仏《なむあみだぶつ》。南無阿弥陀仏」

ふたたび歓声があがり、代々木の方からレールづたいに全学連各派がやってきた。

「いよおっ。待ってましたあ」

「中核屋っ」

「社学同さあん」

「ML屋っ」

「しっかりい」

「きゃあ」

たいへんな騒ぎである。

「大統領っ」と、大統領が叫んだ。

喧騒《けんそう》をかき立てるかの如く駅のスピーカーがいっせいに新宿騒乱節をが鳴り立てはじめた。

〽新宿ソーラン　ソーラン　ソーラン
　ソーラン　ソーラン　ソーラン　ハイハイ
現場主義なら　米タン阻止で
破壊するなら　公共施設チョイ
　ヤサ　エンヤラサの　どっこいしょ
ハア　どっこいしょ　どっこいしょ

千数百人の全学連は、新宿駅のプラットホームで待機している数百名の機動隊に投石をはじめた。

〽新宿ソーラン　ソーラン　ソーラン
　ソーラン　ソーラン　ハイハイ
ぱっと火がつきゃ　反戦デモよ
やってきました　エエ全学連チョイ
ヤサ　エンヤラサの　どっこいしょ
ハア　どっこいしょ　どっこいしょ

機動隊は台本通り、楯《たて》で石を防ぎながら、じりじりと後退していく。

〽新宿ソーラン　ソーラン　ソーラン
　ソーラン　ソーラン　ハイハイ
小石ゲバ棒　煉瓦《れんが》の雨よ
アタマきたかよ　エエ機動隊チョイ
ヤサ　エンヤラサの　どっこいしょ
ハア　どっこいしょ　どっこいしょ

ついに全学連の先頭がホームへよじ登り、機動隊にゲバ棒をふるいはじめた。あたりはもう完全に興奮のるつぼである。

「やれやれえ」

「もっとやれえ」

〽新宿ソーラン　ソーラン　ソーラン　ソーラン

　　ソーラン　ソーラン　ハイハイ

　参加しようぜ　東京の人よ

　みんな集まれ　エエ野次馬チョイ

　　ヤサ　エンヤラサの　どっこいしょ

　　ハア　どっこいしょ　どっこいしょ

　一番線、二番線ホームが全学連に奪われてしまうと、東口の方から、ある者はレールを越え、ある者は地下道を通って、野次馬がわっとあばれこんできた。やくざ、フーテン、酔っぱらい、アングラ族などを先頭に、日ごろの欲求不満をこの一日で解消させんものとネクタイ姿のサラリーマンまでが石を投げながら荒れ狂い、なかにはBGや女子高校生、家庭の主婦らしい女の姿さえ見えた。一番線に入っていた電車が、この連中の放火でたちまち勢いよく燃えあがった。それと同時に、構内のあちこちにもぱっと火の手があがり、夜空を焼きはじめた。興奮して信号機によじ登るヒッピーや、着物を脱ぎはじめるフーテン女のハプニングもあって、ますます群衆は熱狂した。その熱狂ぶりは今や狂気の沙汰《さた》に達していた。大っぴらな乱暴が誰にでも公平に許される、年にただ一度の祭りなのである。誰もが酔ったようになっていた。平和ムードだけが強調される反面、人それぞれが慢性化した緊張と忍耐を強いられているこの泰平の世界での、これは唯一のカタルシスであった。

〽新宿ソーラン　ソーラン　ソーラン
　　ソーラン　ソーラン　ハイハイ
　天下泰平で　騒ごうじゃないか
　電車燃えた燃えた　新宿まつりチョイ
　　ヤサ　エンヤラサの　どっこいしょ
　　ハア　どっこいしょ　どっこいしょ

いかに新宿駅を滅茶苦茶に壊そうと、誰も困るものはなかった。この祭りのあとの一週間、都内に通勤する者は会社を休んでもいいのである。そして破壊された新宿駅は、次の年にふたたび破壊されることを予測の上で適当に修復される。この修理費は直接政府から出ていた。政府は都民の精神衛生のため、この祭りを奨励してさえいたのである。

〽新宿ソーラン　ソーラン　ソーラン　ソーラン　ソーラン　ハイハイ
税金使って　騒ごうじゃないか
放火するなら　エエ採証車チョイ
ヤサ　エンヤラサの　どっこいしょ
ハア　どっこいしょ　どっこいしょ

四番線ホームまで追いつめられた機動隊が反撃に移った。催涙ガス弾の煙があちこちに立ちのぼり、咳《せ》きこむ野次馬の頭上にまで警棒は打ちおろされた。

〽新宿ソーラン　ソーラン　ソーラン　ソーラン　ソーラン　ソーラン　ハイハイ
鎮圧するなら　催涙弾で
適用するなら　エエ騒乱罪チョイ
ヤサ　エンヤラサの　どっこいしょ
ハア　どっこいしょ　どっこいしょ

東口であばれまわった群衆が、線路横の階段を駈《か》けのぼり、おれたちの櫓《やぐら》が立っている陸橋の上へどっと押しかけてきた。その重みで陸橋全体は上下にぐらぐらと揺れ、櫓は左右にふらふらと揺れ動いた。

「きゃあ。こわい」

「倒れるわ」

おれは両側から桃子と大統領に抱きつかれて首を締めつけられ、あわててもがいた。バーの女たちも悲鳴をあげ、立ちあがって泣き叫んでいる。

「さわぐな」と、おれは叫んだ。「じっとしていろ」

「この櫓は、固定されていないんだ」おれたちの背後の席の記者たちも、あわてふためいていた。「足が宙に浮いている」

そのうちに櫓全体が、南口の方へ行こうとする群衆に押されて移動しはじめた。

「櫓が走り出した」おれはびっくりした。「いかん。このままでは陸橋から落ちてしまうぞ」

櫓の足が陸橋の手摺《てす》りにひっかかり、櫓はぐらりと大きく傾いた。見おろすと十メートルほど下は線路である。おれは勾欄《こうらん》にしがみつき、危く落ちかけた母親の衿《えり》をぐいとつかんだ。桃子と大統領も、勾欄にかじりついた。立ちあがって騒いでいたバーの女五人は、あっという間もなく櫓から抛《ほう》り出された。すべて和服姿だった彼女たちは、緋色《ひいろ》の蹴出《けだ》しをみごとに宙に花咲かせて落ちていった。三千代はパンタグラフの上に落ちて感電し、ぱちぱちと火花を散らせながらサンバを踊り出した。あとの四人はレールに叩《たた》きつけられてぺしゃんこになった。

ぐらり、と、さらに櫓は線路の上へと大きく傾《かし》いだ。手がかりが何もないため、おれたちの背後の記者席にいた連中が、おれたちの頭上を越えてまっさかさまに転落していった。

おれは片手で欄干を、片手で母親の衿を握ったまま宙吊《ちゅうづ》りになった。その上大統領と桃子が、こわいこわいと叫びながら両側から抱きついてくるので、腕が抜けそうである。

その時、爆音が響き、一台のヘリコプターが近づいてきた。機はおれたちのま上あたりで滞空し、操縦席から一本の縄梯子《なわばしご》を垂らしはじめた。

やれ助かったと思ったのは早合点、このヘリコプターはおれたちの隣りの櫓で、やはり似たような危機に遭遇しているエクスタシス・ピタゴラス・コイトスの専用機だったのである。彼は櫓から縄梯子の下端へとび移り、おれたちの眼の前を通り過ぎていくついでに、おれの母親をさっと横抱きに掻《か》っ攫《さら》い、この化けもんめとわめき続ける彼女を、宙天高く掠奪《りゃくだつ》していった。

「お母さん」おれはおどろいて叫んだ。「いつまでもお達者で」

「わたしもつれてって」と、大統領が叫んだ。

「わたしも」と、桃子が叫んだ。

そのとき、櫓はさらに傾いた。欄干が折れ、おれたちは線路の上へ落下した。さいわいにも、さきに落ちて気絶していた記者たちの上へ落ちたため、怪我はなく、頭をひどく打っただけだった。桃子はおれの横で気絶していたが、すぐに息を吹きかえした。

機動隊に追われた群衆が、ぶっ倒れているおれたちの周囲を、悲鳴とともに逃げていく。あたりには催涙ガスが立ちこめているため眼が痛み、とても長くはあけていられない。おれは立ちあがり、逃げようとした。

「待って。わたしもつれてって」半狂乱の桃子が、おれの足にしがみついた。「ひとりで逃げないで」

「自分で逃げろ」おれは彼女を蹴倒し、レールを越えて群衆とともに逃げた。

しばらく走ってから思い直し、また桃子のところへ戻り、まだ倒れたままでぎゃあぎゃあ泣き続けている彼女の手をとった。「さあ。早くこい」

足をくじいたらしい彼女を無理やり立たせながらまわりを見まわすと、大統領が電車にもたれ、立ったまま気絶していた。

「さあ、あんたも早く」おれは彼女の肩に手をかけようとした。
だが、彼女は気絶しているのではなかった。彼女の頭上には切れた高圧線が垂れさがり火花を散らしていた。大統領は感電して死んでいた。もともと色が黒いため、黒焦げになっていることがわからなかったのである。だが、それに気がついた時はすでに、おれの手は彼女の肩に触れていた。おれは感電し、おれに手を握られていた桃子も感電した。

〽新宿ソーラン　ソーラン　ソーラン　ソーラン
　ソーラン　ソーラン　ソーラン　ハイハイ
踊り踊るなら　騒乱踊り
どうせ死ぬなら　エエ高圧線チョイ
ヤサ　エンヤラサの　どっこいしょ
ハア　どっこいしょ　どっこいしょ

農協月へ行く

1

豪勢なフランス・ドラキュロワ社製のダブル・ベッドから錦紗《きんしゃ》のカーペットを敷きつめた床におり立ち、結城紬《ゆうきつむぎ》のガウンを着ながら金造《きんぞう》はぼそりとつぶやいた。

「さあて、今朝は西の畠《はたけ》行て、豆播《ま》いて来《こ》うか」

四十八歳になる妻の篠《しの》はまだベッドの中、陽焼けした皺《しわ》だらけの顔に黒い空洞のような口をぽっかりあけ、ぐっすり眠っている。

暖房はしてあるのだが、六坪は充分ある寝室なので少しうすら寒い。金造はくしゃみをし、部屋の隅の銀の痰壺《たんつぼ》めがけて勢いよく手洟《てばな》をかむと、大きなチークのドアをあけて隣室に入った。

隣室は二十畳分ほどある洋間で、天井からは豪華なシャンデリアがさがり、部屋の中央には革の応接セットが置かれていて、他にもステレオやピアノや何やかや、当然あるべき家具調度にはこと欠かないのだが、やはりなにぶん部屋が広すぎて寒ざむしい感じがする。部屋の隅ではカーペットの上に畳を二枚並べ、櫓炬燵《やぐらごたつ》に入って背を丸めた八十歳の母親が繕《つくろ》いものをしていた。

「起きたんけ」と、彼女はいった。「野良行くんけ」

「ふん。西の畠行て、豆播いて来る」

眼鏡の上縁越しにうわ眼遣いで息子を眺め、母親が訊《たず》ねた。「何か食て行くけ」

「そやな。大根の味噌《みそ》汁食て行こけ」

裁縫箱の針山に針を立て、綿入れを着た背を丸めたまま、どっこいしょと彼女は立ちあがった。「待っとりや。今、作ってきたるさけ」

「すまんの」

母親が去ると、金造は部屋の片側の壁に嵌込《はめこ》まれた本棚に近づき、ガラス戸を開いた。棚の二段めにはまだ一度も読まれたことのないエンサイクロペディア・ブリタニカが背の金文字を光らせ、ずらりと並んでいる。金造が右端の一冊を数センチ手前に引くと、ぎいと音がして本棚が裏返しになり、農具のずらりと並んだケースがあらわれた。さまざまな大きさと長さの鍬《くわ》が六挺《ちょう》、鋤《すき》が五挺、鎌が八挺といった具合に揃っていて、いずれの柄の先端にも装飾模様と「金」の字を彫りこんだ純金の握りがついている。

鍬の一挺を肩にかついで金造がダイニング・キチンへ入っていくと、ガス・レンジに火がつかず、母親が悪戦苦闘をしていた。

「こらあかん。かんてきでやるさけ、ちょと待ちや」

「ゆんべ街道の方で騒いどったが、あらなんや」デンマーク製の食卓に向かい、金のライターで鉈豆煙管《なたまめぎせる》に火をつけながら金造が訊ねた。「警察の車も出とったみたいやが」

「あら救急車や」母親が答えた。「稲山《いなやま》の源三《げんぞう》はんが、上西《うえにし》の分家のお節《せつ》つぁんとこへさして夜這《よば》いかけよっての。ほいで窓の出っぱりから落ちよったんやと」

金造は城塞《じょうさい》のような上西家の建物の、外壁やバルコニーを思い浮かべた。「あの家の出っぱりはたしか三階やったな。ほたら、三階から落ちよったんけ」

「三階から落ちよったんや」母親はうなずいた。「錦鯉《にしきごい》飼うてる泉水へ落ちたさけ、たいした怪我はなかったそうなが」

「源三は、丸ぽちゃの女子《おなご》が好きやさけのう」

「あら、色気違いじゃ」

「よう。金造よ。ゆんべはえらい目に会《お》うてのう」父親の大造《だいぞう》が充血した眼をこすりながら部屋に入ってきた。「おすみ。わいにも味噌汁くれるけ」

「へえ」

「農協の、小田《おだ》の禿茶瓶《はげちゃびん》と一緒に北の新地のクラブへ行てのう」大造が喋《しゃべ》りはじめた。

「えらい騒いでもた」

どうやら外出着のままで寝てしまったらしく、八十三歳の大造は、グリーンのアロハの衿《えり》もとをぴったりあわせてオレンジ色をした花柄のネクタイをしめ、薄紫色に黄色い縞《しま》の入ったブレザー・コートを着ていた。ズボンは赤と青と黒のだんだら縞である。

「北の新地は高価《たか》かったやろ」

金造の問いに大造は大きくうなずいた。

「二時間ほど騒いどったんやが、百二十万円とられた」彼は五分刈りの胡麻《ごま》塩頭をぼりぼり搔《か》いた。「あら小田の禿《はげ》が女子衆《おなごし》に接触《てんご》しすぎよっての、あれが不可《いか》なんだんじゃ。ほいで今度はもっと安いバーへ行てのう、そこの女子《おなご》四人つれ出したら、その女子らに三時頃まであっちゃこっちゃひっぱりまわされて、ゴーゴー踊らされての、おかげでわいのお金もゴーゴーよ」

「ゆんべはなんの騒ぎやったん」大あくびをしながら、ピンクのネグリジェを着た篠が起きてきて、指に二・二カラットのダイヤの指輪をはめたまま大根をきざみはじめた。

「稲山の源三はんが」と、おすみが嫁に説明しはじめた。「上西の分家のお節つぁんとこへさして夜這いかけよっての」

「源三は、丸ぽちゃの女子が好きやさけのう」と、大造がいった。

「あら、色気違いじゃ」

「農協の小田とは、なんの話やったんじゃ」

「来月、どこへ旅行しよかいう話での」大造は息子に答えた。「鷺山《さぎやま》の連中が先月六百万円の世界一周やりよってのう、えらい評判になっとるんじゃ。こっちかて負けてられへんさけのう」

金造が鼻を膨《ふく》らませた。「ほたらこっちゃ、負けんように八百万円の世界一周を」

大造はかぶりを振った。「いやいや。なんぼ金かけても、世界一周やったら鷺山の二番煎《せん》じやさけの、いっそのこと月行てこましたろか言うとるんじゃ」

「ははあ。月。月いうたらあれけ、あの、夜出るあの月け。あんなとこ行けんのけ」

「日本かてもう先《せん》から行とるらしい。この間からぼつぼつ、一般の観光客まで乗せよるちゅうわ。もっともまだ団体割引はしてないらしいがの」

「その、乗せるちゅうのは、何に乗せるんや。もしかしたらロケットちゅうやつと違うけ」

「そらお前、ロケットじゃがな」

「ロケットちゅうたらやっぱりあれけ、あの、尻《しり》に火いつけて花火みたいにどかーん打ちあげるやつけ。あんなもんに乗って、もしかしたら命に別状あるん違うけ」

「あるそうな」と、大造は答えた。「そやさけ、行きしなには命に別状あっても文句言わしまへんちゅう念書一筆書いて出さなあかんそや」

「わては行かしまへんで」白髪頭を強く横に振りながら、おすみ婆《ばあ》さんがいった。

「人間が月へ行くなど気ちがい沙汰《ざた》じゃ。南無阿弥陀仏《なむあみだぶつ》、南無阿弥陀仏」

「うちは行く」臍《へそ》のあたりまで垂らした真珠のネックレスを揺らし、篠がふり返ってそういった。「分家の嫁がアフリカ行てきとるんや。うちは月ぐらい行かなあかん」

「罰あたりな。なんちゅう世の中になったもんじゃろ」おすみがぶつぶつとつぶやいた。

「ほたら、わいとこは三人か」

「ひとり頭、なんぼぐらいするんや」金造が金壺眼《かなつぼまなこ》を父親に向けた。「また、えろう取りよるん違うけ」

「ひとり頭六千万円やそうな」

金造は無表情な顔を天井に向けた。「おととい半造が来よってのう、モーテルが赤字やよって、今度はマンション建てたいうとるんや」

「土足で月を踏みつけるなど、そんなことしたら仏さんの罰があたるわ」ぶつぶつ言い続けながら、おすみは夫と息子の前に味噌汁の入った金の椀《わん》と金の箸《はし》を置いた。

「南無阿弥陀仏、南無阿弥陀仏」

「あんた、うちにお召《めしこ》買うてくれなあかんで」篠がべったりと赤く塗った唇を歪《ゆが》め、金造をうわ眼遣いに眺めた。これは彼女の得意の表情のひとつである。はじめてこれをやられると、睨《にら》みつけられていると思って誰しも驚くのだが、じつは愛想笑いなのである。「新田のお米はんでさえ三百万円のお召着とんやさかい」

大造がくしゃみした。「ああ寒《さむ》。なんや、この部屋暖房しとらんのけ」

「してますがな」おすみが、使い方のわからぬまま戸棚がわりに使っている電子レンジから漬物《つけもの》を出し、茶漬を食べはじめた。

「それにしてはえらい寒いがな」金造もくしゃみをした。「見い。顔が凍《こお》ってきよったぞ」

「あ、ほんまや。流しの水が凍りついとる」

「こらいかん。手足がしびれてきた」

「テーブルに霜がおりとるぞ」

「ははあ。これが開いたままや」篠が開きっぱなしになっていた強力冷凍庫のドアをあわてて閉めた。冷凍庫の中には、凍りついて取り出せなくなった野菜類がぎっしり詰っている。

「金造、ほたら金の方は頼むで」大造が立ちあがった。「風邪ひいたらしい。わしゃもう寝る」

金造も立ちあがり、鍬《くわ》を肩にかついで洋間へ戻ろうとした。

おすみが呼びとめた。「金造、お前野良へ出て豆播《ま》くん違うんけ」

金造はのろのろと振り返り、あいかわらず無表情に母親の顔を眺めた。

「いや。豆はもう播かへん」やがて彼はそう答えた。「西の畠はヤマザキヤ不動産に売る」

2

継電器が地球時間にあわせて刻んでいるかすかな音を聞きながら、浜口《はまぐち》は加速椅子の凭《もた》れに背をのばした。眼は正面上部に並んでいる七列三段二十一面のスクリーンに映る画像と数字に向けたままである。地球まであと六時間半。毎度のことながら神経がずたずたになるほど気を使う観光用宇宙船操縦士としての四度めの旅も、やっと終ろうとしていた。

すぐ背後にある客席との境の防護扉を開いてスチュワデスの規子《のりこ》が顔を出した。色の白い丸ぽちゃの娘で、一見女子大生風だが実は工学博士で、副操縦士の免状も持っている。

「マーク二十二、確認」

「よし。空気はどうだ」

「少し濁ったけど、まだ大丈夫よ」

「うす馬鹿の客野郎どもはみんなおとなしくしているか」浜口は唇を歪めてそう訊《たず》ねた。

「熊が少し頭痛を訴えてるわ」規子も唇を歪めてそう答えた。コンビを組んで仕事をしていると、どうしても互いの表情が似てくる。

「熊っていうのは、月面で広場恐怖《アゴラフォビア》になったやつだな。あいつ、世話焼かせやがって。宇宙服破ろうとしやがった。低能めが」

「それから旅婆《たびばば》が、客席の設備に何やかやと難癖つけてるわ」

「旅婆」と聞いて浜口は顔をしかめた。旅行雑誌の編集長もしている旅行評論家の中年女で、今回の客の中ではいちばんの難物である。

「客席ったって、もともとは倉庫だ。設備がいいわけないだろ」浜口は自嘲《じちょう》的に笑った。「観光用宇宙船なんて、名だけだ。基地建設資材を運ぶ運搬用の宇宙船をアメリカから払い下げてもらって、客席をつけただけなんだものな。こんな宇宙船に平気で観光客を乗っけて飛ばしているのは日本だけだぞ。アメリカだってまだ、正式には月面に観光客をつれて行ったりはしていない」

「しかたないわよ。観光客をつれて行くと言わないことには日本の航空宇宙局が発足できなかったんだもの」

「大衆くそくらえ」浜口はわめきちらした。「いつもそれだ。宇宙旅行がどんなきびしいものかよく知りもしないで、つれて行け、つれて行けと騒ぎ立てやがって。無理してつれて行ってやると今度は設備が悪いとかサービスが悪いとか文句ばかりぬかしやがって。月面を設備のととのった観光地だと思ってやがる。底抜けの馬鹿どもめ」

「だいぶ疲れてるみたいね」

「がたがただ」浜口は規子の胸に後頭部を押しあてた。

規子は浜口の頭をかかえ、彼の額を叩《たた》きながらいった。「今度帰ったら、少し休養するといいわ」

「休暇をくれるとありがたいんだが、そうもいくまい。月面がどんなところかよく知りもしないで、あいつが行ったんだからおれも行くという阿呆《あほう》のうすら馬鹿のレジャー気ちがいどもがいっぱいいるんだ」

副操縦席の前のコントロール・パネルに赤いランプがつき、点滅した。

「熊が呼んでるわ」客席監視用のスクリーンを睨み、規子は舌打ちした。「行ってくるわね」

「薬をやって、眠らせちまえ」

規子が出て行き、浜口は加速椅子のベルトを締めなおした。そろそろ大気圏突入の時刻だった。

「まあ綺麗《きれい》。すてきじゃないの、操縦室って」

防護扉を勝手に開けて入ってきたひとりの中年女が、宇宙船の周囲の星空を映し出しているスクリーンの列や、ちかちかとまたたく色とりどりのパイロット・ランプ、数字や針に蛍光《けいこう》塗料を塗った数十の計器を眺めまわして大きく感嘆の声をはりあげた。

あ、規子のやつ、扉のロックを忘れたな、そう思いながら中年女を睨みつけ、浜口は顔を歪めた。旅婆だった。

「入ってきちゃいけません」知らず知らず大声が出た。「操縦室は立入り禁止です。そう言ったでしょう、何度も」

　出て行く気はなさそうだった。

「こんな綺麗な部屋、乗客に見せないなんて、不親切ねえ」わざと浜口を無視し、そんなことをつぶやきながら眼鏡の奥の大きな眼球をさらに突き出して、天井にまで及ぶ計器類をじろじろと見まわした女流評論家は、最後に軌道修正用のコンピューター・ディスプレイ装置に眼をつけ、また嘆声をあげた。「まあ綺麗」手をのばした。

「さわっちゃいかん」浜口は悲鳴まじりの大声で彼女を怒鳴りつけた。

　びくっ、として手をひっこめ、旅行評論家は浜口を睨みつけた。「なんて声出すの」

「それは軌道修正装置なんだ。さわっちゃいけない」

　眼を見ひらき、彼女は怒鳴り返した。「それならおとなしく、そう言えばいいじゃないの。怒鳴らなくてもいいでしょ。なんです、失敬な」

「怒鳴らなければ、あなたはそれにさわっていた」

　彼女は声を顫《ふる》わせ、うわずらせた。「ちょっと手を触れるぐらい、なんですか」

「今言ったでしょう。あなたがさわろうとしたのは軌道修正装置だ。ちょっと手を触れるだけでも、この宇宙船の軌道が大きく狂うんだ。地球へ戻れなくなるんですよ」

「ふん。なんですか。大袈裟《おおげさ》な」

辛抱強く、浜口は説明した。「いいですか。この宇宙船は、電車みたいにレールの上を走っているんじゃない。目印のない、だだっ広い宇宙をとんでいるんだ。宇宙では、あなたがそれにちょっと手を触れただけで生じる進行方向のごく僅《わず》かの狂いが宇宙船のコースを大きく変えてしまう。科学の初歩を知らなくても、それくらいのことはわかるでしょう。そいつをもと通りにしようとすれば、地上の管制官十人がコンピューター六台にかかりきりになって軌道計算をはじめからやりなおさなくちゃならん。しかも航行時間に十時間単位の遅れが出る。その間に燃料が不足する。酸素が不足する。どうなるかわかりますか。宇宙船は惰性でもってあさっての方向へどこまでもどんどんとんで行き、乗っている人間は全滅だ」一気に喋《しゃべ》ってほっと溜息《ためいき》をつき、浜口は声を落した。「ここにあるのはどれもこれも乗員の生命にかかわる、そういった重要な機器ばかりなんです」

旅行評論家は浜口のいうことを、ひとことも聞いていなかった。ただ彼から怒鳴りつけられたことだけを恨み続け、彼への憎悪に燃え、どう彼に言い返してやろうかと、視線を浜口の顔のあたりにふらふらとさまよわせながらけんめいに思案し続けていた。

「ふん」浜口が喋り終ると、彼女はわざとらしくうすす笑いを浮かべた。「もしこの宇宙船が地球へ戻れなかったら、それはあんたの操縦がへただからよ」そう言ってそっぽを向き、溜息をつきながら彼女は大声でひとりごちた。「乗務員の教育がなってないわね。客に対するマナーが滅茶苦茶だわ」

「出ていってくれ」浜口はまた叫んだ。「客としてのマナーを守ってくれ」

「ことばに気をつけなさい」火の噴き出そうな眼をして、彼女は浜口を睨《にら》み据《す》えた。「わたしを誰だと思ってるの。わたしは航空宇宙局の局長から直接、あらゆる便宜をはかるという約束をとりつけてるのよ。なによ、その態度は」

「しかたがない」浜口は加速椅子のベルトをはずしながらいった。「どうしても、つまみ出されたいらしいな」

顔色を変え、旅行評論家は一歩あと退《じさ》った。「や、やってごらんなさい。できるなら、やってごらんなさい」

狭い操縦室の中で彼女と取っ組みあいを演じるわけにはいかなかった。浜口は脅迫的な顔つきをして見せた。「あんたは操縦士の命令に従わない。他の客の生命と引き替えにはできないから、可哀想だがあなたを宇宙船の外へ抛《ほう》り出す。これは操縦士としての任務だ」立ちあがった。

「な、な、なにを、あ、あなたは」中年女の頬に怯《おび》えの痙攣《けいれん》が走った。

「まあっ。ここへ入っちゃいけません」開いたままの防護扉からとびこんできた規子が頓狂《とんきょう》な声をはりあげて評論家の両肩をつかみ、客席へつれ戻そうとした。

「わたしを脅迫したわ。ひ、ひともあろうにこのわたしを」唇をぶるぶる顫わせ、中年女は規子に押し戻されながら浜口に指をつきつけた。「このことは、報告しますからね。局長に言いつけてやります。わたしはあんたを馘首《くび》にだってできるんだからね。ぜ、ぜったい馘首にしてもらってやるから」

規子が悲鳴をあげた。「やめてください。操縦士を興奮させないでください」

「願ってもないことだ。馘首にしてもらってくれ。できることならな」そう答えたとたん突然、浜口の頭に血が逆流した。船内に轟《とどろ》きわたるような大声で呪いのことば、罵倒《ばとう》のせりふ、汚い文句の数かずが洪水《こうずい》のように彼の口から迸《ほとばし》り出、その凄《すさ》まじさは規子でさえ耳を覆いたくなるほどだった。その豊かな表現内容には女流評論家の身体のある種の部分のたたずまいや、彼女の三代前の先祖についてのとびあがるような暴露が含まれていた。

気丈にも歯を食いしばって失神しそうになるのをこらえながら、旅行評論家は叫び返した。

「信じられないわ。こんな野蛮人が宇宙船の操縦をしているなんて。このことは書いてやるわ。これは問題にしますからね。問題にします」問題にします、問題にしますと叫び続けながら、彼女は規子によってようやく客席につれ戻されていった。

「まあ。可哀想に。可哀想に。ゲンちゃん。同情するわ。同情するわ」すぐ操縦室に引き返してきて、防護扉を内側からしっかりとロックした規子は、管制板に額を押しつけて泣きじゃくっている浜口に駈《か》け寄り、彼の背を撫《な》でさすった。「あなたがヒステリーを起すのも無理ないわ。あなた過労よ。休暇をもらいましょうね。わたしも今度こそ休暇をもらうわ。ふたりでどこかの海岸の静かなホテルへ行きましょう」

「おれはもう駄目だ。ヒステリーでノイローゼなんだ。精神状態はもはや操縦士として最不適格だ、つまり失格だ。そうだろ」

「ええ。そうよ。そうよ」

客席から気ちがいじみたブザーの鳴らし方で規子を呼び続けている旅行評論家をほったらかしにし、彼女はいつまでも泣き叫ぶ浜口をなだめ続けた。

3

「なるほど。君の言いたいことはよくわかった」陰鬱《いんうつ》な表情で、デスクの上に両手をついた観光部長は、浜口のお喋りなかばでものうげにそういった。

「言いたいこと、ですと」部長の言いかたにふと疑念を抱き、浜口は傍《かたわ》らに立つ規子と、航空宇宙局所属の医者の顔をかわるがわる眺め、いささかあわてでもう一度部長にくり返した。「あの、言いたいこと、ではなく、これは事実なんです。本当です。先生に聞いていただければわかる筈《はず》です」

部長は悲しげな表情のまま、無言で医者に眼を向け、発言をうながす仕草《しぐさ》をした。

「本当です」と、医者が事務的に喋りはじめた。「診察の結果を申しあげますと、ひとことで言えば過労による神経症ですな。特殊な環境に長時間置かれて緊張し続けたため抑鬱状態となり、現実への有効な行動能力をいささか失っています。それから客の生命を預っている責任感の重圧、その客がちっとも指示に従わないための不安と恐怖と欲求不満から、実在に伴う対象の把握が困難になり、現在の認識体験がやや不確実になっています」

「ふうん」部長は疑わしげに浜口の顔をじろじろ見つめ、やがて首を傾《かし》げた。「その、顔面神経痛みたいに頬をぴくぴく引《ひ》き攣《つ》らせているのは何だね」

「これはチックです」医者が説明した。「対人関係、彼の場合は主として乗客との間が円滑でないためのフラストレーションから起る癖です」

「おわかりでしょう」と、浜口はいった。「こんな状態では重大な事故を起しかねません。宇宙船の操縦をするにはこの上ないぐらい最悪のコンディションです」

「本当に可哀想ですわ」規子もいった。「この上無理をすると、この次は必ず乗客とつかみあいの喧嘩《けんか》をします。休養させてあげてくださいな。どこかの海岸の静かなホテルで。もちろんそれには彼のことをよく心得ている附添い人が必要ですけど、それはあの、わたしが」

「わかった。わかった。わかった」部長は片手を額にあて、もう片方の手の指さきをひらひらさせた。「君たちの希望はすべて受け容《い》れる。休養させてやる。海岸のホテルへでもどこへでも行って勝手にふたりでいちゃついたらよかろう。ただし、あと一回だけ月面へ往復してからだ。あと一度だけだ。休養はそのあとだ。わかったかね」

デスクをどんと平手で叩《たた》き、彼は立ちあがった。「さて議論は打ちきりだ」

「わかったか、ですって」浜口は口をぽかんと大きく開き、眼をうつろにした。「ちっともわかりませんよ」

「現実認識能力の低下です」と、医者が馴《な》れた口調で横から説明した。

「君の症状は」と部長がいった。「他のすべての操縦士にあてはまる症状で、その中では君の症状がもっとも軽い。しかも君の技術はお世辞をいうわけじゃないが、残念ながら現在でもなお観光部所属の操縦士中第一級なんだ。君以外に行ける人間はいない。どうしても、あと一度だけ行ってもらわにゃならんのだ。出発は明日の朝の九時三十分。わかったかね」

浜口はわあと叫んで椅子から床へころげ落ち、手足をばたばたさせた。「いやだ。いやだ。ぼくはもういやだ。どうしてそんなことをいうんです。どうしてこんな具合になる。教えてくれ。ねえ。教えて。教えて」

「幼児期への退行」と、医者が馴れた口調で説明した。

浜口は指先で床にのの字を描いた。「喋《しゃべ》ることばもだぢづでど」

「あのう」規子がおそるおそる部長に訊《たず》ねた。「乗客は何人ですか」

「十三人。つまり客席は満席となるわけだ」

浜口はうるんだ眼を天井に向けた。「秋の田の、刈穂のタニシの種おろし、だるまの足さえまっ黒けのけ」

「トワイライト・ステート、つまりヒステリー性の恍惚《こうこつ》状態です」と、医者が横から解説した。

「今度のお客はどんな人たちですか」おろおろ声で規子が訊ねた。「また気ちがいじみた人たち、あの、あの、たとえば女流評論家とか、衆議院議員とか、週刊誌の記者とか、テレビの人とか、それから、あの、あの」身顫《みぶる》いしながら彼女はいった。「ま

ばかりだから」

「その点については安心しなさい。うん」部長はにっこり笑った。「みんな従順な人さか、SF作家といったような人種がいるんじゃないでしょうね」

「あのう、どういった職業の人たちなんですの」

「お百姓さんたちだよ。つまりその、農協さんだ」

「の、農協」浜口はとびあがるように立ちあがり、直立不動の姿勢をとって口をあんぐりあけ、ぜいぜいと呼吸《いき》をはずませた。

「驚愕《きょうがく》反応。ヒステリー性失声症《アフォニア》」と医者がいった。

「まあ。の、農協」規子が泣き出した。「ひどいわ。ひどいわ。非常識だわ。農協を宇宙船に乗せるなんて」

「失敬なことを言っちゃいかん」部長が怒鳴った。「客のより好みは許さん。いいか。みんなお金持ちばかりで、知性のある人たちばかりだ」

規子は泣きじゃくりながら反抗的にいった。「あのう、知性っておっしゃってるのはつまりあのインテリジェンス、あの、あの人間の知性の意味ですか」

「なんの知性だというんだ。失礼なことをいうな」そう叫んでから部長はやや声を柔らげた。「おことわりするわけにはいかんのだよ。わかるだろ。もし乗客の資格審査なんかはじめたら、週刊誌が、テレビが、ニュース・リーダーが、人権擁護委員会が、農協愛護連盟が、どんな難癖をつけてくるかわかったものじゃない。無知な大衆の暴力は恐ろしいのだ。観光部以外の、航空宇宙局本来の宇宙開発事業までが中断の憂き目を見る」部長は強く眼を閉じた。「わかってくれ。科学の発展のためです」

「ふふう、ふう、ふふふふふふふう」浜口が眼を据《す》えたまま静かに笑いはじめ、やがて踊りはじめた。「牧場は緑よ、お馬も緑。肉と骨との車井戸。えんやとっと、えんやとっと」

「舞踏性現実拒否反応」と、医者がいった。

浜口はわめきながらあばれはじめた。「嘘だ嘘だ。ここは地球ではない。これは今ではない。こんな部屋は知らん。おれが誰だか知らん。もう何もない。地獄だ。地獄だ」

4

「さあ皆さん。並んでください。並んでください」

規子は声をはりあげ続けた。すでにその声もなかば枯れてしまっている。けんめいに笑顔を作ろうとするのだが、ややもすると頬がひくひく引き攣ってくる。「あっ、お爺《じい》さん、そっちへ行ってはいけません。お婆さん、こっちですよ。あっ、ここで手《て》洟《ばな》をかまないでください。さあ皆さん。この部屋が滅菌室です」

「ははあ、どこぞへ鍍金《めっき》するんけ」と、金造がいった。「かだらのどこぞへ」

女たちが嬉《うれ》しそうにげらげら笑った。

「消毒をするのです。さあ皆さん。このロッカーに、着てらっしゃるものを全部脱いで入れてください」

「あれまあ。わて、せっかく今朝ホテルでお召、綺麗《きれい》に着付けして貰《もろ》うたのに」篠が鼻を鳴らした。

他にも和服を着た女が三人いて、ぶうぶう不服を唱えはじめた。

「あら。でも、そのお召物では、どっちみち月へは行けませんのよ」規子が辛抱強く説得した。「宇宙服に着換えないと」

「このお召のまま月い行たら、どないぞ不都合おますけ」

「死んでしまいます。さあ、お爺さん、早くそのレイをとってください」

「姐《ねえ》ちゃん。わいはもう脱いだで」源三がいった。

規子が源三を見て、ひっと悲鳴をあげ、眼をそむけた。源三はまる裸だった。彼の巨根が赤黒い亀頭をてらてら光らせて勃起《ぼっき》していた。規子のどぎまぎするさまを源三は、うるんだ好色そうな眼で見つめながらにやにや笑っている。

　全員がはやし立てた。

「よう、源やん。みごとに立たしたのう」

「お前の息子が、この姐ちゃん好きや好きや言うとるやんけ」

「源三は、丸ぽちゃの女子《おなご》が好きやさけえのう」

　負けん気を起して他の男たちも陰茎を露出させ、勃起させようと努めはじめた。射精してしまう男もいる。

「やめてください。やめてください」悲鳴をあげながら規子は叫んだ。「さっき言ったでしょう。あの、こ、ここで手淫をかまないで。皆さん、パンツは脱がないでください。脱がないで。そのまま滅菌しますから」

「わいはパンツと違う。褌《ふんどし》や」

　女たちがげらげら笑った。

「なあ姐ちゃん」大造が眼を細め、規子にすり寄った。「持ちもん全部、ここ置いてくんけ。わい、現金二千万円持っとるんやけど」

「えっ。どうしてまた、そんな大金を」規子が眉《まゆ》をひそめた。「月へ行くのに現金はいりません。ここへ置いていってください。保管は厳重ですから」

篠がにやにや笑いながら傍から口を出した。「お姐ちゃん。そら金持ってること教えて、あんたを口説《くど》いとるんやがな」

「男性はこちら、女性はこちらのドアから入ってください」規子は声をはりあげた。「あとは、中にいる滅菌担当官の指示にしたがってください」

男女別にわかれている滅菌室には、それぞれPH《ペーハー》七七のアルファ・クロロフィン溶液の入った浴槽《よくそう》があった。溶液はピンク色で、入浴に適した温度にあたためられている。

「ここへ入ってください」と、滅菌担当官の若い男がいった。

「ひええ。これはまあ、赤い風呂」金造が驚いて眼をしばたたいた。

「これがそうけ。これがそうけ」

「ははあ。これがそうけ」

男たちが、がやがや騒ぎながら広い浴槽に次つぎととびこんだ。

「あっ。そっと入ってください。あっ。あっ。入れ歯を洗わないで」担当官が悲鳴をあげた。「あっ。顔を洗わないで。眼に入ったら失明しますよ。あっ。あっ。あっ。飲んではいけません。温泉じゃないんですから」

男たちが入浴している間中、担当官は大声と悲鳴をのべつまくなしにあげ続けた。

「さあ。もう出てください」

「まだ、この浪曲を歌い終っとらへん」大造がいった。「歌い終るまで出えへんど」

「お願いですから出てください」担当官は泣き出した。「ここは銭湯じゃないんだ」

滅菌室に続く医務室で、一同はウィルス感染予防用のガンマ・グロブリン注射をはじめとする、あらゆる免疫注射を受けた。両腕を穴だらけにされてしまうと、たいていの人間は腕があがらぬほどのしびれを訴えるのが普通だが、彼らは全員平気だった。

次いで一同は宇宙服装着室に入った。宇宙装備の整備員が数人がかりで、ひとりずつ順に着せはじめた。

「次。そのお婆さんのからだを計ってくれ。身長は」

「一メートル十二センチ」

「胴まわりは」

「一メートル二センチ」

「弱ったな。そんな宇宙服はないぞ」

「このポケットには何入っとるんや」

「精神安定剤です。あっ、今服《の》んじゃいけません。あっ。あっ。皆さんやたらにポケットの中のものを出さないでください。あとで説明しますから」

全員が、ヘルメットを除き完全な宇宙装備に身をかため、搭乗口前のロビーへぞろぞろと誘導されてきた。ここで規子が、一同に浜口を紹介した。

「皆さま。こちらが皆さまを月面におつれする浜口さんです。観光用宇宙船『ダイアナ号』の船長さんです」

「大穴号とはまた、感じ悪い名前やのう」

源三の野卑な冗談に、また全員が笑った。

大口をあけた百姓たちのほとんどがぎらぎら光らせている金歯を、浜口は睨《ね》めまわし、大きく咳《せき》ばらいをした。

「浜口です。これから皆さんは宇宙船に乗って月へ行くのです。月。わかりますね。夜出るあの月です」

「昼間も出とるぞ」

「昼間も出ているあの月です。で、宇宙船を操縦するのは、このわたくしです」

「おい。おい」大造が息子の腰を小突いた。「あの操縦士、顔面神経痛やんけ」

「ああ。わいもさっきから、そない思うとったんや」金造が不安そうな声で答えた。

「新田の為吉《ためきち》おぼえとるか。あいつも顔面神経痛やった」

「うん。おぼえとる」

「一年前に気が違《ちご》うて、牛殺して首斬り落して、その首抱いて警察行て踊りよった」

「うん、うん、おぼえとる」

「あの操縦士の運転するロケットに乗らなあかんのけ」

「仕様ないやんけ」

「皆さま。私語はつつしんでください。勝手に喋《しゃべ》らないでください。船長さんのお話を、よく聞いてくださいね」規子が幼稚園の生徒に言うような調子でたしなめた。

「とても大切なお話ですから」

「はい先生」規子にぴったりと身を寄せながら、源三がにやにや笑って答えた。

喋り続ける浜口の頬の痙攣《けいれん》が、ますますはげしくなった。「と、いうわけですから、ほんのちょいとした間違いが死につながるのです。どう思ってらっしゃるか知らんが、非常に危険な旅行なのです。すべて乗務員の指示にしたがってください。宇宙船の中にあるものや宇宙服を、勝手にいじりまわさないでください。特に月面へ出た時は、その時のことを考えるとぞっとするのですが、絶対に宇宙服をいじらないでください。もう一度言いますが月には空気がないのです。髪の毛がさか立ちます。立ち小便はできません。手涜もかめません。あっ、恐ろしい」急に興奮して、浜口は握りこぶしを振りあげ、大声でわめきはじめた。「絶対に何もするな。死んだようになってじっとしていろ。呼吸《いき》するな」あばれはじめた。「あっ。何もするな」

「誰か来てください」

駈《か》けつけた宇宙港職員たちに、浜口は連れ去られた。

「船長さんの具合が悪くなりましたので、皆さましばらくお待ちください」引《ひ》き攣《つ》った笑顔で規子がいった。「出発が少し遅れるかもしれません」

「なあ、金造よ」大造がささやいた。「月へ行くのは怖《こお》うないが、わしゃあの操縦士がこわい」

5

巨大な男が規子のからだにのしかかり、彼女を犯していた。規子はけんめいに抗《あらが》っていた。身もだえし、手足をつっぱった。彼女の胸部は男の毛むくじゃらの部厚い胸によって強く圧迫された。心臓が口からとび出しそうだった。身をよじり、呼吸《いき》をはずませた。拷問《ごうもん》はながく続いた。しかしそれは快楽を伴った拷問だった。そうだ、快楽を伴っている筈《はず》なのだ、と、彼女は思いこもうとした。だからそれを楽しまなければいけないのだ、楽しむことによって苦痛が柔らぐ筈なのだと、そう思い続けた。

宇宙船が大気圏を脱出するまでのながい時間、いつも規子は加速椅子の上でそんな空想に身をゆだね、Gの責苦から少しでも逃れようとした。いつもなら、彼女を無理やり犯そうとしているのは浜口だったし、そこは静かな海岸のホテルの一室だった。もっとも、なぜ相手がまだ一度も肉体関係を持ったことのない浜口で、なぜ自分がわざわざホテルの一室まで彼についてきて犯されているのか、そこまでは彼女にはわからなかった。

しかし今は少し違っていた。浜口にかわって、数時間前に見せつけられたあの赤黒い亀頭がてらてら光る巨根の持ち主、「ダイアナ号」に乗り込むまでの間ずっと彼女につきまとって離れなかった、源三という男のにやけた顔が、彼女の強く閉じた瞼《まぶた》の裏に大きく迫っていた。

「何さ。野蛮人。いやよ。あんたなんか。消えて頂戴《ちょうだい》。消えてよ。この百姓」

規子は彼の出現を否定しようとした。だが源三は消えなかった。あの、浜口のそれとはおそらく比べものにはなるまいと思える巨大な陰茎を見た時の衝撃がまだ残っているからにすぎないと彼女は考え、自分を納得させようとした。

「そうよ。わたしのようなインテリが、いくら巨根の持ち主とはいえ、あんな土地成金の中年の百姓如きに、犯されたいなんて思う筈がないわ」

重圧と、自分の空想内容の一部にさからい続けているうち、からだがすっと楽になった。

規子は眼を開き、副操縦席の加速椅子の上で身を起し、客席が映っているスクリーンを眺めた。操縦席の浜口も、彼女と同じスクリーンを見つめていた。

「異常はなさそうね」規子は浜口に笑いかけた。

浜口はむっつりと黙りこんでいた。操縦席について以来、彼はまだ規子にひとことも無駄口をたたいてはいなかった。あきらかに、いつもとは違っていた。可哀想に、こちこちに緊張しているんだわ、と、規子は思った。

彼女は立ちあがった。「安心させてくるわね。お百姓さんたちを」

「よう姐《ねえ》ちゃん。待ってました」客室に入ってきた規子を見て源三が喜び、大声を出した。

腹の中で毒づきながらも規子は笑顔でいった。「皆さま。本船はただいま無事に地球の重力圏を脱出いたしました。加速椅子のベルトをゆるめておくつろぎください」

「なんや。もう、すんだんけ」

「たいしたことあらへんがな」

「胸がへしゃげるやとか、心臓が口からとび出すやとか、大袈裟《おおげさ》なこと吐《ぬ》かして」

篠が大声でいった。「そや。これやったらうちのおっさんに上へ乗られてる方がしんどいぐらいや」

　規子は顔を赤くした。全員が笑い、客席は陽気になった。怖がっている者はひとりもいなかった。まったく怖がらない客を扱うのは規子ははじめてだった。

「さあ。酒でも飲もか」

「姐ちゃん。酒ないけ」

　規子は眼を丸くした。「お酒なんかありません」

「なんや。タバコはいかん、酒もない、芸者もおらん、ほたら、どないするねん」

「サービス悪いで」

　男たちが騒ぎはじめた。

「そんなら姐ちゃん。あんたそこでストリップやれ」

「皆さま、皆さま、これは宇宙船です。地球と同じようなわけにはまいりません」規子はけんめいに彼らを宥《なだ》めた。

「そんなら窓の外見してくれ。今どこいら辺飛んどるんや」

「窓はございません」規子の声が次第におろおろしはじめた。もともと貨物用宇宙船だったから窓がないのである。

「どないせえちゅうんや」女たちまで不平を洩《も》らしはじめた。

「姐ちゃん。マイクないか。マイク。順番に歌うたおうやないか」

「観光バスじゃないんです。マイクなんかありません」規子は泣き出した。「お願いですから、そんなに騒がないでください」

誰かが手洟《てばな》をかんだらしく、船内をふわふわと漂ってきた洟が規子の額にべったりと貼《は》りついた。

「あっ。手洟をかまないでください。船内は無重力状態ですから」

「おい。おもろいど。おもろいど」源三が頓狂《とんきょう》な声を出した。「靴ぬいでみい。かだらが浮くど」

磁力靴をぬいだ源三がベルトをはずして椅子を蹴《け》り、ふわりと天井にまいあがった。

「あっ。靴をぬがないで。あっ。あっ。そんなにはげしく天井にぶつからないでください。操縦に支障をきたします。船が壊れます。船のコースが狂います」

規子の悲鳴まじりの制止もきかず、一同がわれもわれもと靴を脱ぎ、とびあがって船内をとびまわりはじめた。

規子はしゃくりあげながら操縦室に戻り、管制板にわっと泣き伏した。「もういや。もういや。もういや」

じっとスクリーンを睨《にら》んでいた浜口が、突然拳銃《けんじゅう》を握りしめて立ちあがった。

規子は驚いて彼の腕にとりすがった。「あっ。落ちついて。どうする気なの」

「心配するな」激しい頰の痙攣《けいれん》を片手で押えながら、浜口は押し殺した声で答えた。「ちょっと脅してくるだけだ」

客室に入ってきて仁王立ちになり、大声で叫びはじめた浜口の罵倒《ばとう》の文句はあまりにも高級すぎたため乗客たちにはよく通じなかった。それでも彼が怒っていることだけは、大造にはわかった。

大造がいった。「おい。みんな。さからうな。さかろうたらあかん。相手は気ちがいや。席い戻れ」

全員が席に戻ろうとして船室内の宙でもがきはじめた。

「早う戻れ」

「ペストル持っとるで」

「気ちがいに刃物やんけ」

はげしくぶつかりあい、口からとばした入れ歯を宙にただよわせたりしながらも、やがて乗客たちはどうにか自席に戻った。宙を移動するコツがわからず天井に足をつけたままの蝙蝠《こうもり》のような二人の婆《ばあ》さんと、くるくる回転し続けたまま眼をまわしている中年女を浜口が椅子にひきずりおろした。

「こんどこういうことをした人は」と、浜口が凄《すご》んだ。「外へ出ていただきます」

「やっぱり気ちがいや」大造が隣席の金造にいった。「外へ出られる思うとるぞ。阿《あ》呆《ほう》か。外へ出たら落ちるがな」

浜口が操縦席に戻り、規子が気をとりなおして客室に入った。

「姐ちゃん。姐ちゃん」源三がまた大声をあげた。「便所どこや。わい、小便したいんやけんど」

「おトイレはございません」と、規子は答えた。「排便用器具がシートの下にございますから、引き出してご使用ください」

「ははあ。これやな」源三は椅子の下からチューブを引きずり出した。チューブの先端には漏斗《じょうご》型をした金具がついている。「これがそうけ。この中へするんけ」

「はい」規子は顔をそむけた。「それを、あの、ぴったりと押しあてて、そしてあの、あの、ご使用になってください」

源三は宇宙服の排便用チャックをはずし、自慢のペニスをまろび出させて金具に突っ込んだ。

「姐ちゃん。姐ちゃん」やがて源三が、ふたたび叫んだ。

「はい。何でしょう。もうお済みになりましたか」

「済んだ」

「それではあの、もとへお戻しになってください」

「戻らへん」いささかうろたえ気味の源三がはげしくかぶりを振った。「あの、これ、抜けへんがな」

「えっ」規子は、股間《こかん》に押しあてた金具をとろうとしてけんめいにチューブを引っぱり続けている源三を、まじまじと見つめた。「それじゃ、あの、あの、チューブの中にまで突っ込んじゃったんですか。押しあてるだけでよかったのに」

「そや」源三の顔が赤黒くなってきた。「痛いいたい。早う抜いてくれ。中で大《でこ》うなって、堅《かと》うなりよったんや。助けてくれ」

「えらいことやがな」大造がいった。「みんな手え貸したれや」

「源三、汝《われ》はこの中へ珍棒《ちんぼう》突っ込む時に、けったいなこと考えたんと違うけ」金造が力まかせにチューブを引っぱりながら訊《たず》ねた。

「この姐ちゃんのこと考えた」と、源三は答えた。「痛い痛い。ちぎれてまうがな」

「そんなこと考えるからいかん」大造が規子にいった。「姐ちゃん。あんたあっちの部屋行っててくれへんけ。あんたがそこにおるさかい、こいつの珍棒が小そうならへんのや」

「まあっ」規子は火の出そうな頰を手で押え、身をひるがえして操縦室へ駈《か》けこんだ。

「どうしてこんなに、次から次へと騒ぎを起すんだ。あんたたちは」眼を充血させて怒りに身をふるわせ、拳銃を手にした浜口がわめきながら客室へ入ってきて源三に近づいた。「そこどけ。おれが引っこ抜いてやる」

「もう抜けた」源三がきょとんとした顔で浜口にいった。「あんたの顔見るなり、抜けた」

6

「なんとまあ、何もないとこやのう」

附近のクレーターや山脈の説明を続けている浜口の声にはおかまいなく、金造が退屈のあまりそんな大声を出した。その声は月面に降り立って周囲を見まわしていた全員の、ヘルメットの中のスピーカーから大きく響き出た。

「あ」規子は小さくそう叫び、気遣わしげにすぐ傍の浜口の表情を、ヘルメットの強化プラスチック越しにうかがった。

浜口は絶句したまま頰を痙攣させ、誰が言ったのかという眼つきで一同を眺めまわし、やがて乾いた声でははは、はは、ははははと笑った。「そうです。月面には何もありません。砂以外、何もありません。空気さえありません。何があると思っていたのですか。豪華な観光ホテルがあるとでも思っていましたか。料理屋があると思っていたのですか。料理旅館で休憩し、月面料理とか何とか、そんなものを食べながら一杯飲めるとでも思っていましたか」次第に、彼の声がうわずりはじめた。「ところが、そんなものはないのです。いい気味だ。はは、はははは」

「浜口さん」規子が大声で叫んだ。

びく、と一瞬からだを硬直させた浜口は、すぐに気をとりなおした様子で、ゆっくりと歩き出しながらまた喋《しゃべ》りはじめた。「や、これは失礼。はは、ははは、はは。ではちょっと、あっちのクレーターの方へ行って見ましょう。ゆっくり歩いてくださいね。ゆっくりですよ。勢いよく地面を蹴ってはいけません。何度もいうようですが、月の重力は地球の六分の一しかありません。跳んでは危険です。カンガルー跳びをしてやろうなどとは、絶対に考えないでください」

「あれするな。これもするな。何もすな。絶対にすな。すな、すなばっかりやんけ」ふたたび、誰かの声が大きく響いた。「わいら、ひとり頭六千万円も払《はろ》うて、いったいこんなとこへ何しにきとるんや。しょうむない」

「やめてくださいっ」規子が悲鳴をあげた。

「誰だ。今言ったのは」浜口は立ちどまり、大声を出しながら観光客を睨《ね》めまわし、ひとりひとりの顔をのぞきこむようにした。

どの顔も、どの顔も、ヘルメットの中でにやにや笑っていた。

「その通りだ」浜口は怒鳴った。「ここは、つまらないところだ。『しょうむない』ところだ。誰もいないところだ。それを承知で来たんだろ。なぜこんなところへ来たかと聞きたいのはこっちの方だ」

「嘘つきなはれ。あんたはん、何言うてはりまんねん」篠が間のびした声をはりあげた。「誰もおらへんやて。おるがな。あすこに人がおるがな」

「嘘はつかん。ここはどの基地からも離れている」浜口が、ど百姓から馬鹿にされてたまるかといわんばかりに叫び返した。「航空宇宙局からの連絡では、現在この入江にやってきている他国の宇宙船は一隻もなく、また、ここで作業している者も」

「浜口さん。浜口さん。あそこ。あそこ」規子が切迫した調子で浜口の注意を促《うなが》した。

「ん。なんだ。どうしたんだ」

「あそこに誰かいるわ。ほら。ひとり、ふたり、三人、四人」

規子の指さす方向に眼を向けながら、浜口はいった。「馬鹿をいいなさい。現在このあたりには誰も。いた」眼を丸くした。「そんな筈《はず》は」

三、四百メートルほどの彼方《かなた》、直径四十キロにも満たぬ小さなクレーターの周壁を、日光に背を向けてよじ登っている十人足らずの人影を見て、浜口は首を傾げた。「変だな。いやに図体のでかいやつばかりだぞ。ここからでもあんなに大きく見えるんだからな」

「ソ連の基地設営班かしら」

「いや。連中の宇宙服はあんな色じゃない。や。や。あんな宇宙服は外国にもないぞ。や。あのヘルメットは何ごとだ。や。や。や」浜口は息をのんだ。「あれは。あれは」

「どうしたの」規子は心細げに浜口の方へ身を寄せ、彼の顔をのぞきこもうとした。

「ねえ。どうかしたの」

ひゅう、と音をたてて浜口が息を吸いこんだ。「異星人《エーリアン》だ」

「え。え」規子は顫《ふる》えながら彼方の巨大な人影に眼を凝らした。「うそ。うそよ」

「ほ、本当だ。あれはたしかに、たしかに」

うっ、と叫んで浜口はのけぞり、仰向《あおむ》けに月面へ倒れ、苦しげにヘルメットの強化プラスチックをひっ掻《か》くようなそぶりをし、すぐに動かなくなってしまった。

「あっ。浜口さん」規子は悲鳴をあげた。「どうしたの。どうしたの。あっ。大変。誰か手を貸してください」

浜口は意識を失っていた。規子は彼の上半身を抱き起した。

「よっしゃ。わいが手え貸したる」規子のすぐ傍にいた源三が浜口をかかえあげて立たせた。「なんや、この男は。軽石か」

「あっ。あっ。乱暴にしないで。船に戻ってください。船の中で手あてをしますから。あ、あの、皆さん。そこにいてください。じっと動かないでいてください」

浜口を両側から担いで規子と源三は約五十メートルの距離を歩き、船に戻った。

「さあ、姐《ねえ》ちゃん。ようようふたりきりやのう」気閘《エア・ロック》に酸素が満ちるなり、担いでいた浜口を押しのけてヘルメットを脱ぎ、源三はそういった。「さあ。ふたりでええことしようやないか」規子に抱きついた。

「なっ、何するんです。病人を介抱しなくちゃならないのに。本部へ連絡しなきゃいけないのに」規子は泡をくって源三を押しのけようとした。「やめて。やめてください」

「なかなか、やめへんぞ」源三は馬鹿力で規子の自由を奪い、彼女の宇宙服を脱がせにかかった。

「あっ。やめて。乱暴しないで。宇宙服が壊れます」

「そんなら、おとなしゅうするか」

「無茶だわ。すぐ傍に病人がいるのよ」

浜口はふたりの傍らで直立したまま、上体をふらりふらりと前後に揺すっている。

源三は鼻息を荒くしながら規子の耳にささやいた。「こいつは当分気絶したままやで。さあ。わいの言うことをきいてくれたら、ええ着物買《こ》うたるで。金もやる。二十八万円やるで」

「なぜ二十八万円なの」

「こないだ牛売った金や」

「そんなのいりません」

けんめいに抵抗したが、規子が頑丈な源三の腕から逃れることは不可能に近かった。

「こんなことしてる場合じゃないのよ」泣き声で、規子は絶叫した。「すぐそこに宇宙人がいるっていうのに」

「テレビの見過ぎや」源三はへらへらと笑った。「親戚《しんせき》の子供らに、いつもそない言うとる。宇宙人やとか怪獣やとか言うとると、しまいに阿呆《あほう》になるで」

「あっ。やめて。やめて。いや。いや」激しくかぶりを振り続ける彼女の眼が次第にうるんできた。こんなに乱暴に犯されることを、ほんとに自分が厭《いや》がっているのかどうかが曖昧《あいまい》になってきて、周囲の状況が切迫しすぎているためか精神的にもやや退行し、いつもの空想の中にいるような気さえしはじめていた。

「あー。あー。あー」いつの間にか、悲しげにただそんな声を出し続けているだけの自分をいやらしいと思いながらも、彼女の顔色は次第に内心の恍惚《こうこつ》度を示す色に染まりはじめた。

「あいつらのとこ、行て見よけ」月面では、退屈しきった大造が凹孔《おうこう》周壁の傾斜を指さしてそんなことを言っていた。

「そやな。行こけ」金造がうなずいた。

「そやけどあれ、外人のおっさんと違うけ」篠がいった。「ことば判らへんで」

「平気や平気や」と、誰かがいった。「この前カルホルニーヤで外人のおっさんと話しして通じたやんけ。手つきやら、かだら動《いの》かしたりして、たいがいのこと通じたやんけ」

「そやな。ほたら行って見よけ」

「行こ行こ」

一同がふわふわと砂の上を歩きはじめた。

「ほう。見い見い。あっちもわいらのこと、気いついとるで」

「ほんまや。手え振っとるがな」

「阿呆。あれが手えか。なんで手えが頭の天辺《てっぺん》から生えとるねん」

「ほたらあれ、髪の毛か。えらい長い髪の毛やのう」

「女違うか」

「顔も見えてきたで」

「あ。あのおっさん怪態《けったい》やな。顔の色、みどり色しとるやんけ」

「中にはあんな外人のおっさんもおるんと違うけ。ようテレビで見るがな。みどり色の顔したやつ」

「阿呆か。そらテレビの色が悪いねん」

わいわい言いながら一行は次第に、地球人として初めて異星人との接触を行うことになる記念すべき地点へ、それとは知らずして無心に近づいていった。

7

「その、異星人と接触《コンタクト》したというのは、どこの国の宇宙船ですか」招集に応じ、ホワイト・ハウスの緊急会議室へ顔色をなくしてとびこんできた国連事務総長が大声で訊《たず》ねた。

「日本の観光宇宙船だよ」正面のデスクにいる大統領が額を押えながら、呻《うめ》くようにいった。「しばらく前から月面へ観光客を送りこんでいたらしい。無茶をやる国だ」

「『ダイアナ号』という宇宙船です」科学省長官が大きな身振りで説明した。「通信衛星経由で副操縦士が報告してきました。接触地点、接触時間は、今のところまだ明確ではありませんが」

「相手はどういう連中です」やはり駈《か》けつけたばかりの国防省長官が、息をはずませながら訊ねた。「武器を持っているんですか」

「それもよくわからないのです」説明しながらも、科学省長官はなぜか嬉《うれ》しそうににこにこしていた。「なにぶん、その副操縦士のいうことに多少支離滅裂の傾向がありまして。まあ、これは無理もないことですが」

「興奮しているからかね」と、大統領がいった。

「興奮している、というよりは、恍惚としている、といった方が近いかもしれません、いやいや、理由はよくわかりませんがね。何しろ女性のことですから」

「女」と、国防省長官が叫んだ。

「なんと。じゃあ副操縦士というのは女性ですか」国連事務総長が眼を丸くした。

「操縦士はどうしたのです。まさか操縦士まで女性だというんじゃないでしょうな」

「操縦士は男性だったのですが、残念ながら死んだそうです」

「死んだ」国防省長官が、椅子の上でびくっと身をのけぞらせた。「こ、こ、殺されたのかね」

「いいえ。異星人を見たショックで死んだらしいのです。脳溢血《のういっけつ》か心臓麻痺《まひ》か、そこまではわかりませんが」そう言ってから科学省長官は、自分の言ったことに対して、うんとうなずくようなそぶりをして見せた。

この世の終りとでも言いたげに、国連事務総長が唸《うな》った。

「うううう。女か」

「最悪の事態だな」ひとりごとのように国防省長官がつぶやいた。

「乗客はどうなんだね。乗客は」救いを求めるような眼で大統領がいった。「乗客の中には人はおらんのか。そのう、医者とか科学者とか、つまり異星人と交渉できるような人物は」

「学者はいないようですね」科学省長官が、にこやかにうなずいた。「一種の団体客です。農協という、農民の団体です」

「農協ですと」いったん椅子に腰をおろしていた国連事務総長が、感電したような勢いで立ちあがった。「その農協というのは、まさか例の、悪名高い日本の農協のことではないでしょうな」

「農協です」なぜそんなに驚くのか理解できないといった怪訝《けげん》そうな表情で、科学省長官はうなずいた。「悪名うんぬんはともかく、まさにその、日本の農協なのです」

大統領と国連事務総長と国防省長官は、口を半開きにしたまましばらく互いの顔をぼんやりと見つめあっていた。

がたん、と音を立てて腰をおろした国連事務総長が泣きそうな顔であたりを見まわし、おろおろ声を出した。「えらいことになったぞ。えらいことに」

「破滅だ」国防省長官が溜息《ためいき》をつき、投げやりにいった。「もう、地球は破滅だ」

「おや。なぜでしょう」科学省長官が、わざとらしく眉《まゆ》をひそめて小首を傾《かし》げた。

「相手の異星人が地球を侵略しようという意図を持っているかどうか、まだわかっていないのですよ」

「なにを甘いことを言ってるんですか。あなたは」国防省長官が科学省長官に指をつきつけた。「ある地域でふたつの異種族が接触すれば十中八九は争いが起り、どちらかが破滅する。破滅しないまでも、どちらかがその土地を追い出される。共存共栄なんてことは、生物界では例外中の例外なんですぞ」

「なんだってまた、農協を船になんか乗せやがったんだ」国連事務総長が机にのの字を書きながら泣き声を出した。

「とにかくこれは前例のない、容易ならん事態です」と、大統領がいった。「早急にこちらの態度を決め、もし平和を望もうとするなら、最初の接触において相手にあたえた悪い心証を」咳《せき》ばらいした。「いやもう、悪い心証をあたえたことは確かだから、なんとかそれをよくするような方法を考えねばならん。そこでお訊ねしたいのだが」大統領は科学省長官に向きなおった。「科学省では、いずれこういうことが起るだろうという予測は、全然立てていなかったのかね。時と場合に応じた異星人との接触《コンタクト》の最善の方法というものを何らかの形で研究してはいなかったのかね」

「はい。そのことですが」わが意を得たりとばかり、科学省長官は嬉しげにうなずいて見せた。「こういう場合の対策は、科学省では、まったく研究しておりませんでした」

がく、と国防省長官が上体を前へつんのめらせた。

「なんだってまた、農協を船になんか乗せやがったんだ」と国連事務総長がいった。

「しかし」と、科学省長官は笑顔で続けた。「こういった、いわゆる最初の接触《ファースト・コンタクト》のあらゆる場合、つまり想像でき得る限りのさまざまな形の最初の接触《ファースト・コンタクト》を考え続けてきた一群の人たちがいるのです」

「ん。誰だねそれは」大統領が身をのり出した。

「それは」と、科学省長官が胸を張り、またにこやかにうなずいた。「SF作家たちです」

「SF作家だと」どんとテーブルを叩《たた》き、国防省長官が吐き捨てるように叫んだ。「夢物語を書いている気ちがいどもじゃないか」

「まあ待ちたまえ」大統領が国防省長官を手で制し、科学省長官に先をうながした。「どんな場合のファースト・コンタクトを描いたどんな作品があるのかね」

「SFの中には、ファースト・コンタクト・テーマというジャンルがあります。このジャンルに属する作品は長短篇あわせて数百もあり、ここではあらゆる場合のファースト・コンタクトの様相が予測され、考えられ、追究されているのです。それはもう、考え得る限りのものがあるのです」なぜかますます喜びの色を顔いちめんにたたえ、踊り出さんばかりの身振りとともに科学省長官は喋《しゃべ》り続けた。「もちろん、接触が失敗に終り、相手が高度の知能を持つ生物であったがために地球が攻め滅ぼされるという小説もありますし、相手が生物として、地球人とはあまりにも隔たりの大きい種族であったがために、結局何ひとつ理解しあえず、右と左に別れてしまうというものもあります。また、戦争になるのもあります。たとえばロバート・シェクリイという作家の短篇『千日手』では、戦況がチェスなどでいう、いわゆる千日手の状態になり、先に行動した方が必ず負けるというので永遠に睨《にら》みあいのままになってしまいます。接触が成功し、めでたしめでたしで終る小説もありますが、その中でも特に有名なのはマレイ・ラインスターという作家の短篇で、題名もずばり『最初の接触《ファースト・コンタクト》』です。この場合は、接触の方法がわからないため睨みあいになってしまいます。つまりこちらに攻撃の意図がないことを教えようとして善意でとる行動を、風俗習慣の違いから相手の異星人側が悪意と受けとるのではないかという心配から、軽はずみな交渉を避けようとするあまり極端に臆病《おくびょう》になってしまうのです。ところが実は相手の方も同じ問題で悩んでいたというのが結末です。お互いにそれがわかり、はじめて両種族間に平和が生まれるのです。いいですね。いいですね。ほんとにこんな具合にいくと、実にいいんですがね。あは、あはは、あははは」身を揺すって笑った

大統領が渋い顔をした。「もっと、こういった場合の参考になる作品はないのかね」

「参考になる作品、と申しますと」

「つまりその、たとえばだね、地球人として、異星人とたまたま最初に接触したのが、たとえばその、日本のその、農、農協であったというような」語尾を濁し、大統領は頭をかかえこみ、自分のことばに自らかぶりを振った。「まあ、ないだろうねえ。そんな馬鹿な小説は」

「そういうSFは、わたしの読んだ限りではまだありません」科学省長官がにこやかにそう答え、また、うんとうなずくような仕草をした。

どんとテーブルを叩き、国防省長官が科学省長官に、充血した怒りの眼を向けた。「あんたは何を喜んでいるんだ。さ、さ、さっきから見ているとあんたは、嬉嬉《きき》として嬉しがっている。この事態を楽しんでいる」興奮して指をつきつけた。「不謹慎ではないか。時と場所をわきまえなさい。喜ぶべき出来事ではないんですぞ」

「おや。なぜでしょう」また怪訝そうな表情を作り、科学省長官は心から不思議そうに首を傾げた。「地球人が、はじめて異星人と出会ったのですよ。記念すべきこと、喜ぶべきこととは思いませんか。これは宇宙的規模の出来事《イベント》なのです。そうです。たとえ地球がその連中の攻撃を受けて全滅しようと、これが宇宙的なイベントであることは否定できない事実なのですよ」あっけにとられている他の三人にはおかまいなく、彼はふたたび笑顔に戻り、強くうなずいた。「SFの世界が現実になったのです。素晴らしいことです。素晴らしいことです。万歳」踊り出した。

「なんだってまた、農協を船になんか乗せやがったんだ」

「『ダイアナ号』からの第二報です」秘書官が蒼《あお》い顔で部屋に駈《か》けこんできた。彼は手に持っている紙片を、まるで汚いもののような手つきで大統領に突き出した。

「う」大統領は眼を閉じた。「いい知らせか悪い知らせか、どっちだ」

「わたしはまだ読んでいません」秘書官がいった。それから急に叫びはじめた。「読めると思っているのですか。わたしにはとても読めません。読む気はまったくありません。読めるもんか。いい知らせか、ですって。いい知らせであるわけがないじゃありませんか」ひとしきり叫び終り、呼吸をととのえてから彼はいった。「わたしは便所へ行ってきます。わたしがこの部屋を出るまで、声に出して読まないでください」

紙片の通信文に眼を走らせていた大統領が、突然音をたてて立ちあがり、大声で叫んだ。「酒を飲んでいる」

眼を丸くした周囲の連中に視線を送り、大統領はふたたび通信文に眼を落してくり返した。「連中と一緒に酒を飲んでいるんだ。相手の全員を『ダイアナ号』の船内へつれこみ、異星人の持っていた酒を貰《もら》って一緒に飲み、肩を叩きあって歌をうたい、笑っている」げらげら笑い出し、紙片を頭上に振りかざした。「酔っぱらっている。両方ともだ」気が狂ったように、身をよじって大統領は笑い続けた。「連中はみどり色の顔をしているそうだ。からだは地球人の一・五倍の大きさ、頭からは手が生えていて」はげしい笑いの発作のため大統領は声が出せなくなり、胸を押えてテーブルに突っ伏し、握りこぶしで卓上をどんどん叩いた。

科学省長官が笑いはじめた。続いて国連事務総長が、大統領秘書官が、最後には、きょとんとしていた国防省長官までがつられて笑い出した。笑いは次第に高まり、ついには一同が発狂したかのようなけたたましさで笑いころげた。

「接触がうまくいったのだ」なおも笑い続けながら、大統領が叫んだ。「われわれは日本の農協に負けた。連中のバイタリティと、その厚かましいほどの馴《な》れなれしさと、そして図太さに負けたのだ。彼らの、ものにこだわらぬ無神経さと一種の鈍重さと強引さは、異星人たちをさえ彼らのペースに巻きこんじまったんだ。結局は最初の接《ファースト・コン》触《タクト》をする上で、彼らほどの適任者はいなかったということになるのだ。連中が勝ったのだ。わはは、わはは、わはは、わはははははははははははは」

8

異星人たちはバーナード星を主星とする第一惑星の住人だった。彼らは、彼らが開発したウォルフ三五九の第二惑星へとぶ途中で操縦を大きく誤り、月面へ不時着陸してしまったのである。むろん、こういったことはすべて国連が、大至急科学者による異星人との交渉団体を組織して月面に向かわせ、けんめいの努力で彼らとコミュニケートした末にわかったことであった。

その後、月面上での邂逅《かいこう》がきっかけとなって二種族の間に平和な外交関係が生まれることになるのであるが、これはずっとあとの話である。

日本の農協は地球全体の救い主だというので面目をあらたにし、さらに有名になった。大造たちは一躍、まさに全地球的規模の英雄にまつりあげられ、その後も全世界でながくもてはやされた。たとえ月面に不時着していた異星人たちのグループが彼らの星では、地球でいえばちょうど日本の農協に相当するような団体であったことが判明したあとでも。

人類の大不調和

せっかく関西へ取材に来たのだから、万国博をのぞいて帰ろう、せっかく万国博の近所のホテルで宿泊するのだから、見物人の少ない朝のうちに、いちばんに行って、さっと見てきてやろう――おれはそう思い、その朝九時に、国道一七一号線からタクシーで北口へ乗りつけた。

ゲートが開くのは九時だが、各展示館が開館するのは九時半である。北口のすぐ横にはソ連館があり、おれといっしょに九時に入場した気の早い連中は、たいていがソ連館の前で列を作って待ちはじめている。

おれだけは、ソ連館の横をす通りして日本庭園ぞいの道を、ぶらぶらと散歩した。

このあたりは新興諸国の小さな展示館ばかりだから、人かげは比較的少ない。

セイロン館と、アルジェリア館の間に小さな子供が俯伏《うつぶ》せに倒れていた。衣服はぼろぼろで、血を流している。

ははあ。ここから出てきたな――おれはそう思って、アルジェリア館の入口を眺めた。

〽ここは地の果てアルジェリア――という歌があるが、まったくこのアルジェリア館は、会場のいちばんはずれにあって、なんとなく地の果てという感じのする白一色の建物だ。この中にある展示品のマネキン人形が一体だけ、何かのはずみで、ころがり出したのだろう――おれはそう考え、靴の先で子供のからだを蹴《け》とばした。

意外にも、それはマネキンではなかった。本ものの、子供の死体だった。

びっくりして、立ちすくんでいると、だしぬけに銃声、それに続いて異様なうめき声が聞こえ、それはどうやらアルジェリア館の彼方《かなた》、ベトナムやアラブ連合などの出展している国際共同館の方から響いてくるらしい。

いったい何ごとか――おれは引き寄せられるように、ふらふらと数歩進んだ。

国際共同館の手前、アルジェリア館との間の通路上に、粗末な草葺《くさぶ》きの小屋があり、銃声、うめき声は、その中から聞こえてくる。小屋の小さな入口の上には、割板で作られた看板がとりつけられ、へたくそな字で大きく、と、墨書されていた。

ソンミ村館

ソンミ村が出展している筈《はず》はない――そう思いながら、銃声がとだえた時、おれはおそるおそる入口から、暗い館内をのぞき込んだ。

床は砂地だった。照明のない館内の数ヵ所に、小さな農家が立ち並んでいる。ニワトリが一羽、餌をついばみながら、おれの足もとにまでやってきた。

おれはゆっくりと、館内へ入った。

「あのう。誰かいませんか」

不気味な静寂に耐えかねて、そういった時――

ふたたび、銃声が轟《とどろ》いた。

「ぎゃーっ」

農家から、血まみれになった農婦がまろび出てきて、宙をかきむしりながらばったり倒れた。

それをきっかけに、次つぎと銃声が起り、それは小さな館内にわんわんと反響し、たちまちおれの周囲には、阿鼻叫喚《あびきようかん》の地獄図が現出した。

米兵に撃ち殺される、兄弟らしいふたりの子供。ひとまとめにされ、射殺される農夫たち、老人、女、子供たちの断末魔の叫びが、いや応なしにおれの耳へとびこんでくる。そして悪鬼の如き形相の米兵たち。

へたに逃げ出そうものなら、背後から狙《ねら》い撃ちにされると思い、おれはじりじりと入口の方へ後退した。

百姓たちを全員殺し終え、米兵たちの銃口は、ついにおれの方を向いた。

「ぎゃっ」

おれは横っとびに、入口からとんで出た。数発の銃弾が、おれの耳をかすめた。

「ひい。助けてくれ」

血の凍るような恐怖だった。あまりの恐ろしさに、他の見物人や警備員とすれ違っても立ちどまることができず、おれはそのまま走り続けた。

ながい間走り続け、心臓が口からとび出しそうになってきたので、やっと立ち止った。たまたま協会本部の前だったので、おれは協会本部のビルの中へ入って行き、外国出展の係のありかを受付で聞き、事務室へ駆けつけた。担当者は中年の、頑固そうな男だった。

「ライフルを撃ちまくっています」

おれがそういうと、担当者は顔をしかめ、投げやりに答えた。「そういうことは、警備本部へ行って報告してください」

「ソンミ村館という展示館ができているのを、ご存じですか」

「そんなばかな館は、ありません」

「いくら、ないといったって、現にこの眼で見てきたんだ」おれはわめいた。「現実にあるものを、あんたは、ないといってごまかすつもりか。眼をつぶるつもりか」

その時、担当者のデスクの電話が鳴った。

「もしもし。はい。そうです。……何？　……何？」電話を聞いている彼の顔色が、少しずつ変ってきた。「怪我？　見物客に怪我人が出た？　なに！　十数人？」彼は大あわてで立ちあがった。「よし。すぐ行く」

受話器を置き、彼は眼をまん丸にしておれを眺めた。「あんたの見た、そのソンミ村館へ、見物客が面白がって、ぞろぞろ入って行ったそうだ。そして銃弾を受け……」

「言わんこっちゃない」と、おれはいった。「きっと、死者も出てるぞ」

「最初の目撃者として、あんたも来てください」と、担当者はいった。「えらい事件が起った。きっと、反博派の連中の陰謀だ」

担当者同行で、ふたたび現場へ引き返すと、あたりは見物客でいっぱい、数十人の警備員が館の周囲を遠巻きにして、前の道路を閉鎖していた。

「怪我人はどうした」と、担当者が警備員に訊《たず》ねた。

「ぜんぶ、病院へ運びました」

「中では、まだ銃を撃っているのか」

「はい。断続的に撃ち続けています。悲鳴やうめき声も聞こえてきます」

「あそこに、ベトナム人の子供の死体がひとつ、あった筈ですが」おれは、アルジェリア館の前の道路を指さした。

「あっ、あの子供は見物客じゃなかったのですか」警備員が叫んだ。「最初からあったものとは知らず他の怪我人といっしょに病院へかつぎこませましたが」

その時、ソンミ村館の中でまた銃声と悲鳴があがった。見物客がどよめいた。

「あっ。また、はじまりました」

担当者は、額を押えてうめいた。「いったいこれは、どういうことだ」

館の中から、死んだ赤ん坊を抱きしめて、ひとりの農婦が血まみれになり、よろめき出てきた。見物客の中からは女の悲鳴があがった。農婦は、担当者の足もとに倒れて息絶えた。

「つれて行け」担当者は眼をそむけて、警備員に命じた。

「この調子では、たちまち病院がいっぱいになってしまいそうだな」

おれがそういうと、担当者はすごい眼でおれを睨《にら》みつけながらいった。「府警本部へ連絡する。あんたは、参考人として残っていてください」


警察での取調べからやっと解放されたので、おれはさっそく、東京の本社へ電話をし、デスクに事情を説明した。

「……そういうわけですから、もう少しこちらで取材を続けさせてください」

「取材旅行先で、寄り道して遊んでいるうちに、特ダネにぶつかるというのは、よくある話だ」と、デスクはいった。「よし。君は万博会場に詰めていろ。ところで、現場の方はどうなっている」

「はい。府警本部から機動隊が出動し、ソンミ村館を強制的に取り壊したそうです」

「それでどうだ。中に誰がいた」

「それが不思議なことに、中には誰もいなかったそうです。わたしはたしかに、多数の農婦と、米兵の姿を見たのですが……。そう、それからニワトリも見ました。しかし、そのニワトリさえ、いなかったそうです」

「どうかね。反博派の連中の、いやがらせだと思うかね」

「いいえ。とてもそうは思えません。反博派が人を殺したりする筈がありませんし、だいいちわたしは、米兵の姿をこの眼で見ています。あれはたしかに白人でした。それに、農民にしても、たしかにベトナム人です」

「どうして、それが断言できる」

「ソンミ村虐殺の様子を載せた、例のグラビヤを見ているからです。あれと同じ人物が、たくさんいたのです」

「現場の様子を、確かめてきてくれ」

「わかりました」

おれはふたたび会場に戻り、現場へ行ってみた。ソンミ村館は、跡かたもなくなっていた。

だがその翌朝——。同じ場所に、ふたたびソンミ村館は出現していた。中では虐殺の実演が行われ、今度は老人ふたりと子供三人がよろめき出てきて死に、見物客七、八人が流れ弾にあたった。

府警本部から機動隊が出動してきて、館の周囲をわっと取りまくと、中は嘘のように静かになってしまう。館を取り壊しても、中からは何も出てこない。もぬけのからなのである。

用心して、三日めは機動隊員が徹夜をし、現場を見張った。ところが、その朝は、ソンミ村館はアメリカ館の入口近くへ出現したのである。観客の最も多いアメリカ館には、早朝から入口に人が並ぶ。この日の被害は最も多く、見物客三十数人が銃弾を受けた。農協の連中が、何も知らずに中へ入って行き、約十人が米兵から射殺されてしまった。

協会本部には「ソンミ村館対策本部」というのができ、対策を練りはじめたが、なにぶん相手は幻の如き神出鬼没の幽霊館である。解決できそうな案は、なかなか出てこない。四日目はエキスポランドに出現したが、この日ようやく、幽霊館はどうやら朝がたの開館直後、だしぬけに出現するらしいことがわかった。つまり、いくら深夜の警備員を増員し、パトロールの回数をふやしても無駄だったのである。せいぜい、早めに出現場所を見つけ、できるだけ早急に取り壊そうと申しあわせるのがせいいっぱいだった。

それからも毎朝のように、ソンミ村館は会場のあちこちへ出現した。むろん、この事件のことを新聞やテレビが大きく報道したため、早朝の見物人も心得てしまって、ソンミ村館を見つけても、もはや近づこうとはせず、最初の発見者が警備本部へ電話をかけてきたりするようになった。

犠牲者の数は減ったが、困ったのは館内から出てきて毎日のように三人、四人と死んでいくベトナム人の死体の始末であった。警察の屍体《したい》収容所は満員だし、まさかベトナムへ送り返すこともできない。しかたなく、まとめて埋葬し、協会本部で盛大な葬儀をやり、迷わず成仏と祈念したものの、性懲りもなく幽霊館は出現し、いちど埋葬した筈《はず》のベトナム人がまた出てくる。協会もほとほと手を焼いてしまった。

マスコミも、ここを先途と騒ぎ立てたが、むしろ騒ぎ出したのは、出展している諸外国——特にアメリカ館だった。

幽霊館のひとつぐらい、なんとかできないのか、それでも主催者かと協会に嚙《か》みつき、ついには館をひきあげるといい出したのである。アメリカ本国からも大使館を通じ、あれを何とかしないならば今後、経済、貿易に関するあらゆる交渉を打ち切り、条約も破棄するといってきてついに事は政治問題にまで発展した。

日本政府が頭をかかえている矢さき、またまた悪い事が起った。ナイジェリア館のすぐ横の道路上に、うす汚い石造りの建物がある朝出現し、壁に赤ペンキでべったりと書かれていた文字は、で、あった！

ビアフラ館

ここでは人死にはなかったものの、ここからぞろぞろと、際限なく会場内へあふれ出てくる餓えたアフリカ人の処置には、警備員もすっかりお手あげであった。館をとり壊してしまうと、出てきて会場内に散らばった連中を、つれ戻すところがなくなるのである。といって、館をとり壊さない限り、がりがりに痩《や》せた子供や女、老人たちが、いつまでもあふれ出てくる。そして。

そして彼らが、どこへ行くかといえば、決って会場内のレストランであった。中へ入って行き、食べている客の傍らに立ち、追い出されても追い出されても、また戻ってきて、いつまでも、恨めしそうに、物ほしそうに、じっと眺め続けるのである。客は食べる気がしなくなって、途中でやめて席を立つ。と、その残りものを、彼らは敏《びん》捷《しょう》にかっさらい、ぱっと口へ投げこんでしまうのだ。ついには、レストランへ入る客がいなくなってしまった。

ビアフラ館の出現で怒ったのは、まずナイジェリア、それに名物のお国料理を用意してきた高級レストランを持つ諸外国の出展館——ソ連館、スカンジナビア館、ニュージーランド館、フランス館、その他十数カ国の館である。連日連夜協会に苦情が殺到し、ついに協会本部のほとんどの人間がノイローゼとなり、ついには自殺者まで出るさわぎに発展した。

この事態を、どう打開すべきか——マスコミも、いつまでも無責任に面白半分の報道ばかりしてはいられなくなり、各界著名人から解決策を求めはじめた。もちろん、決定的な解決策など、おいそれと出てくるわけがない。

事件の最初の関係者というので、週刊誌記者のおれまでが、あべこべにインタビューを受けた。おれは、こう答えた。

「諸外国から憎まれない方法が、たったひとつあります。しかしこれは、喋《しゃべ》るわけにはいきません。実現させるためには、今の日本政府首脳部の頭は、あまりにも固い。喋ったところで、気ちがいと思われるだけですから、まあ、やめときましょう」

ある日、取材のためにずっと大阪に滞在していたおれのところへ、東京から電話がかかってきた。

「こちら、通産省の者ですが」相手は尊大な口調でそういった。「明日、首相官邸で閣議が開かれます。それに、参考人として出席していただきたい」

命令されるのは好きじゃないので、おれは答えた。「こちらに仕事があるんです」

「国家の一大事です。国民の義務として、来ていただきたい」

「どういう用件ですか」

「それは、来られてからお話しします。ぜひ出席していただきたい」

「用件がわからないのじゃ、行く気になれませんね」いい加減頭にきたおれは、がちゃんと電話を切ってしまった。

数分後、同じ男からまた電話がかかってきた。「先ほどは失礼しました」だいぶていねいな口調になっていた。「用件というのは、あなたが先日××紙のインタビューに答えておられたことに関してなのです。閣僚が、あなたの意見を求めておられるのです」

「そうおっしゃってくだされば、よくわかります。明日、必ずうかがいましょう」

おれみたいな人間のアイデアまで求めなければならぬとは、日本政府もよくよく考えあぐねたのであろう。閣僚会議に参考人が呼ばれるなんてことは、珍しいケースである。

翌朝上京し、首相官邸へ行くと、ながいこと待たされた末やっと、すでに始まっていた、閣僚会議の席へ引っぱり出された。

各大臣が揃っているが、いずれも顔色が蒼《あお》く、眉《まゆ》をしかめている。不機嫌なのは勝手だが、その癖、末席の椅子に腰をおろしているおれに対して、見くだしたような態度をとり、いやに横柄である。むかむかした。

「われわれは、他に重大な問題もかかえているので、手っとり早く話してもらいたい。君の案とは、いったいどんなものなのかね」ひとりの大臣が、腕時計を見ながらいった。

ひとを呼びつけておきながら、このわがままさはどうだろう。おれはわざと足を組み、ゆっくりとタバコに火をつけてやった。「案を喋るのは簡単ですが、それだけを喋ったのでは、気ちがいじみていると思われるおそれがあります。そのため前説をつけ加えさせていただきたいのです」

「気ちがいじみているか、どうかの判断は、われわれがやる」露骨に顔をしかめ、大臣のひとりがいった。「結論だけをいいなさい」

「まあ、話をひとつだけ、聞いてください」おれは、ますますのんびりした口調で、ゆっくりとタバコの煙を吐き出しながらいった。「イギリスのSF作家で、ピーター・ブライアントという人の作品に『破滅への二時間』というのがあります。アメリカのB52爆撃機が、水爆を搭載したまま、戦略空軍の用語でいえば、ソ連の最重要目標めざして、どんどん飛んで行くという話です。これは叛乱《はんらん》みたいなもので、この爆撃機は、ほんとにソ連に水爆を落すつもりなのです。アメリカ政府が、あわててこのB52を呼び返そうとするのですが、いうことをききません」

「いったい、なんの話だね」苦りきって大臣のひとりがいった。「君、わたしたちはSFを聞いているほど、暇じゃないんだよ」

「そこで、アメリカ大統領は、ソ連首相と、直通電話で話しあいます」おれは、おかまいなしに続けた。「B52が、ソ連のコトラス市に水爆を落すつもりであることは確実でした。コトラス市の全滅は、火を見るよりも明らかです。この始末をどうつけてくれるか、どういう賠償を支払ってくれるか。ソ連首相はアメリカ大統領に、そういって迫ったのです。さあ。アメリカ大統領は、どう返事をしたと思いますか」

「判じものをしとるんじゃない！」ついに、大臣のひとりが立ちあがって、そうわめいた。「結論をいえ、結論を！」

「アメリカ大統領は、コトラス市に匹敵するアメリカの都市、つまりアトランティック・シティに、ひとつだけ水爆を落すことを、ソ連に許可したのです。これが結論です」

一瞬、大臣たちは、きょとんとした。

「なんだ、それは！」立ちあがっていた大臣が、また、わめきはじめた。「われわれは、万博の例の事件の解決策を求めとるんだぞ！」

「水爆戦の話と、なんの関係がある！　君は気ちがいか！」

おれも、たまりかねて立ちあがり、大声で叫んだ。「ここまで話しても、まだわからんのか！　だいたい、人を呼びつけておきながら、さっきからのでかい態度は何ごとだ！　まして気ちがい呼ばわりされてまで、協力したいとは思わない。失礼する！」おれは部屋を出ようとした。

「ま、まあまあ」大臣のひとりが、おれをなだめはじめた。「あの男は、陳情されることになれて、あんなに態度がでかくなっとるんです。あやまります。どうぞ、解決策を、われわれに授けてください。われわれも困っとるんです」

おれはすぐ機嫌をなおし、大臣全員に向きなおった。「今のお話でおわかりでしょうが、外国の受けた損害に対しては、似たような損害を自分の国にあたえることによって賠償するという和解法があります。万博事件でいえば、外国の受けた精神的な傷に対しては、自国にも精神的な傷をあたえればいいわけです。そこで……」

そしておれは、解決策を話した。それは日本政府によって、実行された。

今、万博会場の日本政府館の前の広場に、うす汚い館がひとつ建っている。あれがそうなのだ。その館の名前は……。

南京大虐殺館

アフリカの爆弾

1

常緑広葉樹の密林の中から、部落の中央の広場へ、土人がひとり走り出てきて叫んだ。

「バヤ。ハバリ。ハバリ。シキエニ。メカンチワリヌヌア、ルカボムラアトミキ。ハタリ」

直訳すればこうである。「大変だたいへんだ。隣の部落ミサイル買った。危いよあぶないよ」

彼はそう叫び続けながら広場を横切って、部落の西の端にある酋長《しゅうちょう》の本邸へ駈《か》けこんでいった。

ちょうど昼寝から醒《さ》めたばかりで、パンツ一枚のまま小屋の戸口で涼んでいた私は、あわてて部屋にとって返し、シャツとズボンを身につけた。酋長のところへ行くのに、パンツ一枚では失礼だと思ったからである。

この小さな百戸足らずの部落も、今では独立した新興国であって、酋長といえども一国の元首にあたる人なのだから、いわばわたしは国賓だ。礼儀は守らなければならない。

できるだけ派手なアロハシャツを着て——つまり駐在大使の正装をして小屋を出ると、部落の土人たちもみな長方形をしたそれぞれの家から顔を出し、わいわい騒いでいた。大あわてで酋長の邸《やしき》へ駈けつける男もいた。長老のひとりが広場に出てきて、いや何でもないなんでもないといいながら部落民を鎮めている。彼は文部大臣だ。

私は広場を横切り、切妻屋根の酋長の邸へ入っていった。

本邸といっても、もちろんひと部屋しかなく、そこが謁見の間ということになっている。謁見の間の中央には最新型の豪華なダブル・ベッドが置かれていて、それだけで狭い部屋はもういっぱいだ。酋長はベッドの中央にあぐらをかき、集まってきた土人たち——つまり大臣連中は、ベッドの周囲のせまい空間に、壁に身を押しつけるようにして立っている。すでに閣僚会議が始まっているらしい。

「メカ国、われわれ、仲悪い」と、酋長が喋《しゃべ》っていた。メカ国というのは隣の部落のことで、そこも独立国である。

「四十八年前、サバンナでわたしの父、ライオン倒した。そのライオンの毛皮、メカの酋長の第三夫人の息子、ことわりなしに剝《は》いで持っていった」ややや中年肥りの酋長は、隣国との諍《いさか》いのそもそもの最初から物語りはじめた。「わたしの父、仕返しした。バナナ畠《ばたけ》で、メカの酋長の第三夫人の息子の第二夫人姦《や》った。メカの酋長の第一夫人の息子、仕返しした。わたしの妹攫《さら》って第四夫人にした。わたしの第二夫人の息子、仕返しした」

酋長の第二夫人の息子が、嬉《うれ》しそうに自分の胸をどんどん叩《たた》き、それはおれのことだというように自分の顔を指し、周囲の連中にうなずきかけた。

「この男、メカのヤシ畑に火をつけて帰ってきた。メカの酋長、逃げ遅れて焼け死んだ。イサンガニの警察、わたしの息子捕えにきた。わたし、あわててこの部落の独立宣言して国連とEECに加盟した。イサンガニの警察、安全保障理事会こわくて帰った。息子、助かった」

第二夫人の息子が、赤い舌をだらりと出して見せた。これは感謝の意思表示である。

「メカも、一年前にあわてて独立した。そして今日、国連軍から核弾頭ミサイル買った」

「この国も、ミサイル買う」と、土人のひとりが踊りあがるような恰好《かっこう》をしてそう叫んだ。この男は防衛長官である。「国連軍から、核弾頭ミサイル買う」

「イサンガニの国連軍、メカの味方」と、酋長はベッドサイドの電話をとりあげながらいった。「こっちはキンシャシャの国連軍から買う」

彼はキンシャシャへ長距離電話をかけた。「もしもし。国連軍か。わたし、補給部隊隊長友達。隊長呼んでくれ。やかましい。やかましい。そのラジオとテレビ消せ」

サイドテーブルの上でラジオ・コンゴのモダン・ジャズ放送をしているポータブル・ラジオを、第二夫人の息子があわてて消した。私は、土人のよろめきドラマをやっているカラー・テレビのスイッチを切った。

ラジオもテレビもメイド・イン・ジャパンでポニー社製品、つまり私が月賦で彼らに売ったのだ。金はまだ半分くらいしか集まっていない。

私はもともとこの部落へ派遣されたポニーのセールスマン兼集金人なのだが、ながい間逗留《とうりゅう》しているうちに、この部落の経済顧問みたいな存在になってしまい、今ではすっかり重宝がられて、酋長の相談役のひとりに加えられてしまっているのである。

「ヘイ。ピーター」先方が出たらしく、酋長が英語で喋り出した。彼は若い頃キンシャシャのロヴァニウム大学へ行っていたので英語はうまい。

「わたしだ。隣の部落ミサイル買った。こっちも買いたい。核弾頭ミサイルの出物ないか。何。級数。ちょっと待ってくれ」酋長は受話器を押え、最初報告にきた土人――情報室長に訊《たず》ねた。

「隣の部落の買った奴、何メガトンか」

情報室長は肩をすくめた。

「わからないそうだ。うん、そうだな。でかいほどいい。ああ。中古でいいよ。五ギガトンか。よし。それをもらおう」

私はとびあがるほどびっくりした。ギガトンというのはメガトンの一千倍、そしてメガトンはキロトンの一千倍だ。七十年前に広島へ落ちた奴が二〇キロトンだから、五ギガトンというのはその二十五万倍の威力を持っているわけである。

「そんなものを買って、もし取扱いをまちがえたら大変だ」私は泡をくって酋長に進言した。「地球が粉ごなになってしまう。それはやめた方がいい。だいいち、この国の経済力では買えまい」

「いくらで売ってくれるね」と、酋長が電話に訊ね、私に向き直っていった。「五〇〇〇ドルで売るそうだ」

「国連軍は、そんなに安く横流ししているのか」私は唖然《あぜん》とした。
四、五十年前から、小さな国がやたらに核爆弾を持ちはじめ、軍需産業で経済機構を維持させている大国が、平和に苦しんで闇で核爆発物を売りさばいたため、今では原水爆が世界中に出まわっている。

数年前に日本にいる頃、私は友人と、いずれ町のタバコ屋でマッチくらいの小型原水爆を売りはじめるんじゃないかなどと冗談をいっていたものだが、どうやら最近ではそれに似た状態になってきたようである。

しかし考えてみると、そのために大国間の紛争はおろか局地戦までなくなってしまったわけだから、核爆発物は少なくとも現在、全面的抑止戦力の役目だけは充分果たしていることになる。そのかわり、偶発核戦争の危険度は増大したわけだ。いや、偶発核戦争などというなまやさしいものではない。どこかの国の気ちがいが、そのへんにころがっているミサイルの尻《しり》にちょいと火をつけたが最後、地球はばらばらである。

昔、ケネディという有名なファッション・モデルがいて、その最初の亭主で大統領をやったこともある男が、核爆発物をダモクレスの剣に喩《たと》えたことがある。だが今では、その頭上の剣を吊《つ》るしたひと筋の髪の毛をちょん切ることのできる人間は、限られた数の押しボタン将校だけではなく、全世界の人間ひとりひとりなのだ。

「そうだな。これから貰《もら》いに行く。十人乗りくらいのヘリコプターを一機、寄越してくれ」私の心配をよそに、酋長は至極簡単に売買の約束をしてしまった。

「バヤ。バヤ。アンガリエニ」

　また土人がひとり、あわてふためいて駈《か》けこんできた。「大変だよたいへんだ。百人以上のアメリカの観光団がやってきたよ。今、一キロばかり南のジャングルにいて、こちらへやってくるよ」

「そんな話はまだ聞いていない」酋長《しゅうちょう》はびっくりして立ちあがった。「何も準備していない。たいへんだ。みんな、用意する」彼は土人たちに叫んだ。「すぐ用意する」

たちまち、たいへんな騒ぎになった。酋長は息子たちといっしょに、テレビやラジオや電話を、大あわてでダブル・ベッドの下に投げこんだ。邸外へ駈け出ていった土人たちが、外に積みあげてあった乾草をかかえて戻ってきて、部屋中にまき散らし、ダブル・ベッドを覆い隠しはじめた。他の連中も、それぞれ自分の家の文化的な家具や電気製品を隠すために駈け戻っていった。

　この部落は、観光事業をほとんど唯一の収入源にしている、いわば観光国家である。陰でこっそり文化生活を営んでいることが観光客に知れたりしたら大変だ。あの部落の土人はちっとも土人らしくないというので、たちまち客が来なくなってしまう。そうなると今度は、民族舞踊団とか何とかそういったものを組織して巡業に出かけなければならなくなり、出稼《でかせ》ぎ国家に落ちぶれてしまうのである。

部落の財政に公私両面で関係している以上、彼らの商売を助けてやらなければならないから、私は土人たちの準備に落度がないかどうか部落中を見てまわることにして、酋長の本邸を出た。

長老のひとりの家の前を通りかかったついでに中を覗《のぞ》くと、家族全員が長老をとりかこんで、彼に魔法医《ウイッチ・ドクター》の扮装《ふんそう》をさせていた。ヒョウの毛皮と白黒いりまじったヒヒの毛皮を着せ、サルの毛皮で作ったオムワガという茶色の帽子を被《かぶ》せ、ヒョウタンを両手に持たせ、その他薬の入ったカモシカのツノだとか、竹筒とか、ムタテンバと称する木の幹や、ルエト、オムクンガなどという木の枝をとり揃えて並べたり、開店準備に大わらわである。

その隣家の中年の土人は小屋の戸口に『割礼《かつれい》やります。男二〇ドル女三〇ドル』と英語で書いた紙を貼《は》りつけていた。この男の家は先祖代代割礼師で、彼の女房も婦人割礼師だ。男の割礼は包皮を切開するのだが、女の割礼は陰核の先端をちょん切るのがむずかしいから、費用も一〇ドル高い。この部落では今でも男は十八歳、女は十歳で割礼をする。この中年の割礼師は酋長と同い年で、だからよくいっしょに酒を飲んでは貴様とおれとは同期の割礼などと歌っている。

観光客でこの貼紙を見て、わざわざ高い金を払って割礼をしたいといい出す馬鹿もたまにはいる。たいていはアメリカの田舎から来た中年以上の男や女だが、四十歳以上にもなって割礼したところで何の意味もないので、傷が回復するまでの二、三週間というもの、毎夜ベッドの上でのたうちまわる以外に何の効能もない。

ひとわたり巡察してから自分の小屋へ帰ってくると、戸口の前でひとりの土人の女がぶらぶらしていた。この女は部落一の美人だ。ちゃんと化粧も済ませ、薄い布地のスカートまではいていた。ただし上半身は裸である。きゅっと空を見あげたピンクの乳首が可愛い。

私は彼女に声をかけた。「ジャンボ。今日はぐっと綺麗《きれい》だね」

彼女はブワタと叫んではずかしそうな身振りをし、さらに私がじろじろ眺め続けたものだから、とうとうスカートをまくりあげて顔をかくしてしまった。おどろいたことに彼女は、スカートの下に何もはいていなかった。生殖器がむき出しである。どうやら羞恥の観念がわれわれとでは逆らしい。

「フヨ」でかい声がした。

広場をはさんで、私の小屋とちょうど向きあった家からひとりの土人が走り出てきた。彼は私と女を指さし、おどりあがりながら叫んだ。

「フヨ。フヨ」

しまった、悪いところを見られた——私は舌打ちした。

叫び続けている若い土人というのはこの女の亭主で、嫉妬《しっと》深いことでは部落一である。彼はフヨフヨと大さわぎしながら家にとって返し、すぐに復讐《ふくしゅう》の衣裳《いしょう》をつけて駈け出てきた。

「ムイビ」彼はふたたび小屋の前でおどりあがり、そう叫んだ。「ア、ドフル」

右手に持った槍《やり》を高く構え、頭上前方を小突くようにして、彼はこちらへ小きざみに前進しはじめた。これは復讐の踊りである。

この騒ぎにびっくりしてそれぞれの小屋から出てきた土人たちは、また奴《やっこ》さんの悪い癖がはじまったというようににやにや笑いながら眺めているだけだ。

「フヨ。フヨ。ユ、ニョカ。フヨ。フヨ。ユ、チャウ。フヨ。フヨ。ユ、ムイビ。フヨ。ア、ペンダ、ムケ、アング。フヨ」

三歩小きざみに前進しては二歩後退し、また四歩進んで三歩退き、これではいつになったら広場を横切って私のところへ来るのかわからない。

いささかあきれてぼんやり彼を見ているところへ、酋長がやってきて私に話しかけた。「ブワナ・ヤス。ミサイルの仕入れ、あなたも来てほしい」

「どうして」

「部落の財産、今、五〇〇〇ドルもない。値切ってほしい。ブワナ値切るのうまい。もし値切る駄目なら足りない分借りたい」

「私は経済援助顧問団ではない」私はあわてていった。「貸す金はないよ。これは会社の金だ」

「では値切る。それから、われわれ機械にくわしくない。ブワナ機械にくわしい。ついてきてほしい」

「冗談じゃないよ。電気器具とミサイルとは全然ちがう。だいいち私は技術者ではなくてセールスマンだ」

「しかし、われわれよりはくわしい。何かの役にはたつ」

「やれやれ」私は嘆息した。「では、ついて行こう」

そこへアメリカの観光団が到着した。ぜんぶ白人の農民で、四、五十歳という初老の男女がほとんどである。女はだいたいにおいて肥《ふと》っていた。

「着きました。ここが目的地の部落であります」全員を広場に集め、案内人《ガイド》がいった。「ここで半日、部落内を見学します。四時になったらまた、ここへ集まってください」

観光団は散開し、連中はあちこちにカメラを向けはじめた。

助平そうな赤ら顔の親爺《おやじ》が目ざとく私の傍にいる部落一の美人を見つけ、寄ってきてカメラを構えた。

「ノー」彼女は片手で顔を覆い、抜け目なく片手を前へ突き出しながらいった。「ドラ」スワヒリ語で金《ドル》のことだ。

親爺の方は、金さえ出せば女をものにすることができるかもしれないと考えたらしく、さらに彼女にくっついていき、耳うちをしはじめた。「バンバ。バンバ」バンバは、ものは相談だとか、交渉とかいう意味である。

「ノー」彼女はくるりと背を向け、小屋の裏のジャングルの中へ入っていった。親爺はあきらめず、彼女を追ってドラドラバンバンといいながらジャングルへ入っていった。

自分の女房がよその男とジャングルへ入っていったというのに、亭主の方はあいかわらずフヨとかチャウとかいいながら、広場を小きざみに前進し続けている。頭上前方を、くわっと眼を見ひらいて睨《にら》みつけているので、何も眼に入らないらしい。観光客はこれを何かのアトラクションだと思いこんでいて、しきりに彼を撮影している。

酋長の第二夫人の息子が、広場の隅に土人を数人集め、お得意の選挙演説をはじめた。半分は本気、半分は観光客のための見世物である。だから言葉も英語とスワヒリ語がちゃんぽんだ。

「わたし大統領になる。誰でも議会に不信任案出せるようにしてリコール制にする。国会解散権罷免権みんなに持たせる。指揮権よくないから、あれやめさせるよ。変則国会やめさせるよ。部落の中の派閥解消させて統一綱領作る。生存者叙勲制度作ってひとり残らず勲章やるよ。酋長《しゅうちょう》の先買い権や国葬やめさせるよ。この部落の下まで地下鉄《メトロ》もってくる。この部落停車駅になる。医療の完備これ公約するよ。住民五人に対しひとりの割合で魔法医《ウイッチ・ドクター》つけてやるよ」

広場の別の片隅では、この部落いちばんの年寄りで、この国の無形文化財に指定されている長老を、観光客がとり巻き、口ぐちに訊《たず》ねていた。

「じゃあ、この部落の土人は、昔はぜんぶ人食い人種だったのですか」

「そうだよ」

「あなたは人間を食べたことがあるんですか」

「そうさな。百七、八十人は食ったかな」

「人間はうまいですか」

「死ぬ前にもういちど食いたい」長老は歯のない口をあけて、けけけけと笑った。

「ここにいる白人で、いちばんうまそうなのは誰ですか」

「あんたじゃ」

指を向けられた男がさっと顔色を変え、とんで逃げた。

「男と女と、どちらがうまいですか」

「どちらも似たようなものじゃが、わしは男の方が好きだね」

「どうして」

「釜《かま》へ入れると、男は観念してしまうが、女は最後まで泣きわめいて釜の中で失禁したりするから、せっかく味つけしたスープがまずくなるのじゃ」

もちろん全部でたらめなのだが、観光客はきゃっきゃといって喜んでいる。私がここへ来て土人たちにいろいろ教えてやってから、彼らはぐっと白人を喜ばせることがうまくなった。国家としての収入も、一昨年に比べれば倍近くなったという話である。

やがて密林の西の空でかすかに原子力エンジンの音が響き、それは次第にこちらへ近づいてきた。

「国連軍のヘリが来た」

酋長は観光客たちの相手を中断し、第二夫人の息子と第四夫人の息子に、力の強そうな土人三人ずつを選ばせ、彼ら全員を広場の中央に集めた。私を含めて全部で十人だ。

国連軍のＡＥ－10ヘリコプターが、広場の赤黒い砂を部落の空にもうもうとまきあげて着陸した。

「わあ。これはたまらない」観光客たちは咳《せ》き込みながら、それぞれ手近の小屋にあわてて逃げこんだ。

「大統領はおられますか」操縦席からイギリス人の若い空軍少尉がおり立ち、生真面目にそういった。「キンシャシャ駐在国連軍本部よりお迎えにまいりました」

「大統領それ私だ」酋長が一歩進み出て答えた。「十人乗せてくれ」

「本官は大統領以下数名の方をキクウィトのミサイル格納庫までお連れするよう、ピーター・ダンドリッジ補給部隊長より拝命いたしておりまして」

「わかっている。わかっている」酋長は少尉の肩を叩《たた》いていった。「気楽にいこう」

私たちはすぐ、エンジンをかけっぱなしのヘリに乗りこんだ。ドアを密閉してしまうと、爆音はぜんぜん聞こえない。クラン軸の空転が腹に響くだけである。

ＡＥ－10は広場の空へ浮上し、機首を西へ向けた。最高時速は三五〇キロだ。

「あの少尉は、どうしてあんなにしゃちょこばってるんだ」私は酋長の耳に口を寄せて訊ねた。

「アフリカへ赴任してきた当座、誰でも黒人馬鹿にしている」と、酋長は説明しはじめた。「ところが黒人というものなかなか馬鹿でなく、自分より利口な奴ざらにいるらしいことにある時突然はっと気がつくと、みんな反動であんなになる。これ、イギリス人に多いよ。中にはいつまでも黒人馬鹿と思いこんでいたい白人もいる。昔アンドレ・ジイドいう偉い人こんなことといった。『白人が知的に水準が低ければ低いほど、彼には黒人がより馬鹿に見えるものだ』これ、アメリカ人に多いよ」

いちばんのお得意先のくせに、どうやらアメリカ人が嫌いらしい。

ジャングルを過ぎ、サバンナ地帯を越えると、あちこちにオテル・ド・コンゴレーズの建物や、ウテクスレオの織物工場や、アブラヤシの農園《プランテーション》などの散在が眼につきはじめた。ハイウェイも走っている。

「コンゴもだんだん開けてきたなあ」と、私はいった。

「だが建物、工場、農園、あらゆるもの、今でもやっぱり、ほとんど白人のもの」と酋長がいった。

「それはしかたがあるまい」私はいった。「あんたたちは今だって、密林の中で部族社会を営んでいるじゃないか。もっとああいったところや都市へ、どんどん出て行かなきゃだめだよ」

「ブワナ知らない。われわれの部落、部族社会ではない。ほんとの部族社会、いちど滅亡した。今、われわれ部落、あれ利益社会《ゲゼルシャフト》」

「いちど滅亡したんだって」

「そうだ。ヨーロッパ人の侵略、征服なければ、それまで立派な文明持っていたわれわれの部族社会、破滅することなかった。バションゴ国第九十三代目の王シャンバ・ボロンゴンゴの時代見てもわかる。あの繁栄、あのまま続いていたら、われわれ、あんな建物、工場、とっくに持っていた」

「だって、コンゴは貧乏なんだろ」

「コンゴ貧乏ない。ダイヤモンド、コバルト、鉄、銅、ウランまで出る。今までコンゴ貧しかったのは、ここで生産されるもの、ほとんどヨーロッパ人持っていったためだ。最初ポルトガル人来た。数百万人のアフリカ人、奴隷にされて連れて行かれた。これ十六世紀はじめから一八八五年ベルリン会議の時まで続いた。そのつぎレオポルド王来た。象牙《ぞうげ》、ゴマ、そのほか生産物、ぜんぶ掠奪《りゃくだつ》された。おまけに奴隷にされた以上の数の人間、毎年三十万人以上の数の人間、暴動鎮圧といって二十年間殺され続けた。その次ベルギー来た。労働力奪われた。部落の男、鉱山や都市へつれて行かれて強制労働させられて、部族社会半分崩壊しかけた。そのうちほとんどの部落、酋長までいなくなった。そうなると、部落にいては食えないから、若い連中みんな自分から都市へ出て行くようになる。一九五〇年代、六〇年代の人間、ふたつしか道なかった。ひとつ、部族地域とか原住民指定地で安易にとじこもって暮して、ヨーロッパ人に隷属して、ずっと進歩発展なしに暮すか、ひとつ、都市へ行って安い賃金で白人にこき使われるか。どちらもわれわれ繁栄ない。ちょうどその頃から、大衆民族運動とか、ＡＢＡＫＯとか、コンゴ同盟とかいう民族解放運動起った。ルムンバ、カサブブ、反乱起した。やっと六〇年に共和国になった思った時、首相になったルムンバ殺された。それからあと、もうまったく滅茶苦茶。反政府側イサンガニで人民共和国宣言する。チョンベの中央政府ベルギー軍米軍助けてもらってイサンガニ攻撃する、ところが今度は反政府内部で戦争する、コンゴ中戦争になる、中央政府の首相になった奴次から次から殺される、ベルギー人逃げ出す、しまいに政府の役人ひとりもいなくなる、それでも戦争だけはある、とうとう一九八二年国連軍介入してきて、それから五年かかって全コンゴ制圧した。コンゴ共和国、国連の信託統治地域になった。平和になると、観光客まで来るようになった。都会にいた若い連中、部落戻ってきて観光客の案内《ガイド》はじめた。そこで私は考えた。部族社会発展させる道これしかない。観光に来た馬鹿の白人いくらでも金落として帰る。やりかたひとつで金ぜんぶ使って帰る。これから観光の世の中。遊んでいて金儲《もう》かること観光事業以外にない。白人働いて貯《た》めた金、われわれ何も仕事しないでぜんぶ吸いとる。タイコ叩いて踊って吸いとる。馬鹿の白人それで喜ぶ。こっちも金できる。八方まるくおさまる。これ生活の知恵。いずれは賭博《とばく》場作ってルーレット置く。もっと金儲かる。白人お愛想いってどんどん金とる。私日本えらい思う。特に日本のタイコモチ偉い思う。私、タイコモチ見習う」彼は掌《てのひら》で、ぴしゃりと自分の額を叩いて見せた。「いよっ。これはこれはアメリカの旦《だん》那《な》、近ごろとんとお見限りで」また、ぴしゃりと額を叩いた。「おや珍しいソ連の旦那じゃございませんか。最近は宇宙の方とやらへだいぶご発展のようで……。私、それやることにした。今の国際情勢ややこしい。タイコモチいちばん安全有利かつ賢いやりかた。私、大学でタイコの勉強してから部落戻って観光事業はじめた。部落、財産できてきた。その頃、大部族から順に独立宣言はじめた。本国あって独立分離するのでないから、国際法上からも本国に対する内政干渉でなくて、新国家作るの簡単。たいてい黙示《もくじ》の承認。今、コンゴの独立国、全部で百四十六カ国ある」

「そいつは大変だな。そいつらがみんな自衛権を主張してミサイルを買ったら、えらいことになる」

「いやもうほとんどの国、ミサイル持っている。わたしの国ミサイル持つの遅すぎた」

「キクウィトです。着陸します」と、真面目な少尉がいった。

ヘリは町のはずれにあるヘリポートに着陸した。

ヘリポートには、補給隊長ピーター・ダンドリッジが出迎えに来ていた。

「やあ。来たな酋長《しゅうちょう》」大男で赤鼻のピーター・ダンドリッジは上機嫌だった。「やあ。ブワナ・ヤスもいっしょか」酒を飲んでいるらしかった。飲んでいなくても、常に上機嫌なのだが。

「ここに三五〇〇ドルある」酋長はピーター・ダンドリッジにすぐ金を渡した。「それからこれは、ダイヤなのだが」

酋長のさし出したダイヤを、ピーター・ダンドリッジは受けとって陽光にすかした。

「ふん。まず五〇ドルといったところかな。まあいい。まけといてやろう」彼はヘリコプターからおりてきた少尉に、三〇〇ドル渡した。

「おい。受けとっておけ」

少尉はあいかわらず生真面目な顔で訊《たず》ねた。「これは何でありましょうか隊長どの」

「中古武器類不正払い下げの分け前だ」

「所得税はかかりますか」

「馬鹿だな」ピーター・ダンドリッジはにやにや笑った。

少尉もにやにや笑って金をポケットへ入れた。この男、くだけている癖に、どうやら普段は真面目人間の演技を楽しんでいるらしい。酋長がイギリス人を好きな原因も、おそらくこんなところにあるのだろう。

「来てくれ。こっちだ」

私たちはピーター・ダンドリッジに案内され、ヘリポートのすぐ傍にある頑丈そうな格納庫《サイロ》に向かった。ピーター・ダンドリッジは陽気に歌をうたい、ちょいちょいポケット瓶を出しては喇叭《ラッパ》飲みしながら、私たちの前を歩いた。

鉛で作られた格納庫《サイロ》の正面の扉をあけ、中に入って地下へおりると、通路の両側には高さ五メートルほどのミサイルが数十基立ち並んでいた。

「いちばん奥の奴だ。気をつけて歩いてくれ。タバコは喫《す》うなよ」ピーター・ダンドリッジは私たちを奥へ案内した。

酋長は歩きながら手に持った杖《つえ》で、両側のミサイルの横っ腹をがんがん叩《たた》いて呟《つぶや》いた。「このミサイルは音が悪いな」

西瓜《すいか》じゃあるまいし、音でミサイルの良し悪しがわかってたまるものか。

「このミサイルがそうだ」ピーター・ダンドリッジが、いちばん隅のミサイルを指していった。

「ずいぶん小さいな。これで五ギガトンもあるのかい」私は半信半疑でピーター・ダンドリッジに念を押した。

「最近では、爆弾の大きさはその威力に関係なしだ。十メガトン以上なら、爆発力を何トン加えようが、同じミサイルで発射できるよ」彼は私の顔をのぞきこんだ。「嘘だと思うかね」

「だって、実験《テスト》するわけにもいかんからな」

私とピーター・ダンドリッジは、この冗談でしばらくげらげら笑い、やがて同時に顔色を変えて笑いを中断した。

「お前たち、両側から担《かつ》げ」酋長が土人たちに命じた。

土人たちはミサイルに抱きつき、そろそろと横倒しにしてから肩に担いだ。

「慎重に扱ってくれよ」ピーター・ダンドリッジは投げやりにそういった。「弾頭部のネジがバカになっていて、ぐらぐらしているんだ。ショックをあたえると、すぐ爆発するからな」

「そいつはちょっと物騒だな」私は唇を蒼《あお》くしていった。「もっといい奴は貰《もら》えないのか」

「中古品の中では、これがいちばん上物だ」ピーター・ダンドリッジはそういってうなずいた。

「じゃあ、安全装置はかからないのか」

「安全装置だと」ピーター・ダンドリッジはしばらく私の顔をじろじろ見てから、だしぬけに腰の拳銃《けんじゅう》を抜いて私の顔に銃口を突きつけた。「これを見ろ。拳銃だ」

「そんなことは、見ればわかる」

「いいかね。拳銃というものは、これは何かというと、つまりこれは拳銃用の弾丸の発射装置だ」

「あたり前じゃないか」

「だから当然、弾丸が出ないようにする安全装置はある。ほら、これだ」彼は安全装置をかちりとはずした。「次にこれは、拳銃用の弾丸だ」彼は弾倉から弾丸を出した。「この弾丸には、安全装置がついていない。なぜだと思うね」

「弾丸に安全装置がついていては、弾丸としての役目を果たせないよ」

「そうだろう」彼はミサイルを指した。「これは発射装置ではなくて、全体が弾丸なんだ。だから安全装置はついていない」

「待ってくれ」私はあわてて彼にいった。「ミサイルの発射台はどこにあるんだ。セットで売ってくれるんじゃなかったのか」

「発射台は部落で作ったらいいだろう。最近のミサイルは軽量化しているから、材木だけで簡単に作れるよ。とにかくこのミサイルは、どこかへ立てかけておいて尻《しり》に花火を仕掛けたらそのまま飛んで行くように作ってあるんだから。しかし」彼は少し考えてから、にやりと笑った。「発射装置というのは、ほんとはナンセンスだぜ」

「どうして」

「どこへ向けて発射するつもりかは知らんが、爆発地点には関係なく、このミサイルがいったん爆発したが最後、人類のすべては滅亡するんだからね」

「そうか」私はぼんやりとうなずいた。「そういえば、たしかにそうだな」何のために金を払ってミサイルを買うのか、だんだんわけがわからなくなってきて、私はゆっくりとかぶりを振った。

「では、そろそろ帰る」と、酋長がいった。「外へ運べ」

土人たちは、ミサイルを担いで通路を階段の方へ歩き出した。

「並んでいるミサイルにぶっつけないでくれよ」ピーター・ダンドリッジは、どっちでもいいという調子でいった。「一本倒れると、将棋《しょうぎ》倒しでぜんぶ倒れてしまう。いやあ、まったく、こいつらが全部いちどに爆発したら凄《すご》いだろうなあ」彼はまた、やけくそのように大声で歌をうたいはじめた。

格納庫《サイロ》の外に出ると、手まわしよく軍用トラックが私たちを待っていた。

「この連中をポール・フランキまで運んでやってくれ」ピーター・ダンドリッジは運転台の兵隊にそう命じ、振り返って私にいった。

「そこから先は車道がないから、担いで持って行け」

運転台からおりてきた兵隊は、土人たちの担いでいるものをひと眼見てさっと顔色を変えた。

「あまり車をとばすなよ。せいぜい百キロくらいで走れ」ピーター・ダンドリッジはおかまいなしに兵隊にいった。「弾頭部が半分壊れかかっているからな」

兵隊は地べたへしゃがみこんだ。

「どうかしたのか」ピーター・ダンドリッジはにやにや笑って訊ねた。

「腹具合が悪い」

「嘘をつけ」

兵隊は胸のポケットから写真を出した。「隊長どの。これは私の妻の写真であります」

「ふん。美人だな。それがどうかしたか」

「妊娠しています」兵隊はすすり泣きはじめた。「妻がいます。もうじき子供ができます。私は死にたくない」

「馬鹿だなあ。こいつが爆発したら、どこにいたってだめなんだぜ」

「でも隊長どの」兵隊は、ピーター・ダンドリッジにすがりつきそうな様子でいった。「それが人情というものではないでありましょうか。爆発地点からはできるだけ離れていたい。それが人情というものではないでありましょうか」

ピーター・ダンドリッジは顎《あご》を撫《な》でた。「そんなものを人情というかねえ」

「隊長。この男はだめだよ」と、私はいった。「がたが来てるから、きっと失策《しくじ》るよ」

「では、他の兵隊を捜してこよう」ピーター・ダンドリッジは肩をすくめていった。「あんたたちは、三番街の交叉点《こうさ》にレストランがあるから、そこで待っていてくれ。店の前にトラックをつけて、クラクションを鳴らす」

「わかった」

私たちは土人六人にミサイルを担がせ、クウィル川の河岸を町の中央部に向かった。この川の水も昔は綺麗《きれい》だったそうだが、今は汚れ、岸壁にはいろいろなものが流れつき、漂っていて、それは雑巾《ぞうきん》以上の襤褸《ぼろ》になるまで着古されたらしいシャツの切れっぱし、コカ・コーラの空瓶、花の死体、われらが人類の大いなる愛のゲロゲロをたらふく呑《の》みこんだゴム製品、ささくれ立った鬘《かつら》、タバコの空箱などである。

キクウィトの町には学校や病院や職業補導所や銀行やホテルなどの新しいビルが立

ち並んでいた。歩道を行くのは三分の一が黒人、三分の一が白人、あとの三分の一は白人の観光旅行団である。ちらほらと日本人の姿も見えた。この町には日本の銀行の支店も二つある。私たちが大通りへ出ると、通行人は、土人の担いでいる代物を見てノーといって立ちすくんだり、ハタリと叫んで逃げたりした。

一枚ガラスの大きなウィンドウで大通りの交叉点に面しているアルファジリというレストランに入って行くと、白人の店主が眼を丸くして一瞬立ちすくみ、それから頬に薄笑いのようなものを浮かべ、まるで懐しい人物に出会ったかのような表情になって弱よわしくノーと呟《つぶや》いた。次にやや顔色を蒼くして、こまかくかぶりを振りながらノーノーノーと呟いた。

「ノー」最後に彼はとびあがり、酋長《しゅうちょう》にいった。「そんなものを店の中へ担ぎこまれては困ります」

「では、店の前へ立てかけておこう」と酋長はいった。

「それでは客が入ってこない」店主は泣きそうになった。「しかたがない。店の中の、どこか目立たないところへ置いてください」

私たちは窓ぎわに席をとり、テーブルの下にミサイルを横たえた。

「帰り、ジャングルの中、約五キロ歩かなければならない」酋長がいった。「お前たち、今のうちに腹ごしらえしておく」

土人たちが、メニュを持ってきたボーイをさんざ手古摺《てこず》らせた末ひと通り料理を注文し終った時、第二夫人の息子が酋長にいった。

「密林の中、猛獣出る。猛獣よけに、太鼓叩《たいこたた》いて密林行く。このレストランの横の楽器店、太鼓売っていた」

「そうだな。太鼓ひとつ買ってこい」と、酋長は息子にいった。

「タブル、ダルブカ、トム・トム、ボンゴ、タブラ・バヤ、ムリダンガ、クンダン、コンガ、どれがいいか」

「トム・トムよい。トム・トム猛獣逃げる」

第二夫人の息子が、トム・トムを買いに店を出ていった。

「ライフルを持ってくればよかったな」と、私は思いついて、酋長にそういった。

「武器は私の持っているワルサー一挺《ちょう》しかないぞ」

「猛獣出てきても、殺すいけない。猛獣われわれ財産。猛獣残り少ない。おどかして追っ払うだけにする。猛獣殺すくらいなら土人のひとりふたり猛獣に食われた方がよい」

とんでもないことをいう酋長だが、考えてみればこれは実際無理のない話なので、猛獣が絶滅してしまうとアフリカへ来る観光客も減ることになるから、現在では土人たちもけんめいに猛獣を保護しているのである。

第二夫人の息子がトム・トムを買って戻ってきて、全員が食事を終った時、レストランの前にさっきの軍用トラックがやってきて停車し、クラクションを鳴らした。運転してきたのは熊のような髭面《ひげづら》の大男だった。

「やあ。運ぶものはそれだけかね」

レストランからミサイルを担《かつ》いで出てきたわれわれを見て、がさつそうなその兵隊が荷台へよじ登りながら陽気にいった。私がそうだというと彼はそうかといって、土人たちのさしあげたミサイルの弾頭部をひっつかみ、乱暴に荷台へひっぱりあげようとした。

「待て」私は悲鳴に近い声で下から叫んだ。「お前はそれが何だか、知っているんだろうな」

「知っているしっている」と、彼は笑いながらいった。「これはミサイルだ。おれだって兵隊だぞ」

「そのミサイルは弾頭部のネジがバカになっているんだ」

「ほう、そうか。それはちょっとまずいなあ」彼はぼんやりとおれを見おろしながらうなずいた。「では、ネジのところへセロテープを巻こう」

彼は荷台に載せたミサイルの弾頭部に、ポケットから出したセロテープを巻きつけはじめた。

「そんなことをして、何かの役にたつのかねえ」私は荷台にのぼり、彼の荒っぽい手つきを横からひやひやして眺めながら、できるだけおだやかに自分の意見を述べた。

「まあ、ちょっとはましだろう。トラックは揺れるからな。なあに、先端の起爆針にさえ触らなきゃ、多分大丈夫だよ。さあ出来た。さあ、みんな乗ってくれ。さあ出発するぞ」

トラックは、酋長を助手席に、私と酋長のふたりの息子と六人の土人と、五ギガトンの核弾頭ミサイルを荷台に載せて大通りを走りはじめた。

町を出ると、車は草原の中を走るハイウェイに入り、スピードを時速一〇〇キロにあげた。風あたりは強いが道路の舗装具合はなかなかよく、車は心配したほど揺れなかった。

第二夫人の息子が、荷台にあぐらをかいてトム・トムを叩きはじめた。

タンタンタン、タタンタンタン。

タンタンタン、タタンタンタン。

晴れ渡り、雲ひとつない青天井の下を、私たちのトラックはトム・トムの単調なリズムに乗って東へ突っ走った。

2

トラックを運転してくれた兵隊は顔に似合わず親切な男で、ポール・フランキの町を通り過ぎてさらに数キロ、ハイウェイの途切《とぎ》れる地点まで私たちを送ってくれた。「ここから先はサバンナ地帯だ」と、彼は私たちにいった。「東へ少し行くと密林になる。そこから先は、あんたたちの方が詳しいだろう」

「われわれ、あなたに感謝する」と、酋長がいった。「あなた、もっとも勇敢でもっとも強く、もっとも親切な兵隊」

「よせよ」兵隊は笑って両腕を振りあげ、振りおろした。「じゃ。気をつけてな」

あいかわらず無神経な運転でトラックを乱暴にUターンさせ、彼は来た道を引き返していった。

私たちはハイウェイのガード・レールをまたぎ越し、サバンナに出た。サバンナというのは密林の外側にあって、比較的雨量の少ない疎林地帯のことである。疎林といっても、草原のあちこちにアカシヤとかミモザとかタマリンドなどが散在している程度だ。

先頭を第二夫人の息子がトム・トムを打ち鳴らして行き、そのあとから六人の土人が弾頭部を前方に向けたミサイルを担いで進み、その横を第四夫人の息子が護衛し、私と酋長は隊列の最後尾についた。

タンタンタン、タタンタン。

タンタンタン、タタンタン。

「いい加減歩いたが、まだ密林は見えてこないぞ」と、私は酋長にいった。「明るいうちに部落に着くだろうか」

「何か見えてきた」と、酋長が杖《つえ》で前方を指した。

やがて、白く塗《ぬ》ったガード・レールが行手にあらわれた。

「ハイウェイだ」私はびっくりした。「もとのところへ戻ってきた」

「いや。これは別のハイウェイだ」酋長はガード・レールに手をかけ、左右を見ながらいった。「最近できた、ルルアブールへ通じているハイウェイだ」

さいわい車は一台も走っていないので、私たちはガード・レールをまたぎ越し、ハイウェイを横断することにした。

ハイウェイの中ほどまで来ると、だしぬけに南から一台のフォード二〇〇〇が時速二五〇キロくらいで突っ走ってきた。

「あわてるな」と、私はミサイルを担いでいる土人たちに叫んだ。「ここで突っ立ってろ。向こうで停ってくれるだろうから」

ところがフォードは、停ってはくれなかった。私たちがあわてて横断してしまうだろうと判断したらしい。クラクションを鳴らしながら一〇〇キロほどに速度を落としたままで近づいてきて、私たちの担いでいるものが何であるかを知るなり自分からガードレールにぶつかっていった。

「どうして横断歩道を渡らない」壊れたフォードの運転席から、かんかんになった中年のアメリカ人がおりてきて叫んだ。

「横断歩道は二キロも先だ」と、酋長《しゅうちょう》はいった。「まあ、勘弁しなさい」

「弁償しろ」と、アメリカ人が怒鳴った。

「あんた、ここがどこの国か知っているかね」と、私は酋長の横から彼に訊《たず》ねた。

「この辺一帯は昨日の昼過ぎに独立した新興国なんだが、あんた旅券は持っているだろうね」

アメリカ人は苦い顔をして俯向《うつむ》き、ぶつぶつと呟《つぶや》いた。「自動車保険に入っておいてよかったよ」

私が土人たちに行けと合図をし、彼らのあとを追おうとした時、アメリカ人が私を呼びとめた。

「どうしてあんな物騒なものを、ああいう連中に持たせておくのかね」彼は吐き捨てるようにそういった。あんな、無知な土人どもに」

「無知な土人だって」私は言い返した。「無知な人類といえ。人類と」

私たちはふたたびハイウェイを出て、サバンナを行進した。

タンタンタン、タタンタン。

タンタンタン、タタンタン。

第二夫人の息子が打ち鳴らすトム・トムの音にまじって、どこからともなく鈍い轟《ごう》音《おん》が響いてきた。空を見あげたが、飛行機がとんでいる様子もない。そのうちに大地が軽く震動しはじめた。

「これは何だ。地震かな」

「いや。このサバンナの下、地下鉄《メトロ》が通っている」と、酋長はいった。「観光客や動物たちのため、乗物できるだけ地上走らせないようにしている」

「シンバ」と、第四夫人の息子が告げた。

右手やや前方のアカシヤの木の根かたから、一匹の雄ライオンがぬっと出てきて、じっとこちらを眺め続けていた。

「メトロの話をしていたら、メトロ・ゴールドウィン・メーヤーが出てきたぞ」私は腰の拳銃《けんじゅう》に手をかけながらいった。「襲いかかってはこないだろうな」

「大丈夫だ」酋長は落ちついていた。「この辺には、兇暴《きょうぼう》な奴滅多にいない」

ライオンはひと声唸《うな》ると、こちらに向かって走ってきた。

「兇暴な奴だ」

土人たちは大あわてでミサイルを草の上に投げ出し、あたりの木に向かってクモの子を散らすように逃げた。いちばん落ちついていた酋長が最もうろたえて、あちこち走りまわった末、私のとびこんだ灌木《かんぼく》の茂みの中へあとからとびこんできた。

ライオンは草原のまん中に投げ捨てられたミサイルの胴体の上に這《は》いあがってMGMのタイトルよろしくウォーウォーと二回吼《ほ》え、小便をしてからもう一回吼えた。それからのそのそと弾頭部の方へ歩き出した。

「あいつが起爆針にじゃれついたりしたらたいへんだ」私は顫《ふる》えながらワルサーをとり出した。「撃ち殺そう」

「ブワナ、射撃うまいか」と、酋長が訊ねた。

「自信はぜんぜんない」

「ではやめる。狙《ねら》いはずれる。弾頭部に命中する。もとも子もない」

「くそ。ハミガキ野郎め」

私たちの心配を尻目《しりめ》に、ライオンは悠々と弾頭部であぐらをかき、大あくびをした。

「もう駄目だ」世界の終りだ——私は眼を閉じた。なぜだか知らないが、瞼《まぶた》の裏に生まれたての赤ん坊の顔が浮かんだ。

「ライオンはあそこで寝てしまう。われわれ、部落帰れない」酋長がさすがにげっそりした様子でそういった。

私はやけくそになり、ライオンに怒鳴った。「ライオンさん。クラブの会費が未納ですよ」

ライオンはいやな顔をしてゆっくりと立ちあがり、もと来た方へ戻っていった。

なぜ、赤ん坊の顔なんか思い出したんだろう——ふたたびミサイル行列の最後尾を歩きながら、私はそう思った。あの赤ん坊の顔は、日本にいた頃、私が本社の女子社員に産ませた赤ん坊の顔だった。私は産むな産むなといったのだが、彼女はどうしても産む産むといって産んでしまったのだ。赤ん坊は生まれて二時間後に死んだ。その事件がもとで、私はアフリカにとばされてしまったのである。

行列はジャングルの中に入った。このジャングルは年間の降雨量が一〇〇〇ミリを越える熱帯雨林である。樹の種類は非常に多くて、いちばん多いマメ科に属するものだけでも三百種類以上ある。下生えが多い上に、フジなどのつる植物が樹幹にからみつき、歩行ははなはだ困難だ。

「近道をしようとしてサバンナ地帯から道のないところへ入ってきたのがいけなかったな」と、私はいった。

酋長は第四夫人の息子に命じて彼を先頭に立たせ、ムンドゥという鎌のような刀でつる草を切り開かせた。

タンタンタン、タタンタン。

タンタンタン、タタンタン。

「とまれ」やっと小道へ出た時、酋長がいった。「たしかこの辺に、公衆電話のボックスがあった筈《はず》だ」彼はあたりをきょろきょろ見まわしていった。「そうだ。そのでかい木のうしろだ」彼は第四夫人の息子にいった。「おいお前。このままでは途中で日が暮れる。お前部落へ電話する、誰か四、五人に松明《たいまつ》持って迎えに来るように電話する」

第四夫人の息子はンディョといってうなずき、小道の左側の茂みの中へ入っていった。

密林の中の公衆電話ボックスは、観光客に見つからないよう、わざと道から少しはずれたところに作ってあるのだ。

第四夫人の息子はすぐに駈《か》け戻ってきた。顔色が変っている。

「電話ボックスの中にゴリラがいます」と、彼は報告した。

「ゴリラが公衆電話をかける筈はない」私はびっくりした。「そいつはきっと、観光客を驚かせるためにゴリラの毛皮を着た部落の奴じゃないか」

だが第四夫人の息子ははげしくかぶりを振り、たしかにゴリラだと言い張った。

「ブワナ拳銃持っている」酋長が私にいった。「ゴリラ、電話ボックスから追い出す」

「しかたがないな。やってみよう」

私はワルサーを構え、茂みの中をおそるおそる巨木の裏側へまわった。白いペンキで塗った電話ボックスがあった。そっとドアに近づいて行くと、だしぬけにドアが開いて、非常に悲しそうな顔をした黒い雌《めす》のゴリラがぬっとあらわれた。

「わっ」

あわてて逃げようとしたはずみに下生えに足をとられ、私は転倒した。指に力が入り、ワルサーの銃口が轟音とともにはねあがった。

「ごごごごご」

銃弾に胸板を射ち抜かれたゴリラは仰向けにひっくり返り、あられもない恰好《かっこう》でしばらく足をばたばたさせてから、ふたたびゆっくりと立ちあがった。

「逃げろ。追ってくるぞ」抜けそうになる腰を立て直したてなおし道へ駈け戻りながら、私は悲鳴まじりにそう叫んだ。

手負いのゴリラほど恐ろしいものはないので、土人たちはあわてふためき、ミサイルを道のまん中に抛《ほう》り出して茂みの中へ駈けこんでいった。私は酋長といっしょに手近の木によじ登った。

致命傷を負った雌ゴリラは、見るも苦しそうに顔を歪《ゆが》め身もだえながらよたよたと小道に出てきて、ミサイルのすぐ傍にばったり倒れた。それから二、三度腕立て伏せのような動作を試み、力尽きてまた大地に俯伏《うつぶ》せ、今度は苦しまぎれに横のミサイルに抱きついた。

「苦しまぎれに、おれたちを冥土《めいど》の道連れにする気なんだ」私は樹上で酋長《しゅうちょう》の巨大な尻に抱きつき、顫えながらそういった。「きっとそうなんだ」

酋長も顫えていた。彼の尻はワセリンの匂いがした。

雌ゴリラは弾頭部を上にしてミサイルを抱きあげ、尾部を大地にどんと据えた。それから力をふるい起し、ミサイルにすがってよろよろと立ちあがり、やっと立ちあがってからミサイルに抱きついたまま肩で息をしてぜいぜいあえいだ。

「ゴリラとはいえ、さすがに雌は雌だ。あの様子には色気があるな」恐怖をまぎらせようとして、酋長がそんな冗談をいった。

私も発狂を防ぐために調子をあわせた。「あのミサイルはペニスに似ている。きっと旦那《だんな》のことを思い出しているんだろう」

彼女はミサイルを杖《つえ》にして、よたよたと歩きはじめた。

「あっ。起爆針が樹の枝にひっかかる」私は悲鳴をあげた。

「あの樹には私の息子、登っている」と、酋長がいった。「ひっかかる前に、ムンドゥで枝を切り落とすだろう」

そして酋長の息子は、その通りにした。

「だけど、どうするんだ」私は酋長に訊《たず》ねた。「彼女の行く先ざきの樹へ登って、枝を切り落としてやらなきゃならないのか」

「そんなことをしている暇はない」酋長は困った表情でいった。

「じゃあ、撃ち殺すかね」

「ゴリラ倒れる。ミサイルもいっしょに倒れる。爆発する」

「もういやだ」知らぬ間に、私はズボンの中へ小便をしていた。「もうこんなことはいやだ。やめなければならない。もうこんなことはやめなければならない。いやだ」私は泣きわめいた。

だが、いくら原水爆反対を叫んだところで、私の力ではどうにもならなかった。ミサイルを持っているのは、傷を負ったゴリラなのである。

また、瞼の裏に赤ん坊の顔が浮かんだ。

「見る。見る。雄のゴリラ出てきた」酋長が指さしていった。

亭主らしい雄のゴリラが出てきて、手負いの雌ゴリラに近づき、気づかわしげな表情で彼女の手を肩にまわし、抱きかかえて密林の奥に消えていった。ミサイルは樹の幹に立てかけられている。

「偉大なる夫婦愛だ」私は樹をおりながら酋長にうなずきかけた。「夫婦愛が世界を破滅から救った」

「人間夫婦、ゴリラ見ならうべきだ」ふたたびミサイル部隊に出発の号令をかけてから、酋長がそういった。

タンタンタン、タタンタン。

タンタンタン、タタンタン。

雌ゴリラが電話機を滅茶苦茶に壊していったので、私たちは急がなければならなかった。

ほどなく、私たちは谷川の急流を二十メートルばかり下に見おろす崖《がけ》の上にさしかかった。この谷川はカサイ川の上流である。カサイ川はキンシャシャの北でコンゴ川に流れこみ、コンゴ川はバナナで大西洋に流れこんでいる。

対岸の崖までは約一五メートルの長さの、幅のせまい釣橋がかかっていた。

私はつる植物を編んで作られた手摺《てすり》ロープを握って一、二度ゆすってみてから、酋長をふり返って訊ねた。「この釣橋は大丈夫だろうね」

「大丈夫だ」酋長はうなずいた。「私、殺したサイを土人に運ばせて、この橋渡った」

「じゃあ、大丈夫だな」

今度は私が先頭を行くことにした。橋が揺れないよう、そろりそろりと橋のまん中あたりまで来た時、目の前の手摺ロープがぶつぶつといって千切れかけているのが眼に入った。

「あぶない。ロープが切れる」私は悲鳴をあげ、反対側の手摺ロープにしがみつきながら、最後尾の酋長に大声で呼びかけた。「その、サイをかついで渡ったというのは、いったいいつの話だ」

「わたしが十四の時だ」

「じゃあ、三十年も昔の話か」私は絶叫した。

「正確には、三十四年昔だ」

その時、ロープが千切れた。

橋がぐらりと傾いた。土人たちが悲鳴をあげ、いっせいに、まだ千切れていない右側のロープにそれぞれ片手でしがみついた。

「ミサイルをはなしちゃいかん」と、私は叫んだ。「落としたら、下は岩だらけだ。完璧《かんぺき》に爆発する」

全重量がかかったため、こんどは右側の手摺ロープがあやしくなってきた。

「みんな、しゃがめ。背を低くしろ」私はわめきちらした。「手摺ロープから手をはなすんだ。橋板にしがみつけ。腹の下へミサイルを押えこむんだ。ロープが両側とも切れたら、橋までちょん切れてしまう」咽喉《のど》がからからになって、私の声は完全にしゃがれてしまっていた。

土人たちは、片腕に担《かつ》いだミサイルをそろそろと橋板の上におろし、ロープから手をはなそうとした。

だが、すでに遅かった。

右側のロープがどこかで切れたらしく、橋全体が張りと支えを失って約二、三メートル下へがくんと身を沈めるように降下した。

「わっ」

私は橋上に腹這《はらば》いになり、横一列に並べられた半割り丸太の橋板に抱きついた。はるか眼下では急流が岩をかみ、サイダーのように白く泡立っている。

降下した時の反動で、橋全体が大きく左右に揺れはじめた。

「動くな」私はまた叫んだ。「顫《ふる》えちゃいかん。そのまま揺れが止るまでじっとしていろ。呼吸をとめろ」

「ハタリ」ミサイルのまん中あたりを担いでいた土人が叫んだ。「バヤ。大変だよたいへんだ。ブワナ・ヤス。わたしの腹の下で、橋がちぎれかけているよ」

「ブワナ」私のすぐうしろにいる第二夫人の息子が低い声でそっといった。「ブワナの背中を毒グモが首筋の方へ向かって散歩しているよ」

「アーあアあアーあ、あアあア」ターザンが出てきた。

彼は前方の崖の上に気取って立ち、小手をかざして私たちの方を眺めながら訊ねた。

「そこで何をしている」

「落ちかけている」と、第二夫人の息子がいった。「助けてくれ」

「ターザン、お前たち助ける」彼はまかせておけというように握りこぶしで白い胸をどんと叩《たた》き、しばらく崖の上をうろうろしてから、また訊ねた。「ターザン、どうすればよいか」

「この橋の上へ横索を張ってくれ」私はたまりかねてそう叫んだ。もう、毒グモの心配などしていられない。「その横索のところどころから、縦索を垂らしてくれ。その先を橋板に結《ゆわ》えるから」

「よし。わかった」

ターザンは早速行動に移った。樹に登り、自分が空中飛行をするのに使ったつるを切って、先端に錘石《おもりいし》をくくりつけ、対岸の崖の上に生えている樹の枝めがけて抛《ほう》り投げた。つるの先は、うまく枝にからみついた。ターザンはつるの片方を、自分の立っている枝に結びつけて、さらに、対岸の樹の枝にからみついたロープの端をしっかり結えつけるために、目の前に垂れ下っている別のつるにすがって、私たちの後方の崖に飛び移ろうとした。

「アーあアあアーあ、あ」

ターザンの握っていたつるが切れ、彼は私たちの上へまっさかさまに落ちてきた。

「ハタリ」

ターザンがミサイルの中央部にいる土人の頭上へ落下したため、橋板を支えていたロープの最後の一本が切れ、釣橋はちぎれた。私たちは橋板にしがみつき、ターザンはミサイルにぶらさがった。今や東側と西側の両方の崖から垂れさがった釣橋の底辺は、一本の五ギガトン・ミサイルによって連結されていた。釣橋は、ミサイルを踏板にした上拡がりの巨大なブランコと化して、ふたたび大きく左右に揺れはじめた。

「しっかり引っ張れ。はなすんじゃないぞ」釣橋のちぎれた部分の先端にぶらさがり、それぞれ両側からミサイルの弾頭部と尾部を引っぱりあっている土人たちに、私は上から声をかけてはげました。

ターザンは宙ぶらりんのミサイルの胴体によじのぼり、私に叫んだ。「ヘイ。今ターザン抱きついているこの長いもの、もしかしたら爆弾ではないか」

「五ギガトンのミサイルだ」

ターザンは手をすべらせて谷底へ落ちそうになり、また、危く下からミサイルにかじりついた。その重みで、東と西の土人たちの手から、ミサイルがずるずると抜けそうになった。

「ターザン動くな」と、私は叫んだ。「その、肩からぶらさげているものは何だ」

「観光客に貰《もら》った携帯ラジオだ」

「それを捨てろ。少しでも軽くなる」

ターザンは携帯ラジオを谷底に落とした。私の足もとで橋板にしがみついていた第二夫人の息子も、トム・トムを谷へ投げ捨てた。

「お前来た余計悪い」向かい側の釣橋の中ほどにぶらさがっている酋長《しゅうちょう》が、怒ってターザンにいった。「お前似而非《えせ》ターザン」

「わたし、本ものターザン」と、ターザンはいった。「ちゃんと、観光地営業の業者登録している」

「わたし四年前ケニヤ行った。そこでターザンに会った。お前と違った」と、酋長はいい返した。

「それ、ケニヤのターザン」ターザンはいった。「わたし、コンゴのターザン」

「この間、隣の部落との境の密林で、わたしターザン見た」今度は第四夫人の息子がいった。「お前と違った」

「それ、本家ターザン」ターザンがいった。「わたし、元祖ターザン」

そんなに何人もターザンがいてたまるものか。

「おうい。しっかりつかまっていろよ。助けてやるぞ」私たちのやってきた側の崖の下へ、マウ・マウ団の扮装《ふんそう》をした三人の男があらわれて私たちを見おろし、そう叫んだ。

「早くしてくれ」

「手が抜けそうだ」

土人たちが悲鳴まじりに叫び返した。

マウ・マウ団の三人は、ターザンの張った横索を利用して、そのまん中あたりから縦索をおろそうと考えたらしい。つるのロープを肩にかつぎ、横索づたいに私たちの頭上へやってきた。ひとりだけくればいいのに三人ともやってきた。私があぶないなと思った時はもう遅く、横索は三人の重量に耐え兼ねてまん中からぷっつり切れた。マウ・マウ団がばらばらと降ってきた。ひとりは酋長の上に落ち、ひとりは私の上に落ち、最後のひとりはターザンの足にかじりついた。ターザンはびっくりして、けんめいにミサイルに抱きついた。

「手がかりが何もない」彼は泣き声を出してわめいた。「このままではターザン落ちる。助けてくれ」

私はマウ・マウ団のひとりにしがみつかれてずるずると下へすべり落ち、第二夫人の息子を巻き添えにしてミサイルの弾頭部を引っ張り続けている土人たちの頭上へなだれこんだ。マウ・マウ団が押しくら饅頭《まんじゅう》からはみ出して落ちそうになり、あわてて起爆針を握ろうとした。

「こら」と私は叫んだ。「それを持つな」

第二夫人の息子が、マウ・マウ団の手をはらいのけた。

「何をする。お前はキクユ族か。ひとを殺す気か」マウ・マウ団は悲鳴をあげた。

「何か握らせてくれ」

十四人が悲鳴をあげ続けていると、すでに薄闇に包まれていた崖《がけ》の上が明るくなり、人声がしはじめた。

「あそこにいるぞ」

「助けてやれ」

部落の連中が松明《たいまつ》を持って迎えにきてくれたらしい。やれうれしあなうれし、私たちはここを先途と声はりあげて助けてくれ助けてくれ、もう落ちる今落ちると絶叫し続けた。

数十本のロープが崖から投げおろされ、ミサイルと、私たちのひとりひとりは、順に崖の上へ引きあげられた。

私たちを出迎えに来てくれたのは、部落の若者二十人ばかりだった。

その中から和服姿の老婆がひとり、私の方へ進み出た。

「康雄」

私は彼女を見て、あっと驚いた。母ではないか。私が日本へ、たったひとり置き去りにしてきた母ではないか。

「お母さん。お、お母さん」私は彼女の前にひざまずき、その胸に顔を押しあててわあわあ泣いた。「会いたかったんだ」

「たった今、部落へ着いたばかりなんだよ。わたしもお前に、どうしても会いたくてねえ」母はやさしく私を抱きよせ、おや何かついているよといいながら私の背中の毒グモをつまみあげ、草履で踏み潰《つぶ》してくれた。

「お母さん。お母さん」土人たちがあきれて見ているのもかまわず私は泣き叫び、涙とよだれを母の帯にこすりつけた。懐しい腋臭《わきが》に胸がいっぱいだ。「ぼくはこわかったんだ。ほんとにもう、ぼくはこわかったんだ」

「よっぽど苦労したんだろうねえ、可哀そうに。まあまあ、ちょっと見ない間に、髪の毛が全部まっ白になって」

「なんだって」私はびっくりした。「ぜんぶ白髪だって」

たった数分で総白髪になってしまったらしい。おどろきはしたものの、ここ数時間の出来ごとを思い返せばむしろ当然のことだと、しばらくしてから私は自分にそう納得させた。もっとも、どうやら私がいちばん細い神経の持ち主だったらしく、白髪の出た者は他にはいないようだった。

　私たちがミサイルを持って部落へ戻ってくると、土人たちがわっと駈《か》け寄ってきた。あのアメリカからやってきた観光団の連中も土人たちに混っていた。裸になり、腰蓑《こしみの》をつけている。

「観光団がまだいるのか」と、私は長老のひとりに訊《たず》ねた。

「彼ら、この部落気にいった。予定変えて、今夜ここに泊ると言ってる」

　私が宿泊の設備はあるのかといって酋長に訊ねると、彼は何とかしようといってうなずいた。

「これは何だね」観光客たちがミサイルを見て、口ぐちに私に訊ねた。よほどの田舎者揃いらしく、ミサイルを見るのは初めてらしい。だが、まさか核弾頭ミサイルだともいえないので、私は彼らにこれはご神体だと説明した。

「この部落の宗教は、男性性器崇拝なのです」

「おや、まあ。立派なものだねえ」

　母がありがたそうに弾頭部を撫《な》でまわしはじめたので、私はあわててうしろから彼女の肩をつかみ、抱き寄せた。「お賓頭盧《びんずる》様じゃありません。そこはご神体のいちばん大切な部分です。触れると手が腐ります」

とりあえず母を案内して自分の小屋へ戻ってくると、例の嫉妬《しっと》深い女敵討《めがたきう》ちの土人が中にいた。彼は広場を横断して私の小屋に入り、さらに部屋を横断して奥の壁につきあたってしまったらしく、まだ壁に向かって槍《やり》を突き出し、フョとかチャウとか叫んでいた。

「この人は誰だい」と、母が訊ねた。

「祈禱《きとう》師です」と、私は答えた。「私のために、部屋の中を清めてくれています」

私が母といっしょにベッドへ腰をおろし、さて何から話していいやらといいながら久しぶりの日本語でいろんなことを話し出そうとした時、広場がにわかに騒がしくなった。

「どうしたのだ」私は母といっしょに広場に出て、第二夫人の息子にそう訊ねた。

「観光客がわれわれに、ご神体のお祭りをしろといって騒いでいるのです」

広場の中央には、いかつい弾頭部を夜空に向けてご神体のミサイルが安置されていた。

「では結婚の踊りでもやってごまかしたらどうだ」

「結婚の踊りは昼間もうやって見せたそうです」

「じゃあ戦争の踊りだ」

「それもやったそうです」

「では、葬式の踊りは」

「それはやっていないでしょう」

早速、葬式の準備がすすめられた。広場の四隅では火が焚《た》かれ、やがて太鼓が打ち鳴らされ、ミサイルの周囲をとりかこんだ土人たちが葬いの踊りを踊りはじめた。浮かれ出した観光客がその踊りに加わり、でたらめに手足を振りはじめた。熱っぽい小太鼓の連打に、ターザンやマウ・マウ団や、最後には母までが調子にのって、円陣の中へ踊りながら割り込んでいった。

赤あかと燃える焚火に照り映えたミサイルは、さながら勃起《ぼっき》して今まさに夜空の星ぼしへ向け射精せんとする巨人の陰茎の如く、その亀頭を赤黒くてらてらと光らせ、葬式の踊りに狂う人間どもを足もとに見くだして傲然《ごうぜん》と聳《そび》え立っていた。私の瞼《まぶた》の裏に、また赤ん坊の顔が浮かんだ。なぜだか知らないがその赤ん坊は、かんかんになって怒っていた。

黄金の家

「やあやあ。どうもどうもどうもどうも」

そういって愛想よくおれの家へやってきたのは、近所のペンキ屋である。

彼はおれの見ている前で、おれの家の壁をべたべたと黄金色に塗りはじめた。

「おい。な、な、何をする」おれはびっくりして彼に叫んだ。「家の壁を、そんな金ピカにされてたまるか。気ちがいと思われる」

「そうとも。いい色だよな」ペンキ屋はにこにこ笑いながら答えた。「黄金の色だ」

「冗談じゃない。やめてくれ。やめろ」

ペンキ屋は刷毛《はけ》の手を休め、おれを見て首をかしげた。「だって、この色に塗ってくれって頼んだのは、あんたなんだぜ」

「馬鹿いえ。いつそんなことを頼んだ。こんな気ちがいじみた、いやらしい色にしてくれなど、頼んだおぼえはない。だいたい、あんたに仕事を頼んだおぼえなんかないぞ」

ペンキ屋は、おれを睨《にら》みつけた。「やい。ひとをなぶるつもりか。昨日お前さんは、おれの店へやってきて、家の壁ぜんぶ金色に塗ってくれって頼んだじゃねえか。金箔《きんぱく》は高くつくよっていったら、十二万円先払いしてくれた。見ろ。受取りの控えもここにある」

おれは驚いて、かぶりを振った。「身におぼえのないことだ。とにかく帰ってくれ」

ペンキ屋は歯をむき出して、おれに近づいた。「やいやい。この忙がしいのに、ひとを馬鹿にして一杯食わせるつもりか」

おれは顫《ふる》えあがった。このペンキ屋は癇癪《かんしゃく》持ちで、しかも馬鹿力である。おれはしかたなく、うなだれた。「じゃ、やってくれ」

「あたり前だ。仕事にけちはつけさせねえ」

いや応なしに、ペンキ屋はおれの家の壁全部を金ピカにしてしまった。どう見ても正気の人間の住む家ではない。

ペンキ屋が帰っていったあとで、溜息《ためいき》をついて悲しんでいると、だしぬけにでかい音がして、庭にプラットホームがあらわれた。プラットホームにはコンテナが数個と、若い男二人が乗っている。

「ここだ、ここだ。この家でいいんだ」男たちはそういって、庭へコンテナをおろしはじめた。「この、黄金色の壁が目じるしだ」

「こら」おれは泡をくってプラットホームにかけあがり、男たちをどなりつけた。「他人の家に、何を持ちこんだ。お前らはなんだ」

「おれたちは清掃局のもんだ」と若い男の片方が答えた。「この庭へ、廃棄物を置いてくるよう、役所から命令されたんでね」

「そんなでかいもの、庭へ捨てられてたまるか」おれはわめきちらした。「帰れ」

「だって、そう命令されてるんだよ」もう片方がいった。「文句があるなら、役所へ行って言ってくれ」

「よし。行ってやる」と、おれは叫んだ。

「とんでもない役所だ。さあ、つれて行け」

「じゃあ、来てくれ」男たちは困った顔を見あわせながら、ふたたびコンテナを、プラットホームに運びあげた。「じゃ、出発する」

　不意に、あたりの景色がぼやけた。

　次の瞬間、おれたちの乗ったプラットホームは、がらんとした、でかい倉庫のような建物の中にいた。周囲には、コンテナがいっぱい積みあげてある。

「こらこら君たち。廃棄物を持って戻ってきちゃあ、いかんじゃないか」建物の中を歩きまわっていた役人らしい男が、おれたちを見あげていった。「目じるしのある家の庭へ、捨ててこいといっただろ」

「おれの家の庭に、汚物を捨てられてたまるか」おれはプラットホームの上から役人をどなりつけた。「それが清掃局のやることか」

「なんだ。家の人に見つかったのか」役人は首をすくめ、若い男たちに命令した。「しかたがない。よその庭に捨てよう。君たち、とにかくそれをおろしなさい」

若い男二人は、プラットホームからコンテナをおろしはじめた。

「汚物を国民の家に捨てるなど、とんでもない」おれはまだぷりぷりしながら叫んだ。

「だれが、汚物といいましたか」役人はにやにや笑いながらいった。「ここは二十三世紀です。黄金が人工的に簡単に合成されるようになったため、皆が黄金を作り出し、金本位制が崩壊して経済混乱が起った。そこでわれわれは、黄金を二十世紀へ捨てることにしたのです。二十世紀の人が喜ぶと思ってね。でも、厭《いや》ならしかたありませんな」

あっ、と思い、おれは待ってくれと叫ぼうとした。だがその時はもうおそく、おれの乗ったプラットホームはふたたびおれの家の庭に出現した。プラットホームは、すぐまた消失し、おれは庭に投げ出された。

　プラットホームと見えたのは、実はタイム・マシンであったらしい。見あげると、家の壁はもと通りになっていて、郵便受に入っていた新聞の日付を見ると、ペンキ屋がやってきた日の前日であることがわかった。

　おれは顔色を変えて銀行に走り、十二万円のあり金全部を引き出すと、すぐさま近所のペンキ屋へ走っていって叫んだ。

「さあ。この金でおれの家を金ピカにしてくれ」

ワイド仇討

街道をやってくると、派手な着物を着た若い女が、松の木の根かたで腹を押さえ、うんうんうめいていた。

「おい策助。あれを見よ。若い女が何ごとか苦しんでおる」と、旦那様《だんな》がおれにいった。「きっと持病の癪《しゃく》というやつであろう。介抱してやろう」

「よくある話です」と、おれはいった。「急にさしこみがきたといって、旦那様に介抱させた上、旅籠《はたご》までついてきて隣りの間に寝るのです。朝起きたら、旦那様の胴巻きはありません」

「何だそれは」

「女ごまのはいです」

「お前は少し黄表紙の読みすぎではないか」旦那様は苦笑し、女に声をかけた。「これこれ。お女中お女中。いかがなされた」

旦那様が肩に手をかけるなり、女は振りむいた。顔いちめんに厚く白粉《おしろい》を塗りたくり、紅を唇からはみ出すほどつけていた。眼尻《まなじり》が吊《つ》っていて、眼球の黒眼の部分も吊っていた。彼女はげらげら笑いながら、旦那様に抱きついてきた。

「色気ちがいです」気味悪さに、おれは顫《ふる》えあがった。「逃げましょう」

旦那様とおれは、顔色を変えて逃げた。女はしばらく、赤い口を大きく開き、なおも笑い続けながら、裾《すそ》ふり乱し、なまっ白《ちろ》い下腹部をまる出しにして追いかけてきたが、やがてあきらめて、街道をもとの方へ引き返していった。

「ああ。あの女は、この街道名物の気ちがいですよ」次の茶店で、親爺《おやじ》がそう教えてくれた。「殿方が声をかけてくれるもんで、それが面白くてわざとああいう恰好《かっこう》をして、うずくまっているのです。もとはといえば、れっきとした武家のお嬢様。親御さんの仇討《あだう》ちに旅に出たところ、ちょうどあの場所で癪が起り、声をかけてきた若いお侍に、そのままそこで凌辱《りょうじょく》されてしまって、それから気がくるったのだそうです。気の毒なことです」

「身寄りはないのかね」と、おれは訊《たず》ねた。

「さあ。国もとにはあるんでしょうが、なにぶん気がくるっていますので、どこの誰だかわかりません」

身につまされ、おれは旦那様と顔を見あわせ、溜息《ためいき》をついた。おれたちもこれですでに三年、敵《かたき》を討つために日本中を歩きまわっていて、郷里へは帰っていないのである。

おれの旦那様は高瀬典輔というお侍で、おれは中間《ちゅうげん》として先代から高瀬家にご奉公していた。この高瀬家の先代の七郎左衛門様、つまり典輔様のお父様は播州《ばんしゅう》のさる藩の重臣だったが、ある晩、帰宅の途中で闇討ちにあい、斬り殺されてしまった。じつをいうとその時、七郎左衛門様のお供をして提燈《ちょうちん》を持っていたのは、このおれだったのである。

その夜はまったく、これ以上闇討ちに都合のよさそうな夜はまたとなさそうなまっ暗な晩で、だからおれは先代様の少し前に立ち、お足もとを照らしながら歩いていた。お屋敷の近くまで戻ってきた時、これまた定石どおり横の天水桶《おけ》の陰から浪人風の男がぬっと出てきて、だしぬけに刀を抜き、おれの持っている提燈をばさっと切り落した。

なさけない話だが、その時おれはてっきり自分が斬られたものと思いこみ、早手まわしにぎゃっと叫ぶなり虚空つかんでのけぞって、仰向きにぶっ倒れてしまったのである。そのままながいこと失神していたらしく、気がついた時はすぐ横に、刀を抜く暇もなく袈裟《けさ》がけに斬りおろされた先代様の屍体《したい》があった。

大事の時に気絶していたというので、おれはあとでお屋敷の誰かれからさんざ怒鳴りつけられ、責められたが、これは見当ちがいもはなはだしい。もしあの時、かりにおれが気絶していなかったとしたら、騒いだり無駄な抵抗をしたりして斬り殺されていたかもしれないではないか。もしそうなっていたら、下手人の顔を見た唯一の目撃者さえいなくなってしまい、敵が誰だかわからない。よくぞ気絶していてくれたといって褒められて当然なのに、いやもう、武家奉公というのは融通のきかせようのない厄介なものである。

下手人というのは四、五日前からお屋敷の近所をうろうろしていた浪人者で、おれも二、三回見かけたことがあるから顔は知っていた。どうやら同じ藩中の誰かにやとわれて、よそからやってきた男であろうと、お屋敷の人たちは判断した。

ちょうど日本中が勤王か佐幕かでわきかえっていた頃である。先代様の藩中でも重臣たちは、勤王攘夷《じょうい》派、勤王開国派、佐幕攘夷派などにややこしく分れていた。先代様は勤王開国派だったのだが、世の大勢が勤王開国へ向かうとともに、藩でも先代様の勢力が強くなった。先代様を襲ったのが反対派の重臣の中の誰かの手先であっただろうことは、おれにだって容易に想像できる。

さて、そこで先代様のひとり息子の典輔様が、お定まりの仇討《あだうち》に出かけることになった。目指すは下手人、名も知れぬその浪人者というわけだが、さあ、この辺がまたおれにはどうしても納得できない。その浪人者は要するに金で雇《やと》われた殺し屋であって、真の敵は藩の重臣中の誰かなのである。そんなやくざに近い浪人者なんか殺したって、どうということはないのにと思うのだが、先代様の奥方様がはなはだ頑固で気短か、どうでもその浪人者討ち果してまいれ、さもなければこの屋敷には一歩たりとて入れぬといって、しぶる典輔様をなかば追い出すようにして旅立たせた。もちろんこのおれも、敵の顔を見知っているからというので典輔様の供を命じられてしまった。

浪人者を殺しにいくについては、おれ同様典輔様もはじめから懐疑的だった。さすが男だけあって利口なのである。ところが利口な人はえてして臆病《おくびょう》であって、おれもどちらかといえばそうなのだが、典輔様もその例に洩《も》れず、武芸の腕はわりと確かなくせに殺しあいはいやというお人だ。そういう人だから運よく敵にめぐりあっても、返り討ちになる確率が非常に高い。だから余計仇討をいやがって、最初のうちはなんとか旅に出るまいとしておられた。

「仇討が褒められたのは昔のことです。最近では仇討を願い出れば、幕府は公儀御帳へ登録こそしてくれるものの、こういう時勢だから大っぴらに公認してくれるわけではありません。また、どの藩にしろ、今では仇討を届け出ても、激励どころか逆に永《なが》のお暇《いとま》が出るくらいです。それはそうでしょう。仇討という私事のために藩の仕事という公務を投げ出すのですから、決して藩のためにはなりません。それに今は新しい政府ができるかどうかというあわただしい時です。そんな時に自分の用事で旅に出たりするのは身勝手すぎると思います。わかってください母上。仇討はもう古いのです」

だが奥方様は、いかに典輔様がけんめいに説かれても頑として聞こうとはなさらず、そこが女の浅墓さ、はてはこの臆病者不孝者と罵倒《ばとう》して、とうとう無理やり藩へ仇討願いを届け出させてしまわれたのである。

藩庁ではこれを聞き届けたものの、典輔様の知行は、案の定、仇討成就まで藩においてて召しあげということになってしまった。

こうして典輔様とおれは、藩を立ち、東へ向かった。

「あれから世の中は、だいぶ変った」と、典輔様が茶を飲みながらいった。「なあ策助。さっきの気ちがい娘の話ではないが、われわれだとてこの調子では、一生郷里へ帰れないのではあるまいか」

「まあ、それは気の持ちようと考えようでございましょう。旦那様《だんなさま》。このように時代の移り変りがはげしいのでは、むしろ逆に、たとえ敵を討たなくても、堂堂と郷里へ帰ることができるような世の中になるかもしれません。また、帰ったところで、藩そのものがなくなっているかもしれません。この間、中外新聞を見ましたら、長州の木戸孝允《こういん》という人が、三百諸侯の領地はすべて政府に還納せしめよと論じている記事が出ていました」

「いや、わしは藩などより母上の方がこわい。あの人は、世の中がどうあろうと、仇討して帰らなければ、ぜったいに家へは入れてくれないのだからな」

おれは旦那様の意気地なさにあきれた。おれなどは、母親のいうことを聞いたことがないどころか、ぶんなぐったことさえ数回ある。母親に叱られるのがこわいなど、三十歳の男のいうことではない。

ひと月ばかり前、三条河原を通りかかると、近藤勇《いさみ》の首が晒《さら》しものにしてあった。旦那様はそれを見ただけで腰の蝶番《ちょうつがい》がどうにかなって、しばらく歩けなくなってしまった。こういう人に仇討など、とてもできよう筈がない。

「もし。お武家様」茶店の奥で茶を飲んでいた猿まわしが、おれたちに声をかけてきた。「今のお話を、うしろでうかがっておりました。じつは私も、お武家様がた同様、敵を捜し歩いている者でございますが」

「ほう。猿まわしが仇討をするのか」旦那様は眼を丸くして、四十歳前後の、その気の弱そうな猿まわしを眺めた。

「いえいえ、今でこそ猿まわしの恰好《かっこう》をしておりますが、もとはといえば私もれっきとした武士」彼は急に重おもしい口調になって、話しはじめた。「大和《やまと》のさる藩の小納戸《なんど》役にて大津百之助と申す者です。思い返せば七年前、同藩の村雨七馬という男が、私の妻のさえに横恋慕いたし、思いを遂げられぬと知るや逆上して、あろうことかあるまいことか妻を惨殺して逐電いたしました」

「ははあ。すると女房どのの仇討ちか」

「左様でございます」

「しかし」旦那様は首をかしげた。「仇討は主人、父兄、兄姉など目上の者の殺された場合にのみ許可されるのではなかったかな。また、女房どのは敵に身をまかせたわけではないのだから妻敵《めがたき》というわけでもない。仇討に出る必要はなかったのでは」

「はい。私も仇討などは大嫌いで、はじめのうちは出かける気はぜんぜんありませんでした。だいいち私は剣に自信がなく、斬りあい果しあいはやっても負けるに決っています。また、さえと申します女はとんでもない悪妻で、私はそれまで妻にいじめられ続けてきました。正直のところ、妻が殺されてほっとしたくらいです」

「それなら、なぜまた仇討の旅などに」

「悲しいかな私は養子の身」猿まわしはすすり泣きはじめた。「妻の親戚の者から、妻の仇も討てぬ臆病者よ甲斐性《かいしよう》なしよとののしられ、藩中の者からもいくじなしとうしろ指さされて、とうとうそれに耐えきれず、なかば追い立てられるように旅立ったのでございます。ああ、あの悪妻は、死んでまでこの私をいじめるのです」彼はわああわあ泣き出した。「もし仇討本懐をとげましても、脱藩という形で出てきましたから帰参は許されず、復職の望みはありません。ああ、なんの因果で流れ者。若い身空で旅の空」身もだえた。

「あまり若くもなさそうだが」

「苦労して目尻《めじり》に皺《しわ》がふえたのです。こう見えても私はまだ三十四歳です」彼はそこで急にぴたりと泣きやみ、おれたちの方へ身をのり出した。「ところでお願いがございます。なんとかこの私を、あなたさまのお供に加えていただくわけにはまいりますまいか」

「それはまた、どうして」

「こう申しては失礼ですが、互いに力をあわせてそれぞれの敵を探し求め、万が一見つけた時は協力して互いに助太刀《すけだち》をしあうのです」

「ふん」旦那様は苦笑した。「そなた先ほど何と申した。斬りあい果しあいはやっても負けるに決っていると申したではないか。そんな男がいてはかえって足手まとい」

「まあ、お聞きください」猿まわしは背中の猿を指した。「私の飼い馴《な》らしましたこのエテ公。見かけはおとなしく、事実私にだけはよく馴れておるのでございますが、ひとたび私がウシと申してけしかけましたが最後の助たちまち暴力猿と早変りいたします。相手の顔へとびついて眼球をほじり出すよう、私が仕込んだのでございます」

「物騒な猿だな」

「嘘とお思いでしたら、このお供の方にけしかけてごらんにいれますが」

おれはびっくりしてとび退《の》いた。

「なに。それには及ぶまい」と、旦那様がいった。

「もしどちらかの敵にめぐりあいました時は、まず私がこいつをけしかけます。敵がひるみますからその隙に、あなた様がお得意の居合抜きでばっさりと」

「まてまて。拙者の居合抜きをどこで見た」

「はい。先日、そこの黒石村の村祭りで」

おれたちが郷里を出た時には、旦那様の親類縁者から餞別《せんべつ》として貰《もら》った路用の金が百五十両あった。だがそんなものは一年もたたぬうちになくなってしまった。そこでおれたちは人の集まるところをえらんで渡り歩き、旦那様の居合抜きを見世物にして金を儲《もう》けていたのである。旦那様の居合抜きは名人芸だ。これほどの達人がどうして臆病《おくびょう》なのか、おれにはどうしてもわからない。

「ははあ。あれを見たか」旦那様はうなずいた。「居合抜きの腕はたしかだが、人間を斬るとなるとどうかわからぬ。拙者、人を斬るのは嫌いでな」

「さあ。そのようにひるむ心をお互いはげましあうためにも、共に力をあわせようではありませんか。また、こう申しては何でございますが、先日の村祭りでのお二方を拝見しておりましても、ご商売の腕の方はまだまだと存じます。失礼ですが、私がご一緒すれば、儲けは必ず倍になります。それに私の方でも、あなたのような堂堂とした お武家様とご一緒ですと、道中こころ丈夫です」

「なるほど」旦那様は考えこんだ。

「旅は道づれ世は情といいます」おれも横から旦那様にいった。「この分ではいつ敵にめぐりあえることやらわかりません。それならいっそのこと同業の露天商同士、助けあいながら気楽に金儲けの旅を続けようではありませんか」

「うん。それもよいかもしれん」旦那様はしばらくくすくす笑い、やがて猿まわしにいった。「よろしい。供に加えよう。いやいや。どうせお互い故郷へ戻れるかどうかもわからぬ身、今後ながく助けあって旅をするからには、拙者の方こそよろしく頼むぞ」旦那様は猿まわしに深ぶかと頭をさげた。

こうしておれたちの旅はその日から三人づれになった。東海道を江戸へ向かいながらも、美濃路、伊勢路などへも足を向け、祭礼があると聞けば東へ、市が立つという噂に西へといった具合で、ふらりふらりとさすらい歩いた。大道芸人としては大先輩の、猿まわしにあれこれ教えてもらったため、もともと名人芸だった旦那様の居合抜きはぐんと素人受けがするようになり、おれの口上もうまくなった。儲けは次第にふえ、以前のように食いはぐれるなどということは滅多になくなった。少少の貯《たくわ》えすらできたくらいである。

おれたちが東へ東へと旅を続けている間にも、世の中の動きは加速度的に早くなっていった。その年の五月には古い通貨の使用が禁止されて太政官札（金札）が発行され、七月には江戸が東京になり、九月には年号が明治と改元された。東海道の宿場宿場では「中外新聞」「江湖《こうこ》新聞」などが売られていて、それは激動する政治や戦争の模様を刻刻と伝えていた。

翌年の中ごろからは、おれたちが大きな町へやってくるたびに、しばしばざんぎり頭の男を見かけるようになり、それは次第にふえはじめた。

「この分では、日本人すべてざんぎり頭にせよとの命令が、もうすぐお上から出そうな按配《あんばい》ですな」と、猿まわしがいった。

薩摩、長州、土佐、肥前の四藩が版籍奉還を請願したのを皮切りに、他の諸藩が次つぎとこれにならったため、朝廷がついにすべての藩に対し版籍奉還を命じたのもこの頃である。

「藩そのものが、もうすぐなくなるな」と、旦那《だんな》様がいった。

「暗殺も禁止されました。仇討《あだうち》をしなくても、郷里へ帰ることができるようになるかもしれません」と、おれもいった。

「いや」旦那様はかぶりを振った。「郷里へはあまり帰りたくないな。わしはこうして、世の中の動きを眺めながら旅をしている方が楽しくなってきた」

翌明治三年には平民に姓の呼称が許され、その翌明治四年、ついに断髪令が出た。おれも猿まわしもざんぎり頭になったが、旦那様だけは頑として髷《まげ》を押し通した。ざんぎり頭で居合抜きはできぬという理屈なのだが、この辺は母親ゆずりでなかなか頑固である。街道筋ではしばしば武士あがりの巡査から説諭を受けた。だが大道芸人の商売用の髷とあって、彼らも深くは咎《とが》めなかった。

ついに廃藩置県の断行された次の年の夏、おれたち三人は文明開化の最先端を行く横浜の町へやってきた。

見るものすべてがおれたちには珍らしかった。日本最初の理髪店、あそこ通るは乗合馬車か、西洋料理屋氷水、午砲《どん》が鳴ります港町、品川がよいの蒸気船、あれに見えるは共同便所、眼を丸くしながらあちこち見てあるき、最後におれたちは三月《みつき》前に開通したばかりという陸《おか》蒸気のステイションへやってきた。

「乗ってみよう」と、旦那様が時刻表を見ながらいった。

横浜—品川間は午前と午後にそれぞれ三往復、午後の最初の便があと少しで出るところである。

「今からじゃ、次のには乗れませんよ。これをご覧なさい」猿まわしが『乗車之心得』と書いた貼札《はりふだ》を眺めていった。

『乗車せんと欲する者は、遅くとも此《この》表示の時刻より十五分前にステイションに来り、切手買入其《その》他の手都合を為《な》すべし』

旦那様が駅員にかけあってみたが、もう満席だから切手は売れないというそっ気ない返事である。

おれたちが乗車をあきらめかけた時、眼つきの悪い男がひとり、すいと傍へやってきて旦那様に声をかけた。

「お主たち、陸蒸気の切手をお求めかな」

「左様」

「拙者、これに三枚持参いたしておるが」もとは武士だったらしいその男は、もったいぶった手つきで懐中から下等席の切手を三枚出した。「一枚五十銭の料金ではあるが、拙者の買入れの手間賃共で六十銭ならお譲り申す」

「いただこう」

その男に三十銭儲けさせて、ちょうど停っている陸蒸気に乗りこもうとした時、駅員が猿まわしにいった。

「こらこら。そこの町人。貴公猿をつれて乗ってはならん」

「それは困ります」猿まわしはあわてて駅員に泣きついた。「これは私の大切な商売道具、つれて行かねばなりません。こやつの料金もお払いします。どうか乗せてやってください」

「それは困ったな」駅員は首をかしげた。「犬なら貨物車に乗せてやれるのだが」

「犬の料金はいくらでございます」

「二十五銭だ」

「では三十銭払おう」と、旦那様がいった。「犬も猿も似たようなものだ。乗せてやってくれ」

「しかたがないな。では、猿を貨物車に乗せろ」

猿を貨物車に乗せ、おれたちが下等席の車に乗りこんで最後部の座席に腰をおろすと、やがて陸蒸気は動き出した。これは品川までの所要時間がたった三十五分という猛スピイドなのである。空席もなくぎっしりと満員で、女子供の多い乗客は、窓の外を指さして大はしゃぎだ。

車が走り出した直後から、前の方の座席を眺めてしきりに首をひねっていた猿まわしが、やがてさっと顔色を変え、うん間違いないと叫んで荷物の中から刀をとり出し、車の廊下をた、た、たと走ったかと思うと、最前部の座席に腰をおろしていた洋服姿の男に向かい刀をひっこ抜いて身構えた。

「やあ珍らしや村雨七馬。かくいう拙者は大津百之助。妻の仇を討たんとて雨にうたれ風にさらされ、ながの年月艱難《かんなん》辛苦の甲斐《かい》あって盲亀《もうき》の浮木優曇華《うどんげ》の花が女か男が蝶か、どうすりゃいいのさ思案橋、今日ただいまこのところ出会いしことこそ天のみちびき、いざ尋常に勝負勝負」

名乗りあげ終るなり刀をふりあげ、自らひるむ心に鞭《むち》うたんとしてか、やあと絶叫するなりずらりんばらと切りおろした。

だしぬけに車内で仇討が始まったものだから、胆《きも》をつぶしたのは乗客たちである。悲鳴をあげて座席に突伏す者、立ちあがり、逃げまどう者、その上女子供が泣き出したものだから、車の中はたちまち上を下への大さわぎになってしまった。

「うむ。ついに見つけたか」旦那様はうなずいて、気のり薄に座席から立ちあがった。「約束だ。助太刀《すけだち》してやろう。策助まいれ」

旦那様とおれが、うろたえ騒ぐ乗客をかきわけて車の最前部へ行くと、村雨七馬のいた座席の凭《もた》れは刀でまっぷたつに割れていた。

「おい。敵はどこだ」と、旦那様が猿まわしに訊《たず》ねた。

「七馬め。す早く窓から出て、前の車との連結用の機械を足がかりに、屋根へ逃げました」猿まわしが口惜しげに歯がみして叫んだ。「くそっ。エテ公さえいてくれたら、逃がしはしなかったものを」

「よし、追いかけよう」旦那様がのろのろと窓から身をのり出しながらいった。「屋根へ登ろう」

旦那様の次に猿まわし、そして最後におれが、連結機を足がかりにして屋根へよじ登り、敵はいずこと屋根の前後を見わたせば、村雨七馬は車の進行にさからって屋根から屋根へと身軽にとび移り、左右にひらけた田圃《たんぼ》の中を走る列車の最後尾へ向かってどんどん逃げ続けていた。

「追え」

猛スピイドの列車が右に左に揺れるため、ともすればカマボコ型の屋根からすべり落ちそうになる身を立てなおしたてなおし、おれたちも屋根から屋根へゆっくりと敵を追った。

「追いつめました」最後尾の車の屋根の端へ追いつめられ、窮鼠《きゅうそ》さながら充血した眼をぎらぎら光らせている敵を睨《にら》みつけ、助太刀ができて気が強くなった猿まわしが、舌なめずりをしながらそういった。「さあ。助太刀をお願いします」

「うむ」旦那様は少しためらった。「まあ、お前が負けそうになったら、横から助太刀してやる。お前、さきに斬れ」

「やっぱり、斬らねばなりませんか」猿まわしも躊躇《ちゅうちょ》した。

「そうとも」旦那様はうなずいた。「これはお前の仇討なのだぞ。郷里へ帰りたくないのか」

「はあ。それはむろん、帰れるに越したことはないので、それじゃまあ、しかたがありませんな」

猿まわしは抜き身を振りかざしたまま、そろりそろりと敵に近づきはじめた。

「拙者、刀を持っていない」と、村雨七馬が屋根の最後尾で背を丸め、がたがた顫《ふる》えながら泣き声を出した。

猿まわしが泣き顔で、おれたちの方を振りかえった。「困りました。この男、武器を持っておりません。これでは斬れません」

列車がカアヴにさしかかり、ぐらりと傾いた。

「わっ」

おれたちはいっせいに背をかがめた。

その時村雨七馬は、車の前方から走ってきたレイルぎわの松の木に、洋服姿の身軽さでひらりととび移り、太い枝にかじりついた。

あっと叫んで猿まわしは、屋根の上を最後尾まで数歩追ったものの、他に手ごろな木も見あたらないのでそれ以上は追えず、地だんだふみながらやあ卑怯《ひきよう》未練な村雨七馬、返せもどせと叫んだが、敵の姿は次第に小さくなっていくばかりである。

「ああ。またも逃がしたか」

猿まわしはがっかりして屋根の上にあぐらをかいた。その様子は、人を斬らずにすんで幾分ほっとしているようにも見受けられた。さっき座席の凭れを切りつけてしまったのも、一瞬気がひるんだか、さもなくば無意識的に狙いをはずしたのかもしれないとおれは思った。

列車の屋根で刃傷沙汰《にんじようざた》が行なわれていることを誰かが機関手に教えたらしく、ほどなく車は田圃のまん中で停車した。

「今ごろ停ってもおそい」猿まわしが悲しげにそういった。

敵の姿は、もうとっくに見えなくなっていた。

おれたちが屋根からおりて、もとの車の座席まで戻ってくると、車掌が肩をいからせ眼を吊《つ》りあげてやってきた。

「お主ら、困るではないか」と、やはりもとは武士だったらしい車掌が唾《つば》をとばしてそう怒鳴った。「列車の進行を妨害し、これを停車せしめたる者には懲役刑があたえられるということ、お主たち存じておるか」

「まあ、お待ちくだされ」旦那《だんな》様がいった。「決して悪意あっての所業ではござらぬ。実は今のは仇討でござった」

「なに。仇討とな」車掌の態度が急にかわった。「それはそれは。いや、左様でござったか。知らぬこととは申せ、とんだ失礼をつかまつった。して、首尾よく本懐を遂げられたかかな」

「残念ながら逃がしました」

「うーむそれは残念」車掌は自分のことのように口惜しがって見せた。

「では、このことは不問といたそう」さんざ口惜しがって見せてから、車掌はそういった。「拙者、機関手に連絡の所用もござれば、これにてご免」

車がふたたび動き出した時、すぐ横の座席にいた洋服姿の若い男が、おれたちに声をかけてきた。「卒爾《そつじ》ながら、ちとお話をうけたまわりたい」

「お主はどなたかな」

「拙者、中外新聞の者にて平井三右衛門と申す新聞記者でござる。お主たちのことを記事にしたいので、いきさつを詳しくお教え願いたいのだが」

「では、わたしたちのことが新聞に出るのでございますか」猿まわしは急ににこにこ顔になり、背をしゃんとのばした。「では、有名になりますな」

「左様」記者は自信ありげにうなずいた。「と同時に、敵のことも載るわけで、それを読んだわが愛読者から敵の所在についての注進があるやも知れず、必ずやあなたがたのお役に立つことと存ずる」

猿まわしと旦那様が喜んで、それぞれの敵のことと今までのいきさつを記者に語りはじめた。

それを横で聞きながら、おれにはなんとなくいやな予感がした。新聞の効用を信じていないわけではなかった。いや、むしろ、ある意味で旦那様や猿まわし以上に新聞の効果と限界を認識していたからこそ、おれたちが有名になることがどんな結果をもたらすか、そしてそれが良い結果になるか悪い結果になるか予想し難いところがあり、他の二人ほど手ばなしで喜ぶ気にはなれなかったのである。おれは得体《えたい》の知れぬ不安に襲われたが、もちろん口には出さず、黙っていた。

「時おり、ここへ連絡をとって頂きたい」品川駅で別れる時、新聞記者は名刺を出していった。「郵便ならば全国どこからでも届くし、電信ならばもうすぐ神戸――東京間が開通いたす」

「左様か。では今後とも、よろしくお頼み申す」旦那様がだらしなく笑顔を見せて深ぶかと一礼した。目尻《めじり》をさげていた。こんななさけない旦那様を見るのは、おれははじめてである。

それから数日、おれたちは東京府中を浮きうきと見物して歩いた。

やがて貯《たくわ》えていた金も残り少なくなってきたので、そろそろ商売に戻るため、明日はふたたび東京を発《た》ち、今度は中仙道を西へ向かおうと話も決った日、おれたちは最後の名残りに新橋附近へ遊びにやってきた。

このあたりの道路は車道と人道とに区切られていた。即《すなわ》ち中央が車道、左右が人道である。

「どうだ。牛肉を食べては見ぬか」東京へ来て以来、見ちがえるほど軽薄になった旦那様が、西洋料理店を指してそういった。

「そうですな。当分東京へ来ることもありますまいから、ものは試し、ひとつ食べてみましょう」旦那様を上回る軽薄さで、猿まわしがそういった。

おれたちは一軒の西洋料理店に入り、ビイフ・ステイクを注文した。なかなか旨《うま》かった。最近肉食をしきりに悪くいう人間がいるが、あれは食わず嫌いだろうとおれは思った。今年の一月には天皇さえ肉食されたし、四月には僧侶《そうりょ》さえ肉食妻帯を許されているのである。

食べ終った頃、隣りのテイブルの年老いた女と若い女の二人づれが立ちあがり、こちらへやってきた。

婆《ばあ》さんの方が、旦那様に話しかけた。「もし。お武家様がた。はなはだ失礼ではございますが、もしや高瀬典輔様のご一行では」

「いかにも拙者高瀬典輔だが」旦那様は眼を丸くして、ふたりの女を眺めた。

「やはり左様でございましたか」ふたりはうれしそうに、深く一礼した。

女たちは旅姿だった。婆さんの方はがりがりに痩《や》せ、色が黒く、眼だけは鋭く意地悪そうに光っていた。若い女の方は色白で、おっとりした物腰の、無邪気そうな丸顔の美人である。どちらも武家の女らしい。

婆さんがいった。「先日の新聞であなた様ご一行のことを知り、なんとか私どももお供に加えていただきたく存じまして、実は先程中外新聞社を訪ね、平井三右衛門様から詳しくご一行様のご様子などを伺って参ったばかりでございます」

「ははあ。あれを読まれたか」旦那様はにこにこしてうなずいた。「して、われわれの仲間に加えろと申されるのですな」

「はい。わたくし共も、あなた様がたご同様敵を訊《たず》ねて旅をしております者」婆さんが話し出した。「私は、奥州さる藩の徒目付《かちめつけ》をしておりました柴田源右衛門の後家で、きんと申します。また、ここにおりますこの者は、亡き源右衛門が一子政十郎の妻、ふくと申します。思い返せば三年前の今ごろ……」婆さんの長話が始まった。

簡単にいえば、きんのひとり息子でふくの夫政十郎が、藩中の佐久間半蔵という男に斬られて死んだというのである。諍《いさか》いの原因を訊ねても、きん婆さんはことばを濁して答えようとしなかった。

佐久間半蔵はそのまま行方をくらましてしまったため、きんとふくは後を追って仇《あだ》討《うち》の旅に出た。もちろん仇討届を出したところで、復讐《ふくしゅう》を奨励する法律のない明治政府がこれを許可する筈《はず》はないので、無届けのまま出発したのである。

話を聞き終り、旦那様と猿まわしは露骨に迷惑そうな顔をした。無理もない。二人とも臆病《おくびょう》で気が小さく、自分たちの仇討さえできるかどうかわからないというのに、足腰の弱そうな女ふたりの助太刀《すけだち》まで面倒が見きれる筈はないのだ。

「さぞかし足手まといとは存じますが、何とぞなにとぞ、私どもの勝手なお願いを、お聞き届けくださいませ」一同の顔色を見てあわてたきん婆さんは、腰を折れるほど曲げてぺこぺこしはじめ、嫁をふり返って怒鳴りつけた。「これ。お前もお願いしないか」

ふくは気のない様子で頭をさげ、つぶやくようにいった。「お願いいたします」

「しかし今ではわれわれは大道芸人、金儲《もう》けをしながら旅をしておる。そして儲けた金は平等に分けあっておる。そなたたちを仲間へ入れるとすれば、不公平のないようにそなたたちにも何かの芸をしてもらわなければならぬが、そなたたち、何ができるかな」

「あいにくの田舎育ち、人さまにお見せするような芸は何も心得ません。そのかわり、と申しましてはなんでございますが」婆さんは懐中から重そうな財布を出した。「ここに二十円金貨八枚、十円金貨が二十四枚入っております。これを皆様で路用にお使いいただけますならば、さいわいでございますが」

「ほほう」旦那様が唸《うな》った。「一円を一両として、四百両の大金ですな」

「もし不足いたしますれば、まだ多少は国もとからとり寄せることもできます。どうか、お供にお加えくださいませ」

「どうする」旦那《だんな》様がおれと猿まわしに訊ねた。「芸のかわりに金子《きんす》を提供すると申されておる。それならば文句はないと思うが」

「わたしには異存はありません」と、猿まわしが若い方の後家を好色そうな眼でじろじろ眺めながらいった。

「旅は道づれといいます。賑《にぎ》やかな方がいいでしょう」と、おれもいった。

こうして、きん婆さんとふくは、おれたちの一行に加わることになった。

翌日、おれたちは東京を発ち、板橋から中仙道へ入った。

女ふたりが加わって、旅は楽しくなった。しかも、ふくは若くて美人である。猿まわしなどはすっかり有頂天になり、しきりに彼女にモオションをかけた。ふくはおれたちの着物の綻《ほころ》びをこまめに繕《つくろ》ってくれたり、走り使いなどもいやがらずにやってくれた。旦那様もおれも、次第にふくの魅力にひかれはじめた。ふくに会うまで、おれは四年前にあった例の色きちがいの武家娘のことがしきりに思い出され、心にひっかかっていたのである。エキセントリックな女はなかなか忘れられないというのは本当だ。しかしふくの素直でおおらかな人柄は、周囲の人間の心をなごやかにし、男なら誰でも彼女をかまってやらずにはいられない気持にした。おれも気ちがい娘のことを忘れた。

猿まわしが、きん婆さんのいないところでふくから聞き出したところによると、ふくの夫の政十郎という男はたいへん浮気者だったらしく、佐久間半蔵の女房と通じている現場を亭主に見つかり、そのために斬り殺されたのだという。それを聞いておれには、仇討にさほど熱意を示さぬふくの様子がやっとのみこめた。そんなふくが、姑《しゅうとめ》のきん婆さんには歯がゆいらしく、婆さんはことあるごとに嫁にがみがみとあたり散らしていた。おれたちがとりなしてやったりすると、余計腹を立てたりした。ふくの方でも、姑と二人きりの旅よりは、おれたちといっしょになってからの方が気楽になった筈だったが、これは何分ふくが感情を表にあらわさない上、無口なのでどうだかわからない。

中外新聞の平井三右衛門へは、旦那様が宿場宿場から近況報告や次の目的地などを書いて郵送した。次の宿場へ着くと新聞社からは必ず返事が来ていた。それによれば、読者からの反響は意外に大きく、記事になった敵の人相書を読んで、心あたりがあるといってきた報告も数十通あり、それらはいずれも信用するに足るものであるから、現在各地に記者を派遣して鋭意探索中であり、この分では三組とも年内に敵の所在が判明しそうだということだった。

また、おれたち同様、仇討のために旅を続けている日本全国各地の連中からは、おれたちの仲間に加えてほしいのでなんとか連絡をつけてほしいという頼みが新聞社に殺到しているとも書いてあった。

「仲間がふえそうだぞ」と、旦那様がいった。

「いいじゃありませんか」と、猿まわしがいった。「助太刀がふえればふえるほど、こちらは仇討がやりやすくなるのですからね」

「それだけならいいが」おれは首をかしげた。「なんだかいやな予感がするよ。おれには」

だが、誰もおれのいうことを気にとめようとはしなかった。

そのうちに、新聞社でおれたちの所在を聞き、あとを追いかけてきた仇討志願者が次つぎとおれたちの前にあらわれはじめた。

最初は親の敵を探し求めている若い男で、おどろいたことにこの男は同じ側の片手と片足がなく、とぶようにして歩いていた。話を聞くと彼は敵にはすでに一度出会っていて、勝負を挑んだのだが負けてしまい、その時に片手片足を斬られたのだということだった。こうなればもう執念であろう。片手片足でとび歩く姿はなんとも珍妙そのものだが笑うことはできず、しかも本人は白皙《はくせき》の美男子であって真面目な顔をして歩くからよけいおかしい。おれたちはこの男も仲間に入れた。この男は乞食《こじき》をして金を儲けていた。あきれたことにこの男の収入は、おれたちの倍以上あった。

その次にやってきたのは、父と兄の仇を討つため郷里を旅立ったのがおどろくなかれ文化十年、即ち六十年前という八十歳の男である。もっとも、仇討ができないと郷《く》里《に》へ帰れないので、一生敵を訊ね旅して歩き、最後には野たれ死にをしたというのが九割もいるそうだから、それほど驚くことはないのかもしれない。この老人は易者をやって生活していた。同じ露天商だというので、おれたちはこの老人も仲間に入れた。

と、いった具合で、おれたちの仲間はどんどん増え、しまいには二十数人になった。おれたちは一種の原始共産制をとり、儲けはぜんぶ共通の財産ということにし、そのかわり仇討の際は必ず助太刀すること、自分の仇討が終って後も、他人の助太刀を最低一回やるまでは行動を共にすること、返り討ちにあった仲間は見殺しにせず、必ず敵を討ち取ってやることなどを全員に誓わせた。人数がひとり増えるたびに、似顔絵入りで新聞に掲載されたため、おれたち一行のことは中仙道でも有名になっていて、お蔭《かげ》でどこへ行っても歓迎され、商売をやれば大勢の見物客が押しかけ、金はどんどん儲かった。「高瀬典輔とその仇討《あだうち》一座」という幟《のぼり》を立てようなどといい出すものもいた。

その年——明治五年は十二月二日で終った。それまでの陰暦が太陽暦に改められたため、明治五年十二月三日が、明治六年の一月一日になったのである。おれたち一行が正月を迎えたのは、中仙道と東海道が合流する草津の宿だった。

元日、おれたち全員が旅籠《はたご》の広間に揃って屠蘇《とそ》を祝っていると、珍らしく東京から中外新聞の平井三右衛門がやってきた。

「吉報でござる」と、彼は一同の顔を見まわしながら、眼を輝やかせて報告した。「あなたがたの敵の所在がすべて判明いたした。いや、判明というよりは、敵の方から連絡してきた」

「なんと」旦那様が眼を丸くした。「それはなぜだ」

「敵の方でも、あなたがたの記事を読み、そんなに大勢で助太刀されてはかなわぬというので、力をあわせることにしたそうだ」

「では、あっちでも徒党を組んでいるのですか」猿まわしが悲鳴まじりに叫んだ。

「怪しからん。徒党を組むことは先年禁止された筈《はず》」自分たちのことを棚にあげて、旦那様もそう叫んだ。「して、その中には拙者の父を斬った浪人もいるのか」

「この写真をご覧いただきたい」三右衛門は懐中から一枚の写真を出し、一同に見せた。「これは敵全員が横浜に集合し、下岡蓮杖《れんじょう》の写真館で撮影して社へ送ってきたものだ」

「あっ。これはたしかに、あの時の浪人者」おれはひとりを指して叫んだ。「旦那様。この男です。まちがいありません」

「それは三好彦三郎という男で、今は東京で巡査をしておる」と、三右衛門が横から説明した。

「おお。ここにいるこの男こそ、たしかに敵の佐久間半蔵」と、きん婆さんが叫んだ。

「ああ。その男は今、横浜で瓦斯《ガス》会社に勤めておる」

「うぬ。ここにいたぞ村雨七馬」と、猿まわしが叫んだ。

「洋服屋じゃ」

全員が写真の中にそれぞれの敵を確認し終えたので、三右衛門はまた全員をゆっくり眺めまわした。「さて、敵の一団がわが社に申し入れてきた案をお知らせする。互いに助太刀《すけだち》は自由、日時、場所の決定はわが社に一任し、合同仇討を一挙にやってはどうかというのだ。早急に結着をつけたいそうだ」

一同が、いっせいにがやがや喋《しゃべ》り出した。

「それでは助太刀しあうことができぬ」旦那《だんな》様が苦い顔でいった。「それぞれの敵と一騎討ちするのと、さして変らぬではないか」

「むしろ戦争です」猿まわしが半泣きで叫んだ。「奴ら卑怯《ひきょう》にも、多人数を頼んで一挙にわれわれを返り討ちにしようとたくらんでいるのです」

「何を申される」と、三右衛門が猿まわしを睨《にら》みつけた。「条件は双方とも同じの筈。むしろ多勢でひとりの敵を討つことこそ卑怯ではないか」

全員が黙りこんだ。

「臆《おく》されたかご一同」三右衛門が怒鳴った。「金儲《もう》けが面白くなり、初志を失われたな。今さら仇討は厭《いや》などとはいわせませんぞ。なんのためにわが社がこれだけ協力し、ご一同のために尽したと思われる。すべてご一同に本懐を遂げさせたかったからではないか。もしここで敵の申し出を断られるようなら、拙者ご一同のことを筆を尽して紙上で罵倒《ばとう》し、ご一同のいずれもが世間を歩けぬまでにして参らせる。それでもよろしいかな」

「そんなことをされては、今後、商売があがったりだ」と、片手片足がいった。「どうせのことなら、たとえ返り討ちになろうと、果しあいをした方が名だけは残る」

「そうじゃ」と、老易者もいった。「こうなれば、われわれの言動は全国から注視されておる。われわれは有名人じゃ。卑怯に振舞うと一生肩身のせまい思いをしなければならぬ。それならばいっそのこと、あたって砕けた方がよいじゃろ」

「よし。決った」と、旦那様がしぶしぶ答えた。「敵の申し出を受けよう。日時、場所は平井氏におまかせしよう」

「よろしい」三右衛門はにやりと笑った。「念のため申し添えておくが、この合同仇討の件は果しあい当日まで他言無用に願いたい。取材をわが中外新聞で独占したいのでな」

それが狙いだったのか——おれは腹の中で舌打ちした——敵に徒党を組ませたのも、この男の仕業にちがいない。果しあいを派手にして報道効果をあげるためだ——。

「では、日時、場所は追ってお伝えする。それまでは所在を明確にしておいていただきたい」そして三右衛門は東京へ帰っていってしまった。

それまで比較的陽気だったおれたちは、以後、すっかりしょげかえってしまった。最初本気で仇討するつもりだった者も、おれたちの仲間に入ると、金儲けの面白さや家族的な集団生活の楽しさがすっかり気に入ってしまい、仇討などどうでもよくなってしまっていたのである。しかし事情がこうなってきてはもはや集団生活どころではない。返り討ちにならずにそれぞれの敵をどうやって討ち果すかの方策を立てなければならない。今さらのように旅籠の裏庭で刀を振りまわしはじめる者もいた。旦那様は一日中酒を飲み続けていた。やけくそになった猿まわしは、深夜ふくの部屋へ夜這《よば》いに行き、きん婆《ばあ》さんに薙刀《なぎなた》の柄でぶん殴られたりしていた。

やがて中外新聞から通知がきた。果しあいは一ヵ月ののち、場所は、以前おれたちが気ちがい娘に追いかけられたあの街道の、茶店の裏山の峠《とうげ》に決定したということだった。おれたちはさっそく、いっせいに草津を発《た》って東へ向かった。返り討ちになる可能性の多い者ばかりだから、こういう時もしぜん徒党を組み、互いの心細さを慰さめあいながら歩かずにはいられないらしく、今までとはうってかわった陰気な道中だった。

猿まわしとふくは、この道中で急速に接近した様子だった。追いつめられた者同士の孤独な魂があい寄ったというわけだろう。きん婆さんがいらいらしていたが、今となってはふくも、姑《しゅうとめ》に構ってばかりはいなかった。

そして数日後、おれたちは峠の近くの宿につき、全員同じ旅籠に泊った。

またたく間に仇討の日は迫り、敵の一団よりひと足早く平井三右衛門が、こまごましたことを打ちあわせるために旅籠へやってきた。敵の一団は、峠をはさんだひとつ先の宿に泊るということだった。三右衛門は挿絵の絵師や写真師までつれてきていた。

さて、いよいよ中外新聞社主催・合同仇討大会の当日になった。果しあいは早朝の五時からである。おれたちは四時に起きて身ごしらえすると、それぞれの武器を手にして旅籠を出発した。おれだけは紺看板に梵天帯《ぼんてん》、木刀一本という軽装である。中間には帯刀は許されないし、おれはあくまでも証人にすぎないのだ。

外はまだ暗くて、星が出ていた。二月の寒気の中を、おれたちはおし黙ったまま果しあいの場へと歩を進めた。

以前の茶店までくると、朝だというのに提燈《ちょうちん》があかあかと点《とも》り、親爺《おやじ》が酒や茶などを用意して待っていた。三右衛門の手配で、ここの店さきにずらりと勢揃いして待機していた町の名士の娘たちが、打ちあわせどおり自分たちの赤い腰紐《こしひも》をほどいて、おれたちに襷《たすき》がけをしてくれた。その光景を絵師が写生した。どうせ新聞には、でたらめなでっちあげ記事が載るのだろう。

果しあい現場の峠道は、片方が崖《がけ》、片方が熊笹の茂みになっていて、おれを除く全員がこの茂みの中に身をひそめた。ではおれは何をやらされるかというと、麓《ふもと》の茶店を見おろす崖っぷちに立っていて、敵の一行がやってくるのを発見したら、小唄をうたいながら、あわてずゆっくりと皆のいる場所まで引き返すのである。荒木又右衛門の故事にならった演出らしいが、なんのためにこんなことをする必要があるのか、さっぱりわからない。

崖っぷちは風あたりが強く、頬の肉が固まってしまい、歯ががちがちと鳴った。やがて茶店に到着する敵の一行が見えた。人を殺害し、敵として狙《ねら》われるだけのことはあって二十数名いずれも凶暴そうな奴ばかり。それにひきかえこちらの方は、臆病者に女に老人プラス身体障害者、とても勝ちめはなさそうだ。

敵の一党が茶店を出てこちらへ向かったので、おれはくるりと向きを変え、がたがた顫《ふる》える足をふんばり、ゆっくりと歩き出した。恐怖のため、舌がもつれて小唄がうたえない。あたりは静かで、茂みの中の湿地でげこげこ鳴く蛙の声だけがはっきり聞こえていた。

「旦那様。き、き、きました」茂みまであと数歩の距離に近づいた時、おれは矢も楯《たて》もたまらずそう叫び、頭から熊笹の中へとびこんだ。「つ、強そうな奴ばかりです」

「しっ。静かにしろ」旦那様が小声で叫び、一同をふりかえって低くいった。「かたがた見苦しい振舞いはなさらぬよう。よいな」

全員が、声なくうなずいた。

敵の一行は、虚勢をはってか、大股《おおまた》でどんどんこっちへ近づいてきた。

「それっ」

旦那様の掛声で、全員ばらばらと茂みからとび出し、敵の行手を塞《ふさ》いだ。

静かだった峠道は、たちまち名乗りをあげるうわずった声で満ちみちた。全員いっせいにわめき出したものだから何をいってるのかぜんぜんわからず、ただもう盲亀《もうき》の浮木と優曇華《うどんげ》の花の大安売り、中には自分の相手を捜してうろうろしながら名乗りをあげている者もあり、殺気さえなければ集団見合とたいして変らぬありさま、この大騒ぎに加えてさらには平井三右衛門がメモ用紙と筆立て片手に取材しながら立会人は拙者平井三右衛門、かたがたご存分にと連呼して走りまわれば、身構えて向きあったところを、そのままそのままとレンズを向けた写真師に命じられ二十分間凝固する者、そこへ新聞社で雇っていたらしい和洋混成軍楽隊がだしぬけに茂みの中から立ちあがり山鹿流陣太鼓のリズムにあわせてぶかぶかどんどんマアチの演奏、麓からは山頂めがけて景気づけの花火どどんぱんぱん打ちあげられ、いやが上にも興奮を盛りあげ大スペクタクルを展開させずにおかぬぞというこれぞマス・コミュニケイションは疑似《ぎじ》イベントのいやらしくも残酷な胸算用、この演出に踊らされ、今まで尻込《しりご》みしていた一同、顔つきあわせた軍鶏《しゃも》さながら次第に毛を立て眼を血走らせ、闘志むきだし歯を剝《む》き出して、薙刀かまえ刀抜き、いよいよ立ちまわりが始まった。

　おれはこの有様を眺めながら、熊笹の中でふるえていた。本来ならば木刀を構えて旦那《だんな》様の横に立ち、敵の注意をそらす役を勤めなければならないのだが、こんな混戦になってしまったのでは誰に斬られるかわかったものではない。未明のこととて下手をすれば同志討ちの可能性さえあるのだ。

　旦那様は敵三好彦三郎と互いに名乗りをあげ終り、睨《にら》みあいのまっ最中。どちらも手を先に出そうとせず、ぜいぜい荒い息をついているばかりだ。

　一方ではウシといって猿まわしのけしかけた暴力エテ公、人間が多すぎて肝心の村雨七馬にはとびつかず、敵味方の見さかいなく、あたりにいる誰かれの顔に順にとびついていったものだからたちまち眼玉のない奴続出、このエテ公に気をとられすぎたため猿まわしは、村雨七馬からばっさり袈裟《けさ》がけに斬りおろされて哀れ返り討ちになってしまった。

「あれ。百之助さま」姑と共に、夫の敵佐久間半蔵に対していたふくは、猿まわしが倒れたのを見るや薙刀投げ捨てて駈《か》け寄り、死体に抱きついてよよと泣き崩れた。

　怒ったのはきん婆さんである。「おのれここな尻軽《しりがる》女め。主人の敵をほったらかして情夫と抱きあうとは武士の後家にあらざる振舞い。かくなる上は亡き息子にかわりわしが成敗してくれるぞ」叫ぶなり薙刀振りおろし、嫁の首を胴体から斬りはなしてしまった。

これを見て激怒した旦那様が、自慢の早業で三好彦三郎を一刀のもとに胴切りにしてしまい、きん婆さんに駈け寄るが早いかこの糞婆《くそばば》あと絶叫して、ずばり真っ向唐竹《からたけ》割り、婆さんを半身に開いた。

一時間も経たぬうち、峠は酸鼻《さんび》をきわめた有様となった。生き残っているほんの数人のうちでさえ、五体満足なものはひとりもなく、平井三右衛門までがとばっちりを受けて両足を失い、ぶっ倒れていた。片手片足の二枚目乞食《こじき》は槍《やり》で背中を地べたに縫いつけられたまま、標本箱の中で虫ピンに刺され、まだ死に切れずにいる昆虫さながら、ひくひく動いている。老易者の白髪首が恨めしげに夜空を見あげている傍らでは、満身創痍《そうい》の旦那様がころがったまま虫の息だ。

全員が倒れ、立っている者がひとりもいなくなったので、おれはゆっくりと茂みから這い出し、茫然《ぼうぜん》としてこの血の池地獄を眺め、その中に佇《たたず》んだ。どうしていいかわからなかった。いつまでも佇んでいた。

やがて麓から馬に乗った巡査がひとり、峠道を駈けのぼってきた。

「しまった。遅かったか」彼は馬上からあたりを眺めまわし、唇を嚙《か》んでそういった。

「遅かったとは、何が」おれはぼんやりと彼を見あげ、のろのろと訊《たず》ねた。

「今日、政府は全国に仇討《あだうち》禁止令を出したのだ」彼はおれにそういって、また周囲を見まわした。「しかし、これはひどい。ひどすぎる」彼は急に馬上でしゃんと胸をはり、自分に言い聞かせるかのようにうなずいた。「こんなひどいことはもう、やめなければならん。そうだ。もう二度と、こんなことは、やってはならん」

その時、東の山から太陽が顔を出し、峠の惨状をはっきりと、くまなく照らし出した。

「見ろ」と、巡査が太陽を指さし、おれにいった。「新しい日本の夜明けだ」

おれも太陽を眺め、首を傾《かし》げた。「はて、ほんとうにそうかねえ」

時に明治六年二月七日の朝であった。

解　説

川又千秋

本書『日本以外全部沈没』には、一九六二年すなわち昭和三十七年から七六年（昭和五十一年）にかけて書かれた短篇十一本が収められている。つまり、昭和四十年代前後の筒井康隆が、エッセンスとして詰め込まれたコレクションである。

そもそも筒井作品は、いわゆるスラップスティック系の騒ぎ乱れる狂気か、さもなくば静まり返った怜悧《れいり》な狂気に大別できるわけで、本書には、主に前者の系列が集まっている。

収録十一篇中、執筆時期のもっとも古いのが、一九六二年、《科学朝日》六月号に「大ばくち」のタイトルで掲載された「パチンコ必勝原理」。

筒井康隆の作家活動は、その二年前、SF同人誌《NULL》創刊号掲載の「お助け」が、江戸川乱歩編集の月刊《宝石》（旧）に転載されたところからスタートしているのだが、まだ、数篇の発表作しかない新鋭作家にいち早く着目し、一月号から六月号まで、筒井康隆作のショートショートを連載した《科学朝日》編集部の慧眼《けいがん》には、まったく畏《おそ》れ入るばかり。

「大ばくち」は、その六回目に掲載された作品で、参考までに記せば、五回目までに掲載されたのは、「事業」、「怪物たちの夜」、「断面」(後に「セクション」と改題)、「差別」、「扉」(後に「ユーレカ・シティ」と改題)の五篇である。

ちなみに、同じ年、筒井康隆は、《S-Fマガジン》のコンテストに応募。「無機質世界へ」で、佳作に選ばれている。「ただの佳作?」と訝《いぶか》る向きもあろうかと思うが、この回は、入選第三席が小松左京と半村良。同じ佳作に豊田有恒の名が並ぶという、超豪華な大当たりの年。当時のジャンルの勢い、S-Fマガジン編集長・福島正実氏の要求基準の高さが窺《うかが》える。

さて。本書収録作中、「パチンコ必勝原理」に次いで古いのが、学習誌《高二コース》の六七年五月号に「海水が酒に……!」のタイトルで掲載され、その後、改稿、改題されて、SF雑誌《奇想天外》に再録された「あるいは酒でいっぱいの海」である。

この題名については、若干、解説が必要かもしれない。この奇妙な味のタイトルは、一九五八年の世界SF大会でヒューゴー賞(短篇部門)を獲得したエイブラム・デイヴィッドスンの「あるいは牡蠣《かき》でいっぱいの海」に由来する。この作品が訳出された当時、なんとも思わせぶりなタイトルが、ファンの間で大変に話題となった。

しかし、最近になって、この作品は、「さもなくば海は牡蠣でいっぱいに」と改題され、訳し直された（河出書房新社刊『どんがらがん』所収／殊能将之編）。その編者解説によれば、"Or All the Sea with Oysters"というタイトルは、コナン・ドイル作「瀕死の探偵」中で話されるシャーロック・ホームズの台詞《せりふ》から採ったものであるらしい。原意を汲《く》めば、「てゆーか、だったら海は牡蠣だらけのはずじゃん」といったところか。

なんであれ、この初訳のタイトルが、いわゆる翻訳文体の妙（？）によって筒井康隆を刺激し、「あるいは酒でいっぱいの海」へと辿《たど》り着いたものであろう。

訳題や訳文が、このように独り歩きする例は、昔から、しばしば見受けられる。記憶に新しいところでは、ハーラン・エリスンのバイオレンス小説「世界の中心で愛を叫んだけもの」が、似たタイトルの純愛小説に化けてしまったり……。

閑話さておき、本書収録作を古い方から順に辿れば、六八年の「アフリカの爆弾」（初出タイトル「アフリカ・ミサイル道中」）、六九年の「新宿祭」など、いずれも、激動の世界情勢、緊迫の世相を色濃く反映した内容で、当時を思い出し、胸騒がせる団塊の面々も少なくあるまい。

本書収録作品中、六〇年代の最後を飾るのが「ワイド仇討」。明治初期の混乱期を舞台とした典型的スラップスティックと見えるが、背景には、当時、SF界で盛んに唱えられた「擬似イベント」の考え方があり、「ワイド仇討」は、その手法を時代物に取り込んだ意欲作と言える。

擬似イベントという用語は、アメリカの社会学者D・J・ブーアスティンが著作『幻影の時代』の中で取り上げた概念で、本来は、マスコミなどを介し、現実が歪曲《わいきょく》増幅された非現実として大衆に伝えられる危険な状況を指摘したもの。

筒井作品で言えば、長篇『48億の妄想』などが、このコンセプトをストレートに援用しているが、以後、日本では、より広い意味で「仮構された現実」を扱った作品を擬似イベント物と称するようになる。

その意味で、七〇年代に入って発表された「日本列島七曲り」や「人類の大不調和」、さらにタイトル・ストーリーの「日本以外全部沈没」なども、一種の擬似イベント物と呼ぶことができようか。

言わずもがなだが、「日本以外全部沈没」は、映画リメイクで話題を集める小松左京の代表作『日本沈没』に捧《ささ》げられたパロディである。

ところで、同じ時期、七〇年八月二十二日《週刊新潮》に発表された「黄金の家」（今回初の書籍収録）は、いささか意外に思えるほど正統的なタイム・パラドックス物。もしかすると、こちらは、星新一の傑作ショートショート「おーい　でてこーい」へのオマージュが入っているかもしれない。

そして、こうした擬似イベント手法は、さらに洗練され、「農協月へ行く」、「ヒノマル酒場」へと狂乱の度合を深めていくこととなる。

それにしても、若い世代は、当時、全世界を席巻した〝農協ツアー〟なるものを知らないどころか、恐らく、想像もできないであろう。興味のある向きは、お父さん、お母さん、あるいは、おじいちゃん、おばあちゃんに尋ねてみよう。

実を言えば、筆者は、この文庫解説のために、これら収録作を順次再読しながら、その一方で、発売間もない筒井康隆の最新短篇集『壊れかた指南』（文藝春秋）を同時に読み進んでいた。『壊れかた指南』は、今世紀に入ってはじめて編まれたオリジナル作品集で、すべてが二〇〇〇年代に雑誌発表されたもの。

要するに、筆者は、筒井康隆の最初期と現在……昭和の筒井康隆と平成の筒井康隆……二十世紀の筒井康隆と二十一世紀の筒井康隆を、思いもかけず、一緒くたに味わうこととなったもので、その狂気の振幅に、終始、眩暈《めまい》を覚え続けた。

そう言えば、昔、長谷邦夫が、筒井作品について、「作品を読み終えた時、僕らは必ず何か、危険な行動へと、かり立てられてしまう。意識の底を激しくゆさぶられてしまうのだ」として、その読後感を、ニーチェに言及しつつ、「実生活の通常の拘束や限界を破壊するディオニソス的状況の恍惚境《こうこつ》」と表現していた。

『日本以外全部沈没』の狂騒型作品群に対し、最新作品集『壊れかた指南』に収められている三十篇は、雰囲気として静謐《せいひつ》、スタイルとして端正……だからこそ余計に怖い、純正狂気のまなざしをたたえている。

その両者の間を、短時間の内に行き来した筆者は、当然のことながら、まったく物狂おしい精神状態に打ち沈められ、所用で訪れていた札幌で、深夜、抑圧を破って噴出した無意識の逆襲に直面し、思いもよらぬ醜態を演じてしまった……と、これは、まったくの独り言。

それにしても、恐ろしい作品集である。

本書収録作を、最初にスラップスティック系列と表現したが、騒ぎ乱れる登場人物やプロットの陰に、じっと、冷めた面持ちで原稿用紙を睨《にら》み、これでもか、これでもかと、逆撫《さかな》で言語を操り続ける作者がいる。

最初の作品集として一九六五年に刊行された『東海道戦争』の「あとがき」は鮮烈

だった。

「僕は天才だから書きたいことはあまり苦労せずにすらすら書けるのだが、このあとがきを書こうとしてびっくりした。何も書けないのだ。よく考えてみると、何が書きたいのかわからないから書けないのだということに気がついた」という書き出しにはじまる一文。そして、その末尾で、こんなSF論を展開する――

「SFは法螺《ほら》話だと思っている。同じホラ吹くなら、でかいホラほどいいわけで、シリアスなSFというのは真面目な顔してヨタとばすあの面白さに相当するのだろう。とにかく物ごとは徹底していた方がいいと思う」

SFの本質を、これほど端的に指摘してみせた作家を、筆者は、他に知らない。

そして、筒井康隆は、その「徹底」を、今なお、ぎりぎりと推し進め続けているのである。

日本《に》本《ほん》以《い》外《がい》全《ぜん》部《ぶ》沈《ちん》没《ぼつ》

パニック短篇集《たんぺんしゅう》

筒《つつ》井《い》康《やす》隆《たか》

平成18年 6月25日　初版発行
令和6年 12月5日　23版発行

発行者●山下直久

発行●株式会社KADOKAWA
〒102-8177　東京都千代田区富士見2-13-3
電話　0570-002-301(ナビダイヤル)

角川文庫 14284

印刷所●株式会社KADOKAWA
製本所●株式会社KADOKAWA

表紙画●和田三造

●お問い合わせ
https://www.kadokawa.co.jp/（「お問い合わせ」へお進みください）
※内容によっては、お答えできない場合があります。
※サポートは日本国内のみとさせていただきます。
※Japanese text only

ISBN978-4-04-130522-5　C0193

◆◇◇

角川文庫発刊に際して

角川源義

第二次世界大戦の敗北は、軍事力の敗北であった以上に、私たちの若い文化力の敗退であった。私たちの文化が戦争に対して如何に無力であり、単なるあだ花に過ぎなかったかを、私たちは身を以て体験し痛感した。西洋近代文化の摂取にとって、明治以後八十年の歳月は決して短かすぎたとは言えない。にもかかわらず、近代文化の伝統を確立し、自由な批判と柔軟な良識に富む文化層として自らを形成することに私たちは失敗して来た。そしてこれは、各層への文化の普及滲透を任務とする出版人の責任でもあった。

一九四五年以来、私たちは再び振出しに戻り、第一歩から踏み出すことを余儀なくされた。これは大きな不幸ではあるが、反面、これまでの混沌・未熟・歪曲の中にあった我が国の文化に秩序と確たる基礎を齎らすためには絶好の機会でもある。角川書店は、このような祖国の文化的危機にあたり、微力をも顧みず再建の礎石たるべき抱負と決意とをもって出発したが、ここに創立以来の念願を果すべく角川文庫を発刊する。これまで刊行されたあらゆる全集叢書文庫類の長所と短所とを検討し、古今東西の不朽の典籍を、良心的編集のもとに、廉価に、そして書架にふさわしい美本として、多くのひとびとに提供しようとする。しかし私たちは徒らに百科全書的な知識のジレッタントを作ることを目的とせず、あくまで祖国の文化に秩序と再建への道を示し、この文庫を角川書店の栄ある事業として、今後永久に継続発展せしめ、学芸と教養との殿堂として大成せんことを期したい。多くの読書子の愛情ある忠言と支持とによって、この希望と抱負とを完遂せしめられんことを願う。

一九四九年五月三日